사라진 신들과의
교신을 위하여

정재서의 신화비평

사라진 신들과의 교신을 위하여

동아시아 이미지의 계보학

문학동네

'동양적인 것의 슬픔' 그리고 신화의 힘

동아시아의 사라진 신들, 그들의 이미지는 어떻게 살고 있을까? 이 책은 우리의 옛 신들과 고전을 소환하여 오늘의 문학과 문화를 뿌리부터 읽고자 하는 바람에서 이루어졌다. 김수영의 그 유명한 「풀」의 이미지가 『논어論語』「안연顔淵」 편의 한 구절에서 유래한다는 사실에 대해 놀랍게도 우리의 평론은 말한 바 없었다.[1] 이러한 사정은 중국 현대문학의 경우도 마찬가지이다. 루쉰魯迅의 「고향」 말미에 등장하여 대단히 회자膾炙된 "희망이란 길과 같다. 길이란 처음부터 있었던 것이 아니고 사람이 다니면서 생긴 것이다"라는 언급이 『장자莊子』「제물론齊物論」의 한 구절에서 착상된 것이라는 점에 대해 그 숱한 루쉰 연구자 중 어느 누구도 발언한 적이 없었던 것이다.[2] 반면 오이디푸스 콤플렉스는 유럽과 근동 지역을 중심으로 전승되어온 특정한

1) 『논어』「안연」: "군자의 덕은 바람과 같고 소인의 덕은 풀과 같은 것. 풀 위에 바람이 지나가면 반드시 눕는 법이다(君子之德風, 小人之德草. 草上之風, 必偃). 이에 대한 문제 제기는 졸저, 『동양적인 것의 슬픔』(살림, 1996, 46~47쪽)에서 일찍이 이루어진 바 있다.

2) 『장자』「제물론」: "길이란 사람이 다니면서 만들어지는 것이다道行之而成." 이에 대한 지적 역시 졸고, 「식인·광기·근대—'광인일기'에 대한 신화적 독법, 兼論 '황제를 위하여'」『중국현대문학』(2005. 12, 83~84쪽)에서 이루어졌다.

신화를 일반화한 심리가설임에도 불구하고, 풍토가 다른 우리 문학과 문화를 해석하는 데에도 전가傳家의 보도寶刀처럼 활용되어왔다.[3)]

이 책을 통해 제기하고자 하는 첫번째 문제는 상상력의 정체성이다. 우리의 상상력은 과연 자유로운가? 엄혹嚴酷한 세계 체제의 구조에서 상상력은 그다지 자유롭지 않다고 말하고 싶다. 왜냐하면 상상력 또한 그것의 생산과 소비를 지배하는 목전의 제1세계 중심 문화산업의 영향에서 벗어나기 어렵기 때문이다. 상상력의 근원은 신화이다. 그런데 현행 신화학은 그리스 로마 신화를 표준으로 성립되어 있어서 상상력의 세계도 평등하지가 않다. 단적인 예를 들어보자. 크레타 섬의 미노타우로스는 사람의 몸에 소머리를 한 식인 괴물이다. 이것은 인간 중심의 사고가 강한 그리스에서 반인반수 형태를 폄하한 까닭이다. 이와는 달리 중국신화 속의 염제炎帝는 똑같은 생김새에도 불구하고 인류에게 농업과 의약을 가르쳐준 훌륭한 신이다. 인어를 생각하면 무엇이 떠오르는가? 자연스레 예쁜 인어 아가씨의 이미지가 떠오를 것이다. 어려서부터 안데르센 동화를 통해 인어는 으레 예쁜 아가씨인 것으로 교육받아온 탓이다. 그러나 중국신화를 보면 인어는 평범한 아저씨의 모습으로 그려져 있다. 흉물스런 미노타우로스, 예쁜 인어 아가씨를 표준으로 생각했을 때 자비로운 염제와 인어 아저씨는 낯선, 이단적인 존재가 아닐 수 없다. 우리의 상상력은 이처럼 전도되어 있다. 상상력의 불평등이 존재하는 이러한 상황에서 우리의 평론과 연

3) 오이디푸스 신화의 지역적 국한성에 대해서는 Jaan Puhvel, *Comparative Mythology*, Balti-more, The Johns Hopkins Uni-versity

구 역시 전도 혹은 편향의 위험성을 배제하기 어렵다. 따라서 그 동안 우리가 몰각해온 상상력의 풍토성에 착근着根한 작업이 필요하다. 이 책은 그리하여 동아시아 상상력의 우리 문학·문화에 대한 근원적인 작용에 대해 응분의 평가를 돌려주기 위해 씌어졌다.

다음으로, 이 책은 동양학 혹은 고전학이 오늘에도 힘을 예증할 수 있는가, 하는 문제의식과 관련하여 지어졌다. 오늘날 고전문학과 현대문학은 과도한 단절의식으로 인해 소 닭 보듯 하는 사이가 되어 있다. 특히 고전과 현대를 막론하고 중국문학은 제1세계 문학 못지않은 엄청난 유산과 잠재력을 지녔음에도 불구하고 자족적인 수준에 머물러 있을 뿐 현행 문학에 대해 거의 발언하지 못했다. "나는 우리의 동양학 특히 고전학이 그간의 고립무원한 글쓰기에서 벗어나 이제는 실제적으로 힘을 예증하는 방향으로 나아가야 한다고 생각해왔다."[4] 과거 중국문학에서 계발된 문학이론·미학이론들은 중세적 가치가 복권되는 이즈음 여전히 유효할 수 있으며, 서구 문예이론 일변도의 세계문학에 대해 그 한계를 극복하고 생태적 다양성을 부여할 훌륭한 자산이다. 따라서 이 책은 동양학 혹은 고전학이 과연 오늘의 문학·문화비평에 대해 그 힘을 입증해 보일 수 있는지, 그것을 실험하는 목적에서 씌어졌다.

끝으로 신화비평의 부활을 통한 새로운 비평 패러다임의 구축과 관련해 이 책의 의도를 말하고 싶다. 근대의 사실주의 비평 방식으로는 미증유의 매체 변혁이 초래한 오늘의 문학·문

4) 졸저, 『동양적인 것의 슬픔』, 살림, 1996, 19쪽 참조.

화 현실을 진단하기가 역부족이라는 것은 이제 중론이 되어 있다. 뒤랑Gilbert Durand의 이른바 '신화의 귀환' 이래 상상력과 이미지가 횡일橫溢하는 시대에 처했건만 이에 걸맞은 새로운 비평방식이 부재한 지 오래이다. 이 시점에서 프라이Nothrop Frye의 『비평의 해부Anatomy of Criticism』 출현 이후 한때 은성殷盛했다가 80년대에 들어와 종언을 고하다시피 한 신화비평의 부활이 점쳐진다. 그러나 프라이가 문학연구에서 그리스 로마 신화와 『성경聖經』의 특권적 지위를 강조한 바 있듯이 신화비평 역시 제1세계 상상력에 토대를 두고 있다. 그렇다면 전지구화 시대에 다시 도래할 신화비평은 이를 지양하고 세계 각지의 다양한 상상력을 바탕으로 재구성되지 않으면 안 될 것이다. 결국 우리는 오이디푸스 콤플렉스라는 해석기제에 만족해야 할 것이 아니라, 예컨대 과보夸父 콤플렉스·정위精衛 콤플렉스 등[5] 동아시아 상상력의 풍토성을 반영한 또다른 해석기제들을 발견, 활용해야 할 것이다. 이 책에서는 이에 따라 지금껏 시도되지 않았던 동아시아 상상력에 입각한 새로운 신화비평을 선보였다.

이 책에 실린 글들은 성격상 크게 세 부분으로 나누어진다.

제1부 '동아시아 이미지는 어떻게 살고 있는가?'는 동아시아 상상력에 의거한 문학 읽기로 「사라진 신들과의 교신을 위하여」 「식인·광기·근대」 「금지된 욕망과 물의 서사」 「주목왕周穆王이 서쪽으로 간 까닭은?」 「투계, 아버지의 부재를 위한 진혼굿」 등 다섯 편의 글이 실려 있다. 여기에서는 도연명과 황지우, 루쉰과 이문열, 황순원과 서머싯 몸, 가오싱젠과 최인훈,

5) 모두 중국신화상의 존재. 과보는 태양과 경주하다가 목이 말라 죽은 거인. 『산해경山海經』의 「해외북경海外北經」 「대황북경大荒北經」 등에 보인다. 정위는 바다에 빠져 죽어 한을 품은 소녀가 변신한 새. 끊임없이 흙과 돌을 물어와 바다를 메우고자 한다. 『산해경』 「북차삼경北次三經」에 보인다.

진홍과 이광수·송영 등 한국·중국·서구 작가들의 작품을 동아시아 신화·전설 등을 바탕으로 비교학적인 차원에서 논의함으로써 동아시아 상상력의 보편적 힘을 웅변하고자 하였다.

제2부 '동아시아 문학의 고위금용古爲今用을 위하여'는 동아시아 전통 문학이론에 의거한 문학 읽기로 「정경교융情景交融의 시학과 생태학적 문학론」「소설문법의 다원화와 전통소설론적 독법」 등 두 편의 글이 실려 있다. 여기에서는 김용택과 이문열의 작품을 각각 중국 전통시학과 전통소설론적 입장에서 분석함으로써 동아시아 전통 문학이론의 현대적 적용, 이른바 고위금용의 가능성을 타진하였다.

제3부 '상상력의 제국주의를 넘어서'는 동아시아 상상력에 의거한 문화 읽기로 「중국 환상문학의 역사와 이론」「신화 속의 몸, 몸 속의 신화」「사이보그 서사의 기원, 역사 그리고 비교학적 성찰」「중국 상상력의 시각에서 본 일본 문화산업 속의 요괴 모티프」 등 네 편의 글이 실려 있다. 여기에서는 최근의 화두인 판타지·몸·사이보그·문화콘텐츠 등을 동아시아 상상력의 견지에서 살펴봄으로써 전지구화 시대 상상력의 정체성 문제를 숙고하는 계기로 삼고자 하였다.

이 책은 비록 동아시아 상상력을 표방하고 있지만 그것의 실제 내용은 중국신화와 도교를 위주로 이루어져 있다. 동아시아 상상력은 당연히 이것들 외에도 허다한 민족 신화와 종교·민속 등을 포괄하여 다양하고 풍부하다. 이 점에서 혹시 있을 수도 있는 오해에 대한 해명이 있어야 하겠다. 이 책의 의의는 중국신화와 도교가 유일하게 동아시아 상상력을 대표한다는 사실을 확인하는 데에 있는 것이 아니라[6] 동아시아 상상력의 한 유력한 조성부분인 중국신화와 도교를 통하여 그것이 오늘에 이르기까지 여전히 살아 있음을 논증한 선례라는 데에 있다. 앞으로 중국신화와 도교의 예에 그치지 않고 각 방면의 연구자들에 의해 동아시아 상상력의 현존을 입증하기 위한 제2, 제3의 케이스 스터디가 이어져 궁극적으로 생동하는 동아시아 상상력의 전모가 드러나기를 희망한다.

이 책은 사실상 11년 전에 출간된 졸저『동양적인 것의 슬픔』에서 제기한 문제의식의 구체적 성과물이라고 할 수 있다. 오리엔탈리즘과 중화주의를 극복하여 한국 동양학의 정체성을 확보해야 한다는, 그리고 그것이 현실적으로 힘을 예증할 수 있어야 한다는 11년 전의 명제가 단순히 선언에 그치지 않고 이 책을 통해 실천의 형태를 갖추게 된 것을 기쁘게 생각한다. 그러나 아직 부족한 점이 많은 이 책을 완성이 아니라 시도의 산물로서 겸허히 자평하고자 한다.

이제 이 책이 제 모습을 갖추게 되기까지 도움을 주신 분들께 감사를 드려야 할 때이다. 박이문 · 김치수 · 정대현 세 분 선생님은 비재菲才인 후학이 보수적인 학계에서 고군분투할 때 애정 어린 격려를 아끼지 않으셨다. 세 분의 후학에 대한 분에 넘치는 기대가 이 담대한(?) 시도에 용기를 불어넣어주었음을 말씀드리고 싶다. 교정 일을 도와준 장현주 · 이유라 · 유수민 세 조교의 협조에도 고마움을 전한다. 특히 장현주 동학의 헌신적

6) 중국신화와 도교조차도 이미 필자는 기존의 논의에서 그것들이 주변문화에 의한 다원적 구성체임을 강조한 바 있다. 이에 대해서는 졸저,『동양적인 것의 슬픔』에 실린 논문「고구려 고분벽화의 신화, 도교적 제재에 대한 새로운 인식」을 참조할 것.

인 노력이 없었다면 이 책의 이미지 자료가 이처럼 풍성하지 못했을 것이다. 어릴 적부터 한결같은 사랑으로 지켜봐주신 이양숙 이모님, 이 책이 나올 무렵, 힘든 투병 끝에 삶의 끈을 놓으셨다. 변변한 보답도 못 해드린 이모님, 삼가 명복을 빌며 이 작은 결실을 영전에 바치고자 한다. 끝으로 이 책 중 많은 글을 연재할 수 있는 기회를 주었던 황종연 선생을 비롯한 문학동네 편집위원 제위, 그리고 이 책을 이처럼 아름답고 격조 있게 만들어낸 문학동네 편집부에 감사의 뜻을 표한다.

2007년 11월 큰 고개 연구실에서

저자 정재서 삼가 씀

제1부 동아시아 이미지는 어떻게 살고 있는가?

제2부 동아시아 문학의 고위금용古爲今用을 위하여

제3부 상상력의 제국주의를 넘어서

서사序詞

가무의 신 제강帝江은 얼굴이 없다. 고대의 장님 악사, 〈서편제〉의 눈먼 송화는 아마 이 제강의 후예들이리라. 공자가 일찍이 괴이쩍은 일怪力亂神에 대해 언급하지 말라고 경고했음에도 불구하고 이야기의 힘을 신뢰하는 무리들은 끊임없이 신화와 전설을 유포해왔다. 가령 굴원屈原이 『초사楚辭』에서 비분을 토로할 때, 이백李白이 그의 시편詩篇에서 불사에의 염원을 노래할 때, 오승은吳承恩이 『서유기西遊記』에서 환상의 나래를 펼 때 그들은 이미 공자의 당부를 무시했던 것이다. 그러나 동아시아의 신화 그리고 그 이미지는 이후 공자보다 더 험한 상대를 만나야만 했다. '근대'라는 그 새로운 신화는 즉각 과거의 신화를 폐기했을 뿐만 아니라 황제黃帝를 제우스로, 서왕모西王母를 헤라로, 제강을 뮤즈로, 신선을 요정으로 대체했다.

제강帝江 혼돈을 이미지화한 모습. 명明 호문환胡文煥의 『산해경도山海經圖』.

동아시아의 사라진 신들, 비록 지금은 기억마저 희미해졌지만 우리 존재의 근원이자 의식의 뿌리인 그들 사라진 신들은 아직도 귀환하지 않고 있다.

고故 김현 선생의 『산해경』 탐독을 기억한다. 그 책을 읽은 날 밤, 그는 수많은 신들·괴물들과 동락同樂하는 꿈을 꾸었노라고 고백했다. 나는 이제부터 이미지의 힘을 빌려 사라진 신들과의 교신을 시작하려 한다.

오! 제강이여, 나로 하여금 말하게 하라.

제1부

동아시아 이미지는 어떻게 살고 있는가?

1

사라진 신들과의 교신을 위하여

―도연명陶淵明의 「독산해경讀山海經」, 황지우의 「산경山經」

『산해경』은 중국의 가장 오래된 신화집으로서 기원전 3~4세기경 무당 계층에 의해 성립되었다. 이 책은 이미지의 바다라 할 만한데, 특히 서구신화에 비해 서사체계적이지 않다는 점에서 그러하다. 이야기라기보다는 이미지의 연속으로 보이는 측면이 있어 신화와 시가 조우할 가능성이 더욱 크다. 다시 말해서 신화의 시적 변용이 훨씬 용이한 것이다. 비록 플라톤적인 혐의가 없지는 않으나 "시인은 신화의 적"이라고 규정한 루쉰의 목소리가 크게 들리는 것은 이러한 이유에서이다.

1. 신화 · 주술 · 시

신화란 인간과 자연, 전 존재에 대한 심미적 통찰을 담은 서사이다. 신화의 이러한 기도는 상상력을 통해 우주의 심연을 응시하고자 하는 시인의 욕망과 근사하고, 신화와 시 양자는 이를 실현하기 위해 일상의 기술적 언어descriptive language가 아닌 상징 · 은유 등의 환기적 언어evocative language를 사용한다는 점에서 일치한다.[1] 신화와 시가 본질적으로 그 고유한 특성을 공유하고 따라서 신화 작가가 곧 시인일 수 있다는 가정은 다음과 같은 견지에서도 구체적인 설득력을 갖는다. 신화의 기저에 깔려 있는 것은 사고가 아니라 정서이다. 이러한 신화의 세계에서 추구되는 것은 논리성 · 인과성이 아니라 정서적 통일성이며 그것은 인간과 사물 내지 자연과의 공감적 태도에 바탕한 생기론生機論적 일체감으로 표현된다. 이때 신화 언어가 취하는 형식은 상징이나 은유인데 이들은 정서적 동일시의 원리로서 기능하게 된다. 신화와 시가 언어적 특성을 공유하게 되는 것은 바로 여기에서이다. 왜냐하면 시 역시 우리가 상실했던 우주적 일체감을 회복하기 위해 상징 · 은유 등의 형식을 취하기 때문이다.

신화와 시는 상징과 은유 이외에 또하나의 중요한 언어적 특성을 공유하게 되는데 그것은 다름아닌 리듬이다. 신화에서 추구하는 우주적 일체감은 추론이나 설명이 아닌 공감 혹은 공명

1) 기술적 언어와 환기적 언어에 대한 논의는 Stephen A. Tyler, *The Unspeakable: Discourse, Dialogue and Rhetoric in the Postmodern World,* Madison, The University of Wisconsin Press, Ltd. 1987, pp. 199~200 참조.

에 의해 이루어진다. 따라서 그것은 정서적 파동을 야기하는 리듬·반복어법 등의 방식에 의존하게 된다. 우리는 운율의 발생론적 원의原義를 이러한 신화적 취지에 비추어 이해해볼 수 있다. 여기에서 주목해야 할 것은 이같은 언어의 리듬이 지닌 주술적인 힘이다. 이 힘에 의해 신화와 시는 저 너머의 세계 즉 상상계에 참여할 수 있고 영향을 미칠 수 있다. 바야흐로 "천지를 움직이고 귀신을 감동시킴에 시보다 더함이 없는 것動天地, 感鬼神, 莫近於詩"[2]이다. 그리하여 죽은 자나 신령을 위한 제문은 반드시 압운하게 되어 있다.

『산해경山海經』은 중국의 가장 오래된 신화집으로서 기원전 3~4세기경 무당 계층에 의해 성립되었다.[3] 이 책은 이미지의 바다라 할 만한데, 특히 서구신화에 비해 서사체계적이지 않다는 점에서 그러하다. 이야기라기보다는 이미지의 연속으로 보이는 측면이 있어 신화와 시가 조우할 가능성이 더욱 크다. 다시 말해서 신화의 시적 변용이 훨씬 용이한 것이다. 비록 플라톤적인 혐의가 없지는 않으나 "시인은 신화의 적"[4]이라고 규정한 루쉰의 목소리가 크게 들리는 것은 이러한 이유에서이다.

『산해경』은 무당 계층의 구비서사가 정착된 것으로 보인다. 이 점은 여타의 신화도 마찬가지이지만 구전, 음송의 편의상 『산해경』의 원시 언어는 운율구조를 취했을 가능성이 크고 이것은 현행 『산해경』 원문에도 그 흔적을 남기고 있다. 가령 4자·6자의 자수율을 기본으로 하고 있다든가 원문이 거의 동일한 패턴의 문형의 반복으로 이루어져 있다든가 하는 점이 그

2) 작자 미상, 「모시서毛詩序」. 대체로 한대漢代의 유학자에 의해 지어진 것으로 추정된다.
3) 『산해경』은 중국의 신화집이지만 상고시대의 대륙은 다양한 주변문화들이 교류, 융합하는 상황이었으므로 이 책에는 오늘의 중국뿐만 아니라 동아시아 전반 문화의 원형이 담겨 있는 것으로 추정된다. 아울러 『산해경』의 내용은 조류 숭배·샤머니즘 등을 위주로 한 은殷 및 동이계東夷系 문화가 우세한 것으로 보는 것이 통설이다. 『산해경』에 대한 기본 이해를 위해서는 졸역, 『산해경』, 민음사, 1985의 「해제」 참조.
4) 루쉰魯迅, 『중국소설사략中國小說史略』, 조관희 역주, 살림, 1998, 41쪽.

것이다. 그러나 신화 언어의 리듬의 이면에는 단순한 형식상의 편의보다 심원한 주술적 동기가 있다는 사실을 앞에서 이미 말했다. 가령 『산해경』의 「산경山經」 부분에서 흔히 읽을 수 있는 다음과 같은 문구들을 보라.

다시 동쪽으로 400리를 가면 단원산亶爰山이라는 곳이다. (……) 이 곳의 어떤 짐승은 생김새가 너구리 같은데 갈기가 있다. 이름을 유類라고 하고 암수한몸이며 이것을 먹으면 질투하지 않게 된다.[5)]

又東四百里, 曰亶爰之山, (……) 有獸焉, 其狀如貍而有髦, 其名曰類, 自爲牝牡, 食者不妒.

다시 북쪽으로 180리를 가면 혼석산渾夕山이라는 곳이다. (……) 머리 하나에 몸이 둘인 뱀이 있는데 이름을 비유肥遺라고 하며 이것이 나타나면 그 나라가 크게 가문다.[6)]

又北百八十里, 曰渾夕之山, (……) 有蛇一首兩身, 名曰肥遺, 見則其國大旱.

본래 반복과 가정은 주술 언어의 특징이다. 『산해경』에서 동일한 문형의 반복을 표시하는 '우又' 라든가 가정을 표시하는 '자者' '즉則'과 같은 글자의 잦은 사용은 예언과 징조 등의 주술적 분위기를 이룩하게 한다. 사실 언어의 주술성은 근원적인 것이다.[7)] 여기에서의 주술성이란 상상계와의 공감적 소통기능을 의미한다. 신화 언어와 시적 언어는 그 특유의 표현 형식을

5) 『산해경』「남산경南山經」. 이하 원문 번역은 졸역 『산해경』(민음사, 1985)을 따름.
6) 『산해경』「북산경北山經」.
7) 오스틴 John Austin의 언어철학적 입장을 간명히 표현한 이른바 "Saying is doing"은 이같은 견해를 뒷받침한다. 주술과 언어의 근원적 상관성에 대한 논의는 Stanley Jeyaraja Tambiah, *Magic, Science, Religion, and the Scope of Rationality*, Cambridge University Press, 1990, pp. 65~83 및 Izutsu Toshihiko, *Language and Magic*, Tokyo, The Keio Institute of Philological Studies, 1956, pp. 15~27 참조.

유類(왼쪽) 질투심을 없애주는 짐승. 일본 에도江戶 시대의 『가이키조주즈겐怪奇鳥獸圖卷』.
비유肥遺 가뭄을 초래하는 뱀. 명明 호문환胡文煥의 『산해경도山海經圖』. 이 책에 실린 중국 그림은 회화繪畫 작품을 제외하고 대부분 흑백 원도原圖에 채색한 것임을 밝혀둔다.

통해 다른 어느 언어보다도 긴밀히 주술성과 상관된다는 점에서 닮아 있는 것이다.[8)]

이제 우리는 이같은 신화와 시 사이의 근원적 유사성에 유념하면서 『산해경』의 시적 변용에 대해 탐색하고자 한다. 『산해경』을 비롯한 중국신화가 후대 시가에 미친 모든 영향에 대해 이 자리에서 자세히 논할 겨를은 없다. 다만 왜 『산해경』과 도연명陶淵明 365~427이며 황지우인가? 우리는 『산해경』이라는 텍스트가 갖는 신화 형식, 집합적 이미지가 그 밖의 고전에 나타나는 개별적인 신화들과는 다른 차원에서 시인의 상상력과 영감을 자극했다고 본다. 이러한 의미에서의 『산해경』에 대한 최초의 집중적인 수용은 도연명에 의해 이루어졌다. 도연명의 「독산해

8) 버크Kenneth Burke가 주술을 '수사적 기술rhetorical art'이라고 언명한 점에 주목하자. Tambiah, 같은 책, p. 82, 재인용.

경讀山海經」은 이와 같은 이유로 중국 고전시가 작품 중 『산해경』 수용의 일차적 분석대상으로 선정되었다. 아울러 고대가 아닌 오늘, 중국이 아닌 이 땅에서 생산된 황지우의 「산경山經」은 「독산해경」 이래 『산해경』 수용이 시, 공간적으로 확대된 결과로서의 우선적 분석대상으로 선별되었음을 밝혀둔다.

2. 「독산해경」 : 궁핍한 시대의 원유遠遊

도연명은 주지하듯이 중국 동진東晋 시기의 저명한 전원시인이다. 「독산해경」은 그의 생애의 중반 이후에 씌어진 13수의 연작시이다. 『산해경』의 시적 변용이 「독산해경」에서 처음 비롯한 것은 물론 아니다. 이미 초사楚辭[9]라든가 유선시遊仙詩[10] 등 도연명 이전의 시가에서 『산해경』의 신화 이미지를 원활히 수용해왔고 도연명이 「독산해경」의 창작과정에서 이들 선행 시가의 성과를 충분히 섭취한 것은 분명하다.

「독산해경」 13수 전체는 한결같은 내용으로 이루어진 것이 아니라 대체로 서장序章-이상세계의 동경-현실세계의 투영-결미結尾의 구성을 취하고 있는 것으로 알려져 있다. '讀○○○(……을 읽고)' '擬○○○(……을 본떠서)' '和○○○(……에 화답하여)' 등과 같은 제목 달기는 고전시가에서 흔히 보이

9) 초사楚辭는 전국戰國시대 말기 중국의 남방 초나라에서 굴원屈原 등에 의해 성립, 유행되었던 가요. 환상적이고 낭만적인 정조를 특색으로 한다.

10) 유선시遊仙詩는 신선·낙원에 대한 동경을 주제로 한 시가. 도교사상이 성행한 위진남북조魏晉南北朝시대 및 당대唐代에 크게 유행했다.

는 전경화 장치이다. 「독산해경」 첫 수는 이러한 작시 취지를 다시 천명함과 동시에 연작시의 단서를 여는 기능을 하는 작품이다.

기일 其一

孟夏草木長, 　초여름 풀과 나무 자라서,
繞屋樹扶疏. 　집 주위에 우거졌네.
衆鳥欣有托, 　뭇 새들 즐겨 깃들이고,
吾亦愛吾廬. 　나 또한 오두막집을 사랑하느니.
旣耕亦已種, 　밭 갈고 씨 뿌리고 하는 중에,
時還讀我書. 　때때로 돌아와 책 읽는다네.
窮巷隔深轍, 　외진 곳 귀한 손님 올 리 없고,
頗廻故人車. 　친한 벗님네나 찾아들까.
歡然酌春酒, 　반갑게 봄술 따르고,
摘我園中蔬. 　텃밭의 푸성귀를 뜯네.
微雨從東來, 　보슬비 동쪽으로부터 내리고,
好風與之俱. 　훈풍도 더불어 불 제.
泛覽周王傳[11], 　『목천자전』을 두루 보고,
流觀山海圖[12]. 　『산해경』을 훑어보네.
俯仰終宇宙, 　잠깐 사이에 우주를 돌아보게 되니,
不樂復何如. 　진정 즐거운 일이 아니고 또 무엇이겠는가!

11) 『주왕전周王傳』은 전국시대에 성립된 신화서인 『목천자전穆天子傳』을 말한다. 주목왕周穆王이 여덟 필의 준마를 타고 서쪽 세계를 여행하다가 곤륜산崑崙山에 이르러 서왕모西王母를 만나 즐겁게 노닐고 돌아왔다는 내용.

12) 〈산해도山海圖〉는 『산해경』에 실린 그림이지만 여기서는 『산해경』을 지칭.

전원생활의 즐겁고 유한悠閑한 정취를 노래한 이 시는 도연명

도연명陶淵明 술에 취해 귀가하고 있는 모습. 명明 장붕張鵬의 〈연명취귀도淵明醉歸圖〉.

전원시의 백미白眉로 자주 회자된다. 이 시는 대개 4구를 한 단락으로 해서 해석이 끊어지지만 전체적인 의미의 진행은 첫 4구와 중간 8구, 끝 4구의 세 부분으로 이루어진다고 볼 수 있다. 즉 첫 구 "초여름 풀과 나무 자라서"에서 제4구 "나 또한 오두막집을 사랑하느니"에 이르는 첫 단락에서 시인[13)]은 전원에서의 자신의 주거공간에 대해 문득 눈을 뜬다. 그 눈뜸은 "나 또한 오두막집을 사랑하느니"라는 범용한 진술에 의해 오히려 강조된다. 제5구 "밭 갈고 씨 뿌리고 하는 중에"에서 제12구 "훈풍도 더불어 불제"에 이르는 둘째 단락은 첫 단락에서의 평범한 깨달음이 전원의 일상으로 인해 확인되는 과정이다. 그것은 주경야독하고 친한 벗과 봄술로 대작하는 자락自樂의 생활 경지이다. 제13구 "『목천자전』을 두루 보고"에서 끝 구 "진정 즐거운 일이 아니고 또 무엇이겠는가!"에 이르는 셋째 단락에서 시인의 인식은 일상에서 우주로 확대된다. 그것은 기서奇書에 대한 독서행위에 의해 촉발된 것이지만 사실상 자연과 교융交融하는 시인 자신의 삶, 그것에 대한 성찰이 응당 도달하게 될 구경究境이기도 하다. 이렇게 보면 이 시는 전원생활의 지락至樂을 평담平淡하게 진술하는 이면에 중요한 인식 전환의 의미를 내포한다. 그것은 바로 오두막집에서 우주로 표상되는 시인의 인식 차원의 이동이다. 이러한 측면에서 제3, 4구 "뭇 새들 즐겨 깃들이고, 나 또한 오두막집을 사랑하느니"와 마지막 단락 "『목천자전』을 두루 보고, (……) 진정 즐거운 일이 아니고 또 무엇이겠는가!"는 다른 어떤 구절보다도 깊이 음미될 필요가 있다.

우리는 우선 "뭇 새들 즐겨 깃들이고"에서의 조류의 의상意象에 주목하여야 한다. 일반적으로 조류는 자유와 초탈의 상징으로 여겨지지만 그러한 이미지는 중국의 고유한 문화전통이라는 콘텍스트 내에서 어떠한 구체성을 확보하고 있는가? 조류 모티프는 『산해경』 및 동이계東夷系 신화에서 강하고 일관되게 표명되고 있다. 그것은 토템으로서 한 유력한 종족의 신성한 표지였으나 후대에 동이계 신화가 중원의 화하족華夏族에 의해 역사의 이면으로 억압되면서 현실로부터의 초탈, 이데올로기적 제도적 구속으로부터의 해방 등을 추구하는 우인羽人·신선 및 도가적 방일자放逸者의 이미지로 전환된다.[14] 우리는 이의 이른 문학적 체현을 장자莊子의 대붕大鵬 우화에서 보게 되거니와 이후 도연명의 "조롱 속의 새는 옛 숲을 그리워하고羈鳥戀舊林"[15]에서 보듯이 조류는 바람직하지 못한 현실을 초극하려는 시인 자신으로 읽히기도 한다.

시인은 두 권의 신화집에 대한 몽상 끝에 전 우주에 대한 인

13) 중국 전통시학에서는 시인과 시적 화자를 구분하지 않는 경향이 있다. 문기론文氣論·풍격론風格論 등에 의해 작가와 작품을 인과론적으로 파악하기 때문이다.

14) 조류 숭배를 중심으로 한 동이계 신화의 도교로의 전환에 대해서는 졸고, 「고구려 고분벽화의 신화, 도교적 제재에 대한 새로운 인식」(『동양적인 것의 슬픔』, 살림, 1996, 136~139쪽) 참조.

15) 도연명, 「귀원전거歸園田居·기일其一」.

식에 도달한다. 그가 두 권의 책을 '열심히 정독한' 것이 아니라 '두루 보고泛覽' '훑어봤다流觀'는 사실에 유의하자. 그렇다. 그러한 깨달음은 결코 "심각한 해석학적 작업을 필요로 하지 않는다不求深解".[16] 그럼에도 그것은 시인의 예지에 의해 "잠깐 사이俯仰에" 이루어진다. 물론 여기서 말하는 우주는 실재의 세계를 토대로 한다. 그러나 『목천자전』과 『산해경』이 실재이자 환상의 여행기인 것처럼 그 세계는 상상계와 겹쳐 있다. 시인은 이제 우주와 직접 교감하는 지락을 누리며 이상세계로의 여정을 시작한다.

기이 其二

玉臺[17]凌霞秀, 옥대에 걸린 노을 아름다운데,
王母怡妙顔. 서왕모는 예쁜 얼굴 환하게 펴네.
天地共俱生, 천지와 함께 살아가니,
不知幾何年. 도대체 몇 살인지를 모르겠네.
靈化無窮已, 신령스러운 변화 끝이 없고,
館宇非一山. 머무는 곳 이 산만이 아니어라.
高酣發新謠, 흥겹게 새로 지은 노래 부르니,
寧效俗中言. 속세의 말은 조금도 닮지 않았네.

이미 말한 바와 같이 「독산해경」의 둘째 구성부분은 시인의 이상세계에 대한 동경을 주요 내용으로 하고 있다. 이 부분에서 묘사된 이상적인 인물로는 서왕모西王母·주목왕周穆王·황제黃帝·

16) 도연명, 「오류선생전五柳先生傳」.
17) 옥대玉臺는 서쪽의 신성한 산 곤륜산에 있다는 서왕모의 거소.
18) 본래는 창조의 주신 혹은 대신이었으나 후대에 이르러 실제적인 기능신들에게 지위를 양보하고 더이상 숭배되지 않는 잊혀진 신. 이에 대해서는 Mircea Eliade, "Cosmogonic Myth and Sacred History", *Sacred Narrative*, Alan Dundes, ed., Berkeley, University of California Press, 1984, p. 146 참조.

불사민不死民 등이 있는데 서왕모에 대한 언급 횟수가 단연 수위를 차지한다. 한대漢代 이래 신화가 민간신앙 및 도교에 의해 전유되면서 서왕모가 이른바 '사라진 신'[18]이 되지 않고 생사를 주관하는 유력한 숭배 대상이 되었기 때문이다.

그런데 이 시에서 주목해야 할 점은 불사의 존재인 서왕모, 그리고 그의 거소인 '옥대玉臺'로부터 연상되는 광물질의 이미지이다. 다시 말해서 이러한 이미지는 이 시에 그치지 않고 이상세계를 노래한 시편들 전체를 감도는 분위기로 구현되어 있는 것이다. 광물질 특히 완전한 금속인 금·옥 등은 견고함뿐만 아니라 그 광채로 인하여 '응고된 빛'인 수정[19]처럼 영원불후한 존재성을 암시한다. 단사丹砂, 곧 수은은 그 강력한 가변성 때문에 유약한 인간 존재를 불사신으로 변환시킬 수 있는 힘으로 간주된다. 『산해경』 도처에서는 이미 이러한 광물들의 산출에 대해 언급하고 있을 뿐만 아니라 각기 여러 종류로 식별하고 있어 일찍부터 이들에 대해 상당히 주목했음을 알 수 있다. 고대에 이러한 광물들은 실용성보다는 주술적, 제의적 효능 때문에 중시되었을 가능성이 크므로 『산해경』에서의 이들에 대한 원초적 이미지는 후대 도교에서의 불사약 즉 선약仙藥과 관련된 이미지로 전환되었을 것이다.[20] 「독산해경」에서는 『산해경』에 이어 이들 광물적 이미지가 자주 차용되고 있는 것이 눈에 띈다.

서왕모西王母 곤륜산의 호수 요지瑤池에 봉황새를 타고 강림하는 모습. 청淸 임훈任薰의 〈요지예상도瑤池霓裳圖〉.

19) Mircea Eliade, *Shamanism*, Willard R. Trask trans., Princeton, Princeton University Press, 1974, p. 137.
20) 졸저, 『불사의 신화와 사상』, 민음사, 1994, 75~78쪽.

이러한 광물적 이미지의 나열은 이상세계의 전반적인 분위기를 짙은 불사관념의 색조로 물들이고, 시인 역시 이같은 경지에 이르기를 욕망한다.

기팔其八

自古皆有歿,	고래로 모두 죽기 마련,
何人得靈長.	뉘라서 장생할 수 있었던가?
不死復不老,	죽지도 늙지도 않으며,
萬歲如平常.	만년이 평시와 같은 것은.
赤泉[21]給我飮,	적천이 내게 마실 물 주고,
員邱[22]足我糧.	원구가 내게 양식을 대기 때문이지.
方與三辰游,	바야흐로 해·달·별과 더불어 노니,
壽考豈渠央.	목숨이 어찌 다하겠는가?

첫 수에서 이미 도달했던 "잠깐 사이에 우주를 돌아보게 되니"의 경지가 이 시에서 "바야흐로 해·달·별과 더불어 노니"의 순간으로 다시 구현되고 있음을 보라. 바로 이러한 경지는 『초사』「원유遠遊」의 말미에서 견자見者가 당도한 "태초와 더불어 이웃이 되는與泰初爲鄰" 상황으로 이해해도 좋을 것이다. 시인은 동경의 극점에서 이른바 '태초의 그 순간in illo tempore'으로의 회귀처럼 이상세계와의 거리를 지우고 그곳에 몰입한 것이리라.

이제 시인의 행정行程은 이상세계에 대한 동경의 극점을 지나 하강의 국면으로 접어든다. 즉 제9수에서 제12수에 이르는 후

21), 22) 적천赤泉과 원구員邱는 모두 곤륜산에 있다는 샘과 언덕으로 불사의 낙원을 표상한다.

23) 과보 신화의 내용은 다음과 같다.
"과보가 태양과 경주를 하였는데 해 질 무렵이 되었다. 목이 말라 물을 마시고 싶어 황하와 위수의 물을 마셨다. (그러나) 황하와 위수로는 부족하여 북쪽으로 대택의 물을 마시러 갔다가 도착하기도 전에 목이 말라 죽었다. 그 지팡이를 버렸는데 그것이 변하여 등림이 되었다. 夸父與日逐走, 入日. 渴欲得飮, 飮于河渭. 河渭不足, 北飮大澤. 未至, 道渴而死. 棄其杖, 化爲鄧林."(「해외북경海外北經」)
"대황의 한가운데에 성도재천이라는 산이 있다. 두 마리의 누런 뱀을 귀에 걸고 두 마리의 누런 뱀을 손에 쥔 사람이 있는데 이름을 과보라고 한다. 후토가 신을 낳고 신이 과보를 낳았다. 과보가 (자신의) 힘을 헤아리지 않고 해를 좇아가려고 하다가 우곡에 이르렀다. 황하를 마시려 했으나 양에 안 차 대택으로 가려 했는데 도착하기도 전에 이곳에서 죽었다. 大荒之中, 有山名日成都載天. 有人珥兩黃蛇, 把兩黃蛇, 名日夸父. 后土生信, 信生夸父. 夸父不量力, 欲追日景, 逮之于禺谷. 將飮河而不足也, 將走大澤, 未至, 死于此."(「대황북경大荒北經」)

과보夸父 태양과 경주를 한 거인. 명明 장응호蔣應鎬의 『산해경회도山海經繪圖』.

반부가 이러한 국면으로, 여기에서는 비록 신화적 사물일지라도 현실에 대한 감개感慨에 젖어 변용된다. 이러한 심경에서 도연명은 전반부와는 달리 비극적인 신화 영웅의 행적에 감정이입을 시도한다. 「해외북경海外北經」과 「대황북경大荒北經」에서 묘사된, 태양과 경주를 했다가 중도에 목이 말라 죽은 거인 과보夸父[23]에 대한 음영吟詠이 그것이다.

기구其九

夸父誕宏志,	과보가 큰 뜻을 발하여,
乃與日競走.	태양과 경주를 했다네.
俱至虞淵[24]下,	함께 우연에 이르렀으니,
似若無勝負.	누가 이기고 짐이 없는 것 같네.
神力旣殊妙,	그 신령한 힘 비길 데 없으니,

24) 우연虞淵은 서쪽 끝 해 지는 곳에 있다고 전해져온 연못.

傾河焉足有. 황하를 다 마신들 양에 차겠는가?

餘迹寄鄧林[25], 그가 버린 지팡이 등림이 되었으니,

功竟在身後. 공적은 결국 죽은 뒤에 남았네.

"과보가 힘을 헤아리지 않고夸父不量力"라는 표현으로 과보의 패배를 기정화했던 신화의 본뜻에서 벗어나 시인은 "큰 뜻을 발하여"라든가 "누가 이기고 짐이 없는" "그 신령한 힘" "공적" 등의 호의적인 뉘앙스를 풍기는 어휘들을 사용하여 비극적 영웅의 일생을 미화한다. 시인의 이러한 감정의 이면에는 역사적으로 불우했던 인물들에 대한 동정과 스스로의 처지에 대한 감개라는 착잡한 심리가 깔려 있다고 보아야 하겠다. 주지하다시피 도연명이 벼슬길을 단념하고 은일자로서의 삶을 살게 되기까지는 많은 현실적 제약과 내면의 갈등이 존재했었기 때문이다.[26] 시인의 이러한 감정의 표출은 구원받을 수 없는 패배자, 시대의 반역자에게까지 적극적으로 확대된다. 「북산경北山經」에서 정위精衛[27], 「해외서경海外西經」에서 형천刑天[28] 등의 신화적 이미지가 차용되고 있는 것이 그것이다.

기십其十

精衛啣微木, 정위새는 나뭇조각을 물어다,

將以塡滄海. 바다를 메우려 했고.

刑天舞干戚, 형천은 방패와 도끼를 들고 춤추어,

猛志固常在. 용맹한 정신 여전히 있었다네.

25) 과보가 죽은 뒤 그의 지팡이가 변해서 이루어졌다는 거대한 복숭아나무숲.

26) 도연명의 은둔이 전원으로의 즐거운 귀환이 아니라 한문寒門 출신으로서 선택할 수밖에 없는 당시 '직업'의 한 형태였으며 은둔 이후에도 그가 마음의 평정을 찾지 못하고 실존적 고뇌와 갈등에 시달렸던 정황에 대해서는 신하영, 「도연명 시에 나타난 내면적 갈등 연구」(이화여대 중문과 석사학위논문, 1997) 참조.

27) 정위 신화의 내용은 다음과 같다.
"다시 북쪽으로 200리를 가면 발구산이라는 곳인데 산 위에서는 산뽕나무가 많이 자란다. 이곳의 어떤 새는 생김새가 까마귀 같은데 머리에 무늬가 있고 부리가 희며 발이 붉다. 이름을 정위라고 하며 그 울음은 자신을 부르는 소리와 같다. 이 새는 본래 염제의 어린 딸로 이름을 여왜라고 하였다. 여왜는 동해에서 노닐다가 물에 빠져 돌아오지 못하였는데 그리하여 정위가 되어 늘 서쪽 산의 나무와 돌을 물어다가 동해를 메우는 것이다. 장수가 여기에서 나와 동쪽으로 황하에 흘러든다. 又北二百里, 曰發鳩之山, 其上多柘木. 有鳥焉, 其狀如烏, 文首, 白喙, 赤足, 名曰精衛, 其鳴自詨. 是炎帝之少女名曰女娃, 女娃游于東海, 溺而不返, 故爲精衛, 常銜西山之木石, 以堙于東海. 漳水出焉, 東流注于河."(「북산경北山經」)

同物旣無慮, 본래부터 뒷걱정하지 않았고,
化去不復悔. 변화된 후도 후회하지 않았다네.
徒設在昔心, 다만 마음은 옛날 그대로이나,
良辰詎可待. 좋은 시절을 어찌 기대할 수 있겠는가?

형천刑天 목이 잘린 채 방패와 도끼를 들고 춤추고 있다. 청淸 필원畢沅의 『산해경山海經』.

정위·형천은 모두 무망한 노력과 투쟁의 화신들이다. 이들의 절대비극에 대해 시인은 마지막 구에서 "좋은 시절을 어찌 기대할 수 있겠는가?"라는 물음으로 안타까움을 표시한다. 이 시는 일부 연구자들이 지적하듯이 당시의 군벌 유유劉裕가 동진東晋 왕권을 찬탈한 것에 대한 도연명의 절망감·반항의식으로 읽을 수도 있다. 그러나 그러한 알레고리로만 읽을 때 우리가 아는 도연명은 얼마나 현실적이고 즉물적인 시인인가! 우리는 과보·정위·형천 등 이 불행한 존재들의 신화적, 보편적 근거에 대해 좀더 탐문해볼 필요가 있다. 이들의 공통점은 고대신화의 세계에서 모두가 황제계黃帝系에 대해 적대적 관계에 있었던 염제계炎帝系의 신령들이라는 점이다. 이들은 염제·치우蚩尤와 더불어 황제계와의 전쟁에서 패했고 대부분 비참한 최후를 맞는다. 그러나 신화적 존재의 최후 양식은 오늘날의 우리와 같지 않다. 이들은 목이 잘리거나 사지가 절단되는 등 신체상의 훼손에도 불구하고 다시 형체를 바꾸어 변화, 전생轉生하는 양식을 취한다. 엄격히 말해 이들에게 최후는 없다. 오비디우스의 『변신 이야기』에서의 변형도 그러하지만 그들은 끊임없

28) 형천 신화의 내용은 다음과 같다.
"형천이 이곳에서 천제와 신의 지위를 다투었는데 천제가 그의 머리를 잘라 상양산에 묻자 곧 젖으로 눈을 삼고 배꼽으로 입을 삼아 방패와 도끼를 들고 춤추었다. 刑天與帝至此爭神, 帝斷其首, 葬之常羊之山, 乃以乳爲目, 以臍爲口, 操干戚以舞."(「해외서경海外西經」)

이 형체를 바꾸어 존재할 수 있다. 가령 과보는 목이 말라 죽었지만 가지고 다니던 지팡이를 통하여 거대한 숲으로 화생化生한다. 나무는 땅 속의 물을 빨아들이는 법, 그는 숲이 되어 갈증을 해소하려던 생전의 행위를 여전히 지속하게 된다. 이러한 신화적 존재 양식의 이면에는 고대인들의 중요한 세계관이 있다. 그것은 만물의 밑바탕에 깔려 있는 우주적 생명력의 흐름을 통한 존재 상호 간의 연계성·변환성에 대한 관념이다.[29] 과보·정위·형천 등이 죽음 후에도 형체를 바꾸어 불멸의 의지를 표현할 수 있는 것은 이러한 관념 때문이다. 따라서 도연명의 불행한 역사적 존재들에 대한 동정, 그리고 그들이 갖는 불후한 가치에 대한 강조는, 우리의 잠재의식 속에 하나의 전형으로 각인되어 있는 이러한 신화적 존재들의 이미지를 환기함으로써 더욱 공감의 폭을 넓히게 된다.

자신을 비롯한 불우한 인물들을 향한 시인의 연민의 눈길은 이제 그러한 현실을 조성한 바람직하지 못한 존재들에 대한 견책의 시선으로 바뀌게 된다. 『산해경』에 나오는 흉신凶神·흉수凶獸 등의 이미지가 시인 특유의 심미 관점에 의해 현실 투영의 상관물로 화하는 것은 여기에 기인한다. 제11수에서는 「남차이경南次二經」 요광산堯光山의 흉수인 활회猾褢, 「서차삼경西次三經」 종산鍾山의 흉신인 흠비欽䲹와 흉조인 준조鵕鳥, 「해내남경海內南經」의 흉신인 알유窫窳, 제12수에서는 「남차이경南次二經」 거산柜山의 흉조인 주鴸 등이 등장하여 소망스럽지 못한 현실세계를 암시하고 있다. 이들은 난리를 조성하고(활회·흠비), 가뭄을 일으키고(준조), 사람

29) 카시러는 이를 '생명의 연대성solidarity of life'이라고 부른다. Ernst Cassirer, *An Essay on Man*, New Haven, Yale University Press, 1947, p. 82.

을 잡아먹고(알유), 선비를 추방하는(주) 등의 해악을 끼치거나 그 전조가 된다. 이러한 어수선한 현실세계는 한마디로 난세일 것이다. 그렇다면 오늘의 난세를 초래한, 나아가 현실에 대한 이 모든 비탄悲嘆을 자아낸 궁극적인 동인은 과연 무엇인가?

기십삼其十三

巖巖顯朝市,	공정하게 정사를 펼침에,
帝者愼用才.	통치자는 인재 등용에 신중해야 한다.
何以廢共鯀[30],	공공과 곤을 어떻게 제거했는가?
重華爲之來.	순임금이 그 일을 했도다.
仲父獻誠言,	현신 관중은 충언을 드렸으나,[31]
姜公乃見猜.	제환공에게 용납되지 않았다.
臨沒告飢渴,	죽을 때에야 배고픔을 호소했어도,
當復何及哉.	다시 어찌할 수 있었겠는가?

봉건시대 지식계층의 환난은 아무래도 정치적 이유에서 온다. 이 환난의 요인은 대부분 시대와의 불화, 즉 "재주를 지녔으되 때를 만나지 못함懷才不遇"에 있다. 회재불우는 다시 무엇으로부터 오는가? 그것은 불공정한 정치이다. 제13수에서 시인은 이제까지 걸쳤던 신화적 겉옷을 과감히 벗고 비교적 직서直抒하는 형식으로 현실 문제에 대한 시각을 보여주고 있다. 인재 등용에 관한 성공과 실패의 신화, 역사적 실례를 극명히 대조

30) 공곤共鯀은 공공共工과 곤鯀. 공공에는 신화시대에 홍수 등의 재해를 일으킨 악신惡神 혹은 순임금 때 '온갖 기술百工'을 담당한 관리라는 두 가지 의미가 있다. 여기서는 후자의 뜻으로 쓰였다. 곤은 순임금 때 황하의 치수 책임자였으나, 치수에 실패해서 사형당한 인물.

31) 재상 관중管仲은 유언으로 요리사 역아易牙 등을 중용하지 말 것을 당부하였으나 제환공齊桓公은 이를 듣지 않았다가 후일 역아 등에게 감금당하여 굶어죽게 된다. 역아는 어린 아들을 요리하여 제환공에게 바쳐 아첨했던 인물.

굴원屈原 초楚나라의 애국 시인. 어부와 대화를 하고 있는 모습. 『이소도離騷圖』.

하면서 시인은 강렬한 교훈적 메시지를 전달하고자 애쓴다.

이제 우리는 「독산해경」의 결미라고 할 수 있는 마지막 제13수를 읽었다. 앞서 소개한 시편들과 비교할 때 그 정조와 표현 방식이 일변된 이 시가 「독산해경」 전 작품의 견지에서 차지하는 지위와 성격은 무엇인가? 이 마지막 시는 후반부 몇 수와 더불어 비탄적인 성격이 강하여 「독산해경」 전 작품의 톤에 일관성을 부여하기 어렵게 만들고 있는 것이 사실이다. 『산해경』의 신화적 모티프로부터 연기緣起된 시심의 편력, 그 상승하고 하강하는 여정의 끝에 이르러 시인은 문득 신화적 세계로부터 현실질서로 귀환한 것일까? 혹은 도가적 방일放逸로부터 유가적 엄숙주의로 전환한 것일까? 궁극적으로 우리는 이 시가 「독산해경」의 결미로서 갖는 의미를 시인의 다음과 같은 심경으로부터 헤아려야 하지 않을까? 바로 비분의 시인 굴원屈原이 노래한 바,

陟陞皇之赫戱兮, 햇빛 휘황하게 내리는 하늘에 올라,
忽臨睨夫舊鄕. 문득 저 아래 고향을 내려다보면.
僕夫悲余馬懷兮, 종들도 슬퍼하고 내 말도 그리워하나니,

蜷局顧而不行.[32]　　돌아보다 발 붙어서 차마 가지 못하나니.

와 같은 심경으로.

3. 「산경」: 황홀한 귀환

한국에서의 『산해경』 수용의 역사는 길다. 일찍이 삼국시대에 전래된 이후 고구려 고분벽화에서의 표현을 거쳐 고려·조선조 문인들에 의해 탐독된 바 있고, 최근 우리 문학 일각에서도 이 책에 대한 관심을 표명해왔다. 가령 김현은 '제강帝江의 꿈' '주鴸와 비蜚의 세계에서' 등으로 그의 저작 및 평론집에 부제를 달았고,[33] 소설가 박인홍은 「염유어冉遺魚」 『벽 앞의 어둠』 등에서 『산해경』의 그로테스크한 이미지를 차용해 현대인의 파편화된 내면을 묘사하였다. 황지우의 「산경山經」은 이러한 여러 관심들 중에서도 『산해경』의 신화적 이미지에 대해 가장 집중적인 문학적 체현을 수행한 작품으로 주목을 요한다. 『산해경』에 대한 패러디라 할 「산경」은 1987년 『우리 시대의 문학』 제6집에 발표되었다가 1990년 시집 『게 눈 속의 연꽃』으로 묶여나온 것이다. 그러나 최근까지 「산경」에 대해 본격적인 분석을 시도한 평론가는 드물다. 진형준이 『게 눈 속의 연꽃』의 해

32) 굴원, 『초사』 「이소離騷」, 고은 역주, 민음사, 1975, 113~114쪽.

33) '제강의 꿈' 은 『제네바학파 연구』(문학과지성사, 1996), '주와 비의 세계에서' 는 『분석과 해석』(문학과지성사, 1988)의 부제.

설 「걸리적거림, 사이로 돌아다님」에서, 이광호가 『황지우 앨범』에 실린 평론 「초월의 지리학」에서 각기 간평簡評하고 있을 따름이다.[34]

먼저 「산경」의 구성을 보자. 「산경」은 모두 39연의 연작 장시이다. 이는 다시 서序에 해당하는 1연, '남산경南山經' 13연, '인왕산경仁旺山經' 13연, '무등산경無等山經' 11연, 결미結尾에 해당하는 1연 등으로 구성되어 있다. 이러한 구성은 앞서 고찰한 도연명의 「독산해경」의 그것과 비슷하다. 아마 심령의 행정을 노래한 모든 작품이 이러한 순차로 구성을 취하겠지만 내용의 전개는 정반대가 될 수도 있다. 굴원의 「이소離騷」, 곽박郭璞의 「유선시」, 도연명의 「독산해경」 등 대부분의 중국 작품들은 이상세계로부터 현실세계로의 급격한 추락 및 그에 따른 비애감을 토로하고 있으나, 황지우의 「산경」은 현실세계로부터 이상세계에 이르는 지난한 여정 그리고 이후의 결연한 귀환을 노래하고 있는 점이 그것이다.

어쨌든 모든 문제적 자아는 길을 떠난다. 영웅도, 미치광이도. 통과의례의 첫 단계가 분리separation이지 않던가? 시인의 길 떠남을 대비하는 마음가짐은 다음과 같은 것이리라.

무릇 經典경전[36]은 여행이다. 없는 곳에 대한 地圖지도이므로.

누가 아빠 찾으면, 집 나갔다고 해라.

(……)

요즘은 종일 집구석에 있소. 어디든 갈 수 있어요.

34) 황지우, 『게 눈 속의 연꽃』(문학과지성사, 1990) 및 이남호·이경호 편, 『황지우 문학앨범』(웅진출판, 1995) 참조.
35) 「산경」 원문에는 한자 표기만 되어 있으나 여기서는 독자들의 편의를 위해 한글 표기를 병기하기로 한다.

무릇 道도는 교환과 방황을 위해 있다. 아니, 道도는 약탈이다.

방광에 가득찬 한숨 — 게야, 바다 한가운데를 가보았느냐![36)]

작품의 서序에 해당하는 제1연에서 시인은 그의 집요한 길 찾기의 의도를 드러낸다. 경전·지도·도는 모두 공통점을 갖는다. 그것들은 미지와 현실적으로 부재하는 것들을 위해 존재한다. 바로 '없는 곳에 대한 지도'이고 '교환과 방황을 위해 있는' 도이기 때문에 시인의 실존적 탐색은 불가피하다. '남산경'에서 '무등산경'으로 향하는 「산경」의 여정은 이렇게 해서 시작된다.

南山남산의 첫머리는 會峴회현이라는 고개이다. (……) 이곳의 어떤 풀은 그 생김새가 푸른 지렁이 같고, 가느다란 털이 달려 있고, 끈끈이액이 나와, 사람이 다가가면 긴 줄기로 휘감아 잡아먹으려 든다. 이름을 蒼芙창부라 한다. 이것에 닿으면 오줌을 자주 눈다. (……) 廢水폐수가 여기에서 나와 清溪청계로 흐르는데 그 속에는 입 없는 비닐 뱀장어들이 많이 산다. 먹어서는 아니 된다.

회현 마루에서 남산 꼭대기까지에는 닭머리에 살무사 꼬리를 단, 커다란 거북이가 날개를 달고 날아다니는데 이름을 鷄鮄蚵계불가라 한다. 이 새의 염통은 욕망이다. 그것이 그것을 날게 한다.

남산 꼭대기에는 폭군 熙희를 죽이고 희의 양아들 諜漬낙지에게 죽임

36) 황지우, 「산경」 제1연, 『게 눈 속의 연꽃』, 17쪽.

을 당한 희의 신하 圭[규]가 사지가 잘린 채 높은 고목에 걸려 있는데, 영생의 저주를 받아 죽지 않고 살아 있어, 계불가가 날마다 날아와 그의 목마른 입에 폐수의 물을 한 모금씩 떠넣어준다. 규가 목말라 소리쳐 울면 마른 번개가 쳐, 부근에 풀과 나무가 없다.[37]

「산경」은 전략적으로 원전인 『산해경』의 서술체재를 습용襲用하여 재기호화한 것이라고 볼 수 있다. '남산경'의 제1연과 제2연은 주로 「오장산경五藏山經」의 체재를, 제3연은 「오장산경」과 「해경海經」 혹은 「황경荒經」의 체재를 혼합해서 차용한 것으로 보인다. 이러한 패러디의 의도 및 효과는 여러 가지 측면에서 생각해볼 수 있다. 첫째, 은폐의 기능이다. 당시 군부통치의 엄혹한 상황에서 특히 제3연과 같은 내용을 표현하고자 할 때 신화적 의장意匠이 필요했을 것이다. 둘째, 강한 풍자성의 확보이다. 『산해경』의 신화적 지형 위에 놓인 당대의 현실은 곧 희화화되며 풍자적 취지를 지니게 된다. 셋째, 묵시론적 예언적 어조의 내포이다. 제1연과 같이 『산해경』의 주술적 서사구조를 거의 완전히 습용한 경우 이러한 어조가 강화된다. 이 밖에도 계불가鷄鵧蚵·낙지諾漬 등의 경우처럼 생경한 한자, 즉 벽자僻字를 활용한 가차적 명명은 일종의 '낯설게 하기' 효과를 자아내어 현실을 더욱 충격적으로 보여준다. 이는 일찍이 황지우가 즐겨 사용한 방식이었다.

'남산경'을 계속 따라갈 때 시인의 행로는 여전히 고달프다. 끔찍하고, 바람직하지 못한 현실들이 지역 곳곳에 산재해 있기

37) 이상은 '남산경' 제1, 2, 3연, 같은 책, 17~18쪽.

때문이다. 나타나면 고을에 큰 도둑이 든다는 성북산晨北山의 회장蛔丈:會長, 나타나면 고을에 철거와 토목공사가 많아진다는 상계산上溪山의 구청狗鯖:區廳, 교미하기를 좋아하고 난폭하기 그지없는 소요산招搖山의 성성이狌狌:美軍 등은 신화적 괴물의 형상으로 표현된 당대 재앙의 동기부여자들이다. '남산경'의 끝에서 우리는 이 시대 지배계층의 형상을 마주하게 된다.

> 南山남산에서 崇夷山숭이산까지는 모두 10개 산으로, 그 거리는 2,500여 리에 달한다. 이곳의 神신들은 모두 사람의 머리에 짐승의 몸을 하고 있는데, 오른손에 붉은 뱀, 왼손에 푸른 뱀을 쥐고 있다. 그 제사에는 털빛 좋은 희생물로 한 마리 黃狗황구의 피를 바치고, 푸른 종이돈을 제단에 올려 기원드린다. 젯멧쌀은 쓰지 않는다. 이 신들은 피와 돈을 좋아한다.[38]

원래『산해경』각 '산경'의 말미에는 그 일대 산악을 주재하는 신들의 형상과 제사·제물에 대한 묘사가 있는데 시인은 이를 전유하여 지배계층에 대한 풍자로 변용했다. 사람의 탈을 썼으나 짐승의 몸, 즉 동물적 욕망을 지닌 그들은 피와 돈을 좋아한다. 피는 군부의 무단통치를, 돈은 독점자본의 착취본능을 각기 상징한다. 당대에 대한 강렬한 풍자와 희화로 점철된 '남산경'의 지역을 벗어나 '인왕산경'의 범위로 접어들었어도 행로가 순탄하지는 않다. 정직한 사람을 잡아먹는 괴불산媿佛山의 사복蛇僕:私服刑事, 지렁이를 뱀이라 하고 뱀을 용이라 한다는 송추

38) '남산경' 제13연, 같은 책, 21쪽.

산松秋山의 쥐인 비어蜚語:流言蜚語 등이 도사리고 있기 때문이다. 아울러 안타까운 일은, 이 부조리한 난세가 빚어낸 억울하고 한 맺힌 현실이다.

> 다시 서쪽으로 5백 리 가면 日山일산이라는 곳이다. 해와 달리기 시합을 하여 이기면 新帝신제가 되기로 한 大周대주가 이곳에서 해와 경주를 했는데, 일산에서는 아침에 해가 세 개나 떴다. 해질 무렵 목이 말라 한 수를 마시러 갔다가 거기에 도착하기 전에 목말라 죽었다. 그가 꽂고 쓰러진 지팡이가 변하여 눈부신 桃林도림이 되었다.[39]

> 다시 서쪽으로 5백 리 가면 張吉山장길산이라는 곳이 나온다. (……) 이곳의 어떤 새는 몸 빛깔이 상복을 입은 듯 희고, 부리와 발이 붉기가 불꽃 같다. 이름을 雪羲설희라 한다. 한 어머니가 있었는데, 어린 아들이 臨津水임진수를 건너다 물에 빠져 돌아오지 못했다. 45년을 기다리다 어머니도 죽고, 그녀가 설희가 되어, 예나 지금이나 장길산의 나무와 돌을 물어다가 임진수를 메우는 것이다.[40]

제7연은 우리가 익히 아는 거인 과보의 신화를 패러디하여 당시 저명한 한 정치 지도자의 좌절을 그린 것이리라.[41] 제11연 역시 『산해경』의 저명한 정위새 모티프를 바탕으로 당시 월북 작가의 작중 형상을 짜넣어 분단의 비극을 묘사하고자 했다. 그 비극성이 더욱 깊게 와 닿는 것은 정위새의 무망함에도 하염없이 반복되는 운동 이미지 때문일 것이다.

39) '인왕산경' 제7연, 같은 책, 23쪽.
40) '인왕산경' 제11연, 같은 책, 24쪽.
41)흥미로운 것은 당시 야당 후보의 대통령 선거 패배와 경기도 일산一山으로의 이주가 이 시가 씌어진 이후에 일어났다는 사실이다.

시인은 이제 비로소 흉신과 흉수가 지배하던 구역으로부터 벗어나 피안의 세계인 '무등산경'의 영역에 안착한다. 그곳은 실로 낙원이다. 그러나 저 아르카디아Arcadia와 같이 무조건 호의호식하는 낙원이 아니라 시인이 지나온 현실에서 입은 상처와 고통을 치유할 약이 존재하는 낙원이다. 매 맞아 얼든 데를 낫게 할 수 있는 꼬두메의 참꽃, 칼로 찔리거나 베인 살을 흔적도 없이 아물게 하는 삿갓골의 영목鈴木이 있고, 약산藥山에는 큰 슬픔이나 원한을 삭여주는 축여祝餘, 세상 시름을 잊게 해주는 산미나리 등 온갖 약초들이 자라고 있다. 그뿐인가? 이곳은 초월자인 신선들이 유유자적하는 곳, 그 정경은 실로 『산해경』에서의 봉조鳳鳥와 난조鸞鳥가 "절로 노래하고 절로 춤추는自歌自舞" 낙원의 표상에 가깝다.

그렇다면 치유자·쉼터·낙원으로서의 '무등산경'의 이미지는 어디로부터 오는가? '남산경'으로부터 '무등산경'에 이르기까지 시인의 행로는 사실상 지난날 우리의 기구하고 살벌했던 현실의 궤적이다. 역사에 순결했기에 고난을 감당해야만 했던 '무등산경'의 영역은 그러기에 치유의 쉼터가 될 수 있다고 시인은 믿는다. 그곳은 상처받은 자의 지성소至聖所이고 낙원인 것이다. 여기에서 우리는 폭력과 성스러움의 관계를 얘기한 지라르René Girard의 가설을 떠올릴 수도 있을 것이다.[42] 그런데 낙원에 안착한 이후 시인의 행로는 어떻게 될 것인가?

> 立石입석을 동쪽으로 돌아 和順화순으로 5백 리 가면, 雲舟寺운주사에

42) 지라르는 모든 성스러운 역사 이면에는 반드시 제의적 희생 곧 초석적礎石的 폭력에 의한 희생이 있었다고 말한다. 르네 지라르, 『폭력과 성스러움』, 김진식·박무호 옮김, 민음사, 1993, p. 161. 그러나 지라르의 가설이 도리어 전체주의의 폭력을 정당화시킬 위험성이 없는 것도 아니다.

다다른다. 수천년 이래 謫仙적선들이 이곳에 모여 다시 세상으로 나갈 채비들을 하고(……)[43]

다시 세상으로 나갈 채비들을 한다? 민담을 보라. 길을 떠난 영웅은 미녀와 불사약을 얻고 반드시 귀환한다. 『서유기』에서 81난難을 딛고 천축天竺에 도착한 삼장三藏 일행도 불경을 얻고 꼭 돌아오게 되어 있다. 아울러 그들의 행로는 역사적으로 제각기 굴곡이 다른 지상의 길이지만 내면으로는 누구나 걸어야 할 구도의 길이라는 점에서 일치한다. 시인이 「산경」을 따라 걸어온 길도 이러한 중층의 의미를 지닌다. 진형준이 "「산경」에 의해 우리 당대의 역사적이고 구체적인 욕망, 인간답게 살기, 정의롭게 살기라는 욕망이, 하나의 신화적인 보편성을 얻었다"[44]고 상찬한 것은 이와 같은 맥락에서이다.

영웅은 간혹 회귀를 거부할 수 있다. 세속으로 돌아오지 않고 영원히 피안에 안주하기 위해. 그러나 시인은 다시 돌아와야 한다. "세계로부터의 분리, 힘의 원천에 대한 통찰, 그리고 황홀한 귀향의 패턴"[45]을 취하여 그가 얻은 근원적 힘을 역사현실에 가져와야 한다. 그리하여 흉신과 흉수가 들끓는 이 세계에 선의 의지를 접맥시켜야 한다. 마침내 시인은 이렇게 노래한다.

그러므로, 길 가는 이들이여
그대 비록 惡악을 이기지 못하였으나

43) '무등산경' 제11연, 같은 책, 29쪽.
44) 같은 책, 143쪽.
45) 조지프 캠벨, 『천의 얼굴을 가진 영웅』, 이윤기 옮김, 평단문화사, 1985, 37~38쪽.

藥약과 마음을 얻었으면,

아픈 세상으로 가서 아프자.[46)]

4. 맺는말

『산해경』으로부터 도연명을 거쳐 황지우에 이르는 탐색의 긴 여로에서, 다시 말해 신화에서 시가로 변용되는 과정에서 우리는 몇 가지 주목할 만한 사실들을 포착할 수 있었다. 첫째로 주술적 신화 이미지의 풍자적 시가 이미지로의 전환이다. 『산해경』의 주술적 이미지 혹은 어투가 시인에 의해 수용되었을 때 그것은 현실에 대해 강력한 풍자 의의를 발하였다. 고대 주술사의 지위를 대신한 시인, 그는 당대의 재앙을 경고하는 예언자로서의 목소리를 통해 비장하게 현실을 노래하는 데 성공하고 있다. 다음으로 도연명과 황지우의 시 속에 다 함께 수용된 중요한 신화 모티프인 과보·정위 이미지에 대해 좀더 천착할 필요가 있다. 앞서 말했듯이 황제에 의해 패배한 염제계에 속하는 이들 신화 인물들은 문화적으로 샤머니즘과 관련이 깊으며, 『태평경太平經』[47)]의 '원결怨結', 사마천司馬遷[48)]의 '원독怨毒', 한유韓愈[49)]의 '불평不平' 등 후대 민중의 한으로부터 지식계층의 회재불우의 심경에 이르는 고대 동아시아 사회 특유의 심리복합의

46) '무등산경' 제12연, 같은 책, 29쪽.

47) 『태평경』은 한대漢代의 민간도교 경전으로 원한 맺힘, 곧 '원결怨結'을 모든 정치, 사회적 부조화의 근원으로 파악한다.

48) 사마천은 한무제漢武帝에게 억울하게 형벌을 당하고 그 원통한 마음, 곧 '원독怨毒'으로 인해 『사기史記』를 저술하게 되었음을 술회한 바 있다.

49) 한유는 울분으로 인한 평탄치 못한 심경, 곧 '불평不平'이 창작 동기를 유발한다고 보았다.

기원적 존재이다. 과보 혹은 정위 콤플렉스라고 불러도 좋을 이 이미지는 적어도 동아시아 지역에서 보편성을 확보하고 있으며 일정 정도 세계성을 띠고 있는 것으로 보인다. 끝으로 두 시인의 작품으로부터 확인하게 되는 것은 신화와 현실에 대한 인식론적 화해 혹은 인식론적 교융의 경지이다. 그들은 결코 신화적 몽상 혹은 현실적 논리, 일면의 차원에서 음영吟詠하지 않았다. 신화에서 현실로 다시 현실에서 신화로 서로 감싸안거나, 신화 속에 현실이 혹은 현실 속에 신화가 서로 깃드는 모습으로 시정詩情을 전개했다. 이분법이 와해된 이 경지는 커다란 하나이자, 둘 이상이 다중질서를 이룩하고 있는 세계이다.

『산해경』은 중국의 대표적 신화, 지리서이지만 그것의 문화 경역境域은 오늘의 중국을 초월하여 동아시아 여러 민족에 걸쳐 있다. 따라서 『산해경』 신화가 갖는 보편성은 중국문화만의 범주를 넘어 여타 주변문화에 대해서도 다방면으로 작용할 수 있다고 본다. 이것은 고구려 고분벽화 등 예술적인 방면에서도 이미 입증된 바 있다. 시인은 신화적 상상력을 통해 개인적이고 고유한 체험을 넘어서 보편적인 정서와 언어를 획득한다. 따라서 『산해경』의 시적 변용이 도연명과 황지우에게서 어떻게 구현되고 있는지를 살피는 일은 흥미로운 과제라 할 것이다. 물론 시공의 격차가 현저한 이들 두 시인을 갑자기 별도의 기준 없이 비교한다는 것은 무리일 수 있다. 이 글에서는 다만 시론적인 차원에서 두 시인의 작품을 통하여 『산해경』 신화가 동아시아 문학의 원형 의상意象에 미친 영향을 확인하고자 하였다. 이러한 일련의 작업들을 토대로 동아시아 신화 이미지의 체계를 점차 구축해나가, 시공을 넘어 텍스트를 읽을 수 있는 힘을 예증하는 일은 금후의 과제가 될 것이다.

2

식인 · 광기 · 근대

-루쉰魯迅의 「광인일기」, 이문열의 『황제를 위하여』

루쉰은 유교와 동일한 차원에서 도교의 종교로서의 타락 · 비합리성 · 허구성 등을 비판하면서도 선별적으로 도교가 갖는 기층문화로서의 역량을 긍정, 수용하는 태도를 취한다. 루쉰은 "중국의 뿌리는 죄다 도교에 있다"고 선언하면서 도교와 상관된 민간의 습속 · 행사 등에 깊은 관심을 표명하고 특히 장자의 반권위적 의식, 반언술적 표현 등에 주목하였다. 루쉰과 장자의 관계를 중심으로 루쉰의 도교 수용을 다룬 논의가 없는 것은 아니지만 미흡하다고 생각되는 것은, 바로 광인과 장자의 진인과의 관련성에 대한 정밀한 탐구가 결여되었기 때문이다.

1. 식인동물과 야누스

이미지의 제국 『산해경』에는 인간과 동물, 동물과 동물이 이룩해낸 다양한 복합동물의 형상들이 출현하고 있다. 이 잡종화된 존재들의 공간은 레비 브륄Lévy-Bruhl의 이른바 '참여의 법칙law of participation'이 지배하는 신화적 세계이다. 이 세계에서 동물성animality은 더이상 저열한 속성이 아니다. 그것은 생태론자들의 복권운동에 기대지 않더라도 본래 인성人性과 동등하거나 오히려 그 이상으로 간주되었던 것이다. 우리는 여기에서 『산해경』의 동물성을 인성과 교호적交互的인 차원에서 읽어볼 여지를 갖게 된다. 교호적이라는 말이 즉각적으로 불러일으킬 수 있는 오해는 알레고리이다. 그러나 『산해경』의 동물성은 모두 복합적인 이미지의 화신으로서 근원적으로 통합상징unifying symbol[1)]의 의미를 지향하고 있다. 다시 말해 신화적 동물이 표상하는 것은 좁은 의미의 동물성이 아니라 미분화된 인성까지도 포함한 넓은 의미의 동물성인 것이다. 따라서 교호적이란 인성이 동물성과 융합되어 있기 때문에 상호 추론해낼 수 있는 관계를 표현한 것으로, 알레고리에서의 의미와 대상 간의 지배적, 불가역적 관계성과는 다른 것이다.

이같은 원초적 동물성과 관련하여 『산해경』에서 우리의 눈길을 끄는 내용은 책 도처에 표현되고 있는 식인동물의 존재에

1) 올란디 야코비, 『칼 융의 심리학』, 이태동 옮김, 성문각, 1982, 220쪽.

대한 것이다.

농질 蠪蛭 아홉 개의 꼬리와 아홉 개의 머리가 있는 식인 괴물. 명明 호문환胡文煥의 『산해경도山海經圖』.

마복馬腹 사람의 얼굴에 호랑이의 몸을 한 식인 괴물. 명 호문환의 『산해경도』.

다시 남쪽으로 500리를 가면 부려산鳧麗山이라는 곳이다. (……) 이 곳의 어떤 짐승은 생김새가 여우 같은데 아홉 개의 꼬리와 아홉 개의 머리에 호랑이 발톱을 하고 있다. 이름은 농질蠪姪이라고 하며 그 소리는 어린아이 같은데 사람을 잡아먹는다.

又南五百里, 曰鳧麗之山. (……) 有獸焉, 其狀如狐, 而九尾九首虎爪, 名曰蠪姪, 其音如嬰兒, 是食人.[2)]

다시 서쪽으로 200리를 가면 만거산蔓渠山이라는 곳이다. (……) 이 곳에 이름을 마복馬腹이라고 하는 짐승이 있는데 생김새는 사람의 얼굴에 호랑이의 몸을 하고 그 소리는 어린아이 같으며 사람을 잡아먹는다.

又西二百里, 曰蔓渠之山. (……) 有獸焉, 其名曰馬腹, 其狀如人面虎身, 其音如嬰兒, 是食人.[3)]

농질과 마복을 비롯 『산해경』에는 모두 12종의 식인동물이

2) 『산해경』「동차이경東次二經」.

3) 『산해경』「중차이경中次二經」.

출현하는데 이들의 형상은 사람·여우·개·호랑이·돼지·수리 등 각종 동물이 제각기 결합한 모습이다. 이에 따라 우리는 식인동물의 신화적 특성이 인간을 포함한 동물 일반의 어떤 속성과 상관된 것임을 짐작해볼 수 있다. 그런데 식인동물의 기록에서 각별히 주목해야 할 대목이 있다. 『산해경』 내 식인동물의 기록 대부분에서 공통적으로 발견되는 내용은 식인동물이 어린아이 울음소리를 낸다는 사실이다. 식인과 어린아이, 이 섬뜩한 상위相違는 읽는 우리의 마음에 충격적인 여운을 남긴다. 왜 식인동물이 어린아이 울음소리를 낼까? 사람을 유혹하기 위해서? 이는 현실적인 해석이다. 물론 영아살해와 같은 고대의 풍속을 배태한 폭력적인 현실이 문구의 이면에 그림자처럼 어른거리기는 하지만 상상계의 일은 상상계의 논리로 풀어야 한다. 어떤 동물이 사람을 잡아먹으면서 어린아이와 같은 행위를 한다는 신화 내용은 이 동물에 내재한 양면의 본성을 상징한다. 그것은 마치 타나토스와 에로스처럼 식인으로 표상되는 죽음의 파괴적 본능과 어린아이로 표상되는 원초적 생명력의 두 가지 성향이다. 인간까지 포함된 동물 일반에 내재한 이 두 가지 본성은, 그러나 가치중립적이며 한 몸 속에서 상생적으로 공존한다. 다시 말해서 식인은 어린아이에 대해, 어린아이는 식인에 대해 그림자가 되는 관계이다. 태너힐Reay Tannahill은 바빌로니아의 티아마트Tiamat 신화를 예로 들어 식인의 신화적 근거가 신의 죽음, 그리고 그 신체의 해체로 인한 세계 창조 모티프에 있음을 지적한다.[4] 중국의 경우에도 원초적 거인인

4) Reay Tannahill, "Introduction", *Flesh & Blood : A History of Cannibal Complex*, Boston, Little, Brown and Company, 1975.

반고盤古의 죽음이 천지만물을 생성하는 동기가 된다. 이렇듯 신화적 견지에서 식인의 파괴적 본능과 어린아이의 원초적 생명력은 마치 동전의 앞뒷면처럼 한 몸을 이루고 있는 것이다.

우리는 역사시대 이후 상술한 신화적 이미지가 어떠한 과정을 거쳐왔는지 검토해볼 필요가 있다. 우선 식인 이미지는 역사적으로 자연에 대한 문명의 살해라는 관점에서 가부장제도·권위주의·지배문화를 통하여 구현되었다. 편의상 우리는 이러한 성격의 문화에 가장 가까운 것으로 유교를 들 수 있겠지만, 도식화의 혐의가 없지는 않다. 가령 유교의 지배체제를 정당화하는 서사인 성군 전설을 보면 주문왕周文王의 식인행위를 떠올릴 수 있다. 즉 주문왕은 현자로서의 능력을 간파당하지 않기 위해 폭군 주왕紂王이 장조림으로 만들어 보낸 아들의 살을 모른 체하고 먹는다. 이외에도 유교윤리를 선전, 강화하는 수많은 충군忠君·효행孝行설화들이 식인 이미지를 긍정적인 차원에서 수용하고 있다. 예컨대 충군설화로는 개자추介子推가 진문공晉文公이 굶주렸을 때 넓적다리를 베어 바친 일, 가난한 사냥꾼이 피란중인 유비劉備에게 자기 아내를 죽여 대접한 일 등을 들

주문왕周文王 유리羑里 성에 갇혀 『주역周易』을 연구하고 있다. 『봉신연의封神演義』의 삽화.

허유許由와 소보巢父 허유가 요임금의 양위讓位를 거절한 후 강물에 귀를 씻고 있고, 친구인 소보가 그것을 보고 있다. 『천지인귀신도감天地人鬼神圖鑑』.

수 있다. 효행설화로는 중환에 걸린 부모를 구하기 위해 자신의 살이나 피를 바친 효자·효녀·효부들의 이야기를 부지기수로 들 수 있다.

다음으로 살펴볼 어린아이 즉 영아嬰兒 이미지는 역사적으로 자연적 본성의 수호자, 문명비판자의 의미에서 기층문화·비제도권을 통하여 구현되었다. 우리는 역시 편의상 이와 관련된 문화로 도교를 꼽을 수 있겠다. 가령 고대 중국의 문명비판론자로서 요임금의 양위讓位를 거부했던 소보巢父·허유許由, 공자의 현실참여를 비웃었던 접여接輿 등의 은사隱士와 시대적 반항자로서 초楚나라의 정치현실에 절망해 방랑의 가인歌人이 되었던 굴원, 예교禮敎의 속박을 벗어나고자 기행奇行을 일삼았던 죽림칠현竹林七賢 등은 대부분 광인으로 간주되었던 인물들인데, 이들의 광기는 넓은 의미에서 푸코Michel Foucault의 문화적 일탈의 개념으로 읽힐 수 있다. 영아 이미지의 도교적 전화轉化는 두 가지 방면으로 이루어졌다. 하나는 순수정신의 차원에서 주로 장자에 의해 초월적 자아, 개성 해방의 경지에 도달한 존재자인 진인眞人으로 추구된 것, 다른 하나는 원초적 생명력의 차원에서 내단內丹 수련가들에 의해 반본환원返本還元의 증득證得적 실체로 상념된 것이다.[5]

5) 도교도들은 수련을 통해 신체가 영아와 같은 최초의 완전한 상태에 이르기를 소망했다.

진인眞人 진인이 앉아 있는 방 안에서 동자가 시중을 들고 있고 밖에서는 제자들이 가르침을 기다리고 있다. 『태평경太平經』〈동벽도東壁圖〉.

장자의 진인은 성립 당시에는 초월적 자아로서 개인주의의 화신이었지만, 후한말後漢末 도교가 태평도太平道·오두미도五斗米道 등에 의해 이상사회를 지향하는 민간 종교 조직을 갖추게 되면서 종래의 자기완성적 존재라는 의미와 별도로 사회개혁자로서의 의미도 지니게 된다. 후한의 민간 도교 경전 『태평경太平經』에는 이미 이러한 성격의 진인이 출현한다. 도교가 당대唐代에 이르러 관방화官方化되었을 때 진인은 온전히 정치적, 사회적 존재로서의 의미로 표현된다. 그 실례를 전기소설傳奇小說인 두광정杜光庭의 「규염객전虯髥客傳」에서 살펴보자. 협객 규염객이 수말隋末의 혼란기에 후일의 당태종唐太宗인 젊은 이세민李世民을 만나보고 천하통일의 뜻을 포기한 일을 두고 작자는 이렇게 말한다.

이로써 진인이 일어날 때에는 영웅도 포부를 버려야 한다는 것을 알 수 있다. 하물며 영웅도 못 되는 주제로야 말할 나위가 있겠는가! 신하로서 잘못 반란을 꿈꾸는 자는 버마재비의 팔로 달리는 수레바퀴에 덤벼드는 꼴이나 마찬가지일 뿐이다.

乃知眞人之興也, 非英雄所冀, 況非英雄乎? 人臣之謬思亂者, 乃螳臂之拒走輪耳.

이를 보면 건국의 영주英主인 당태종이 도교의 이상적 존재인 진인과 동일시되어 있음을 알 수 있다. 진인은 후대에 이르면 주로 민간종교·반란결사叛亂結社 등에 의해 난세의 구원자·메시아로서의 의미로 고정되어간다. 한국의 경우 『정감록鄭鑑錄』이나 조선 말기의 신종교에서 이러한 진인 관념이 엿보인다.

2. 「광인일기」: 진인眞人을 찾아서

루쉰과 이미지

중국 근대소설의 서막을 연 루쉰魯迅, 1881~1936의 「광인일기狂人日記」는 일기체 독백 형식의 단편소설로서 식인 피해망상증에 걸린 한 청년의 악습에 대한 투쟁과 좌절의 기록이다. 액자구조를 취한 이 소설은 과거 정신병에 걸렸다 완치된 한 청년의 병중일기病中日記를 공개하는 것으로부터 시작된다. 어느 밝은 달밤 청년은 문득 식인의 공포를 느끼기 시작한다. 그는 길에서 만난 마을 사람들의 눈빛과 말투에서 그들이 자신을 잡아먹을지 모른다는 불안감에 사로잡힌다. 궁리 끝에 그는 이러한 악습이 식인을 용인해온 중국의 역사에서 비롯되었다는 사실을 깨닫는다. 다음날 형이 의사를 들여보내 진찰을 하자 그는 이 역시 자신을 잡아먹으려는 음모의 일환으로 보고 형을 그 주모자로 단정하게 된다. 그는 형의 잘못을 깨우쳐주고자 형에게 식인행위를 그만두고 '진정한 인간眞的人'으로 돌아올 것을 강력히 호소하지만 형은 화를 내며 그를 방 안에 가두어버린다. 유폐된 그는 어릴 때 죽은 누이동생도 실은 가족들에게 잡아먹힌 것이라 추측하고 자신도 인육을 먹었을지 모른다는 사실에 절망한다. 절망 속에서 그는 아직 식인하지 않은 어린아이들을 구해야 한다고 절규한다.

중국의 봉건제도와 관습의 억압적인 속성을 '식인'에 절묘하게 비유하여 중국의 과거를 '사람을 잡아먹어온 역사'로 규정하고 이로부터 과감히 탈피할 것을 촉구한 이 작품은, 그 내용·의식뿐만 아니라 형식·문체까지 기존의 문학관행에 커다란 충격을 주어 마침내 중국 최초의 근대소설로 기념되기에 이른다. 아울러 중국 현대문학에서 작가 루쉰이 차지하는 부동不動의 지위도 이로부터 비롯된다.

중국 현대문학의 창작 및 비평 경향은 강렬한 사실주의로 특징지어지는데, 여기에는 몇 가지 요인이 있다. 첫째는 근대 이후 중국이 걸어온 험난한 역사적 노정, 둘째는 지금까지 지속되고 있는 마르크스주의의 강력한 지배, 셋째는 공자의 정치시학[6] 이래 당위화된 중국 문인의 참정의식, 이 세 가지 요인이 함께

6) 공자는 『논어』에서 시의 학습을 통해 민정民情을 관찰하고 지배계층을 풍자, 비판하는 등 여러 정치적 효용을 거둘 수 있음을 일찍이 천명한 바 있다. 자세한 내용은 『논어』「양화陽貨」편 참조.

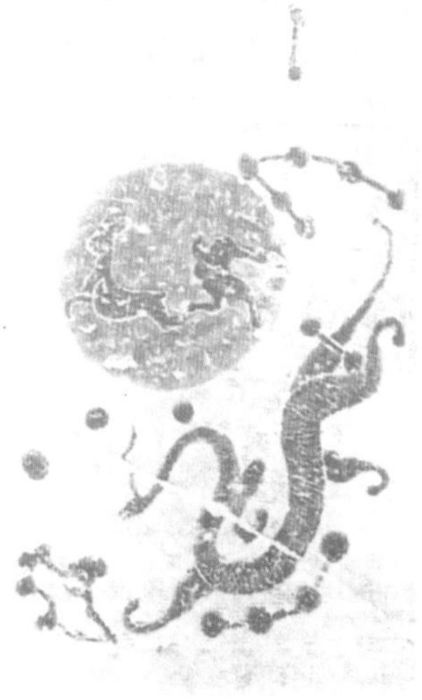

동관창룡성좌東官蒼龍星座 루쉰이 소장하고 있던 한대漢代의 화상畵像 탁본.

작용하여 오늘의 사실주의로의 경도傾倒를 가져온 것이다. 제임슨Fredric Jameson은 이러한 현상에 대해 루쉰 문학을 예로 들어 제3세계 지식인의 공사公私 일관한 정치의식을 상찬한다. 제1세계 지식인의 경우 정치의식이 심리적, 개인적 차원으로 무의식화되어버렸기 때문이라는 것이다.[7] 그러나 우리는 제3세계에 동정적이긴 해도 그 역시 제1세계 지식인의 입장에서 발언한 제임슨의 상찬에 고무될 것이 아니라[8] 목전의 중국 현대문학의 연구상황을 조망할 때 오히려 정치의식의 과잉에 따른 해석의 획일성과 경직성을 경계해야 할 터이다. 이러한 의미에서 「광인일기」를, 항용 구사해왔던 사실주의적 접근과 좀 동떨어진 방식으로 읽어보는 것은 해석의 다양성을 위해 필요한 작업이 아닌가 한다. 레이 초우Rey Chow는 루쉰의 그 유명한 환등기 사건을 예로 들어 그의 근대의식이 영상 이미지가 환기하는 효과와 깊이 상관되었음을 지적한다.[9] 영상 이미지뿐만 아니라 루쉰이 모든 종류의 이미지에 적극적인 관심을 표명하였음은 그가 판화版畵, 탁본拓本 등에도 전문가적인 소양을 지니고 있었다는 사실로 입증된다.[10] 그러나 무엇보다도 다음 글을 보라.

나는 벼락에 감전이라도 된 듯이 정신이 떨렸다. 서둘러 받아들고 꾸러미를 펴보니, 소형의 책 네 권이었다. 책장을 얼른얼른 넘겨보니 과연 사람 얼굴의 짐승, 머리 아홉 달린 뱀, 모두 있었다. (……) 이 네

7) Fredric Jameson, "Third-World Literature in the Era of Multinational Capitalism", *Social Text*, Fall, 1986, pp. 69~75.

8) 이 점에 대해서는 제임슨의 견해를 '말장난rhetoric'으로 일축한 아이자즈 아마드Aijaz Ahmad의 견해를 볼 것. 아마드는 제임슨이 무심코 제1세계 지식인의 권위적 견지에서 제3세계 문학에 대해 지도, 교시하는 태도를 취하고 있다고 비판한다. Aijaz Ahmad, "Jameson's Rhetoric of Otherness and the National Allegory", *In Theory: Classes, Nations, Literatures*, London, Verso, 1992, pp. 95~123 참조.

권의 책이야말로 나의 최초의 장서인 동시에 귀중본이었다. 지금도 그 책이 눈에 떠오른다. 그러나 그 눈에 떠오르는 책은 판版도 인쇄도 매우 조잡하였다. 종이는 샛노랗고, 그림은 빈약하기 그지없고 거의 모두가 직선을 취합한 것으로서, 동물의 눈조차도 장방형이었다. 그러나 나로서는 최고의 귀중본이었다. 바라보고 있노라면, 그건 분명 인면수人面獸이며 구두사九頭蛇이며 일족우一足牛이며, 부대 같은 제강帝江이며, 머리 없고 젖통으로써 눈을 삼고, 배꼽으로써 입을 삼았으며 게다가 간척干戚을 들고 춤을 추는 형천刑天이었다.[11]

소년 루쉰을 전율케 했던 것은 기서奇書 『산해경』에 실린 신화 이미지였던 것이다. 신화에 대한 루쉰의 관심은 각별하여, 그는 이후 『고사신편故事新編』에서 신화·전설에 대한 패러디를 수행하기도 하고 『중국소설사략中國小說史略』에서는 최초로 중국소설의 신화기원설을 주장하기도 한다. 이쯤 되면 우리는 루쉰 소설을 이미지론이나 신화비평으로 접근해볼 근거를 상당히 확보한 셈이다.

식인과 영아 이미지의 소설적 재현

「광인일기」에서는 식인의 사례들이 강도 높게 비판되고 있다. 가령 광인은 할고割股의 유교적 효행을 식인행위로 파악한다.

내가 네댓 살 때였다고 기억한다. 대청 앞에 앉아 바람을 쐬고 있는

9) 루쉰은 일본의 센다이 의전醫專 유학 시절, 환등기를 통해 중국인이 일본군에 의해 처형당하는 장면을 보고 충격을 받아 문학으로 인생의 길을 바꾸었다고 한다. 환등기 사건과 관련한 영상문화적 시각에서의 루쉰에 대한 논의는 Rey Chow, *The Primitive Passion*, New York, Columbia University Press, 1995, pp. 4~11 참조.

10) 판화예술에 대한 루쉰의 깊은 조예에 대한 논의는 김양수, 「노신과 판화」(『중국현대문학』, 2001, 제21집) 참조.

11) 루쉰, 「아장阿長과 산해경」, 『노신문집 2』, 竹內好 역주, 한무희 옮김, 일월서각, 1992, 75쪽 참조.

데, 큰형이 내게 말했다. "부모님이 병이 나면 자식 된 사람은 살을 한 점 베어내어 그걸 삶아가지고 부모에게 권해야만 훌륭한 사람이라고 할 수 있다." 어머니도 '안 된다' 고는 말하지 않으셨다. 한 점을 먹을 수가 있다면 통째로도 물론 먹을 수 있는 것이다.[12]

영화 〈드라큘라〉(프랜시스 포드 코폴라, 1992)의 포스터

결국 루쉰에게 있어 식인행위와 동일시된 억압적 전통의 실체는 유교를 중심으로 한 봉건윤리 및 제도임을 알 수 있다. 그런데 여기에서 한번 숙고해보아야 할 점은 광인이 도저히 용납할 수 없는 만행으로 규정하고 있는 식인의 본래적 의미 및 이를 소설에서 중요한 비판기제로 채택하고 있는 루쉰의 관점이다. 인류학적으로 식인은 종족마다 표현양태만 다를 뿐 누구나 공히 지니고 있는 동물적 속성이며 문화상대주의의 입장에서는 용인할 수 있는 관습의 일종이다. 특히 주술적, 종교적 기원을 갖는 식인행위는 지금까지도 종족의 중요한 의례나 도덕규범으로 남아 있는 경우가 있다. 예컨대 기독교의 성찬식이나 동아시아에서의 헌혈·할고 등의 효행이 그것이다.[13] 식인이 문제가 된 것은 근대 이후 서구인이 비유럽 지역에 진출하면서부터였다. 다시 말해 식인은 그 자체 행위의 타당성 여부보다도 서구중심주의에 의해 비서구인을 주변화하고 차별화하는 기제가 되어왔다는 데 문제가 있는 것이다.[14] 루쉰이 「광인일기」에서 바로 서구인들이 비서구세계의 야만성을 규정할 때 사용했던 이 식인성의 개념을 그대로 들여와 낡은 중국을 공격하는 데 활용했다면 서구 근대를

12) 루쉰, 「광인일기」, 『이문열 세계명작산책 9』, 김시준 옮김, 살림, 1997, 200~201쪽.
13) 식인에 대한 인류학적, 정신분석학적 관점에서의 논의는 W. Arens, *The Man Eating Myth*, Oxford, Oxford University Press, 1979 및 Reay Tannahill의 앞의 책 참조.
14) 인류학의 통설적 입장이지만 특히 아서 니호프, 『사람의 역사 1』(남경태 옮김, 푸른숲, 1999, 66~71쪽)에 그러한 생각이 잘 개진되어 있다.

여과 없이 접수했다는 비판을 면하기 어렵다.[15] 오리엔탈리즘을 재생산한 셈이 되기 때문이다. 이 점에서 우리는 드라큘라와 근대성을 다룬 근래의 논의[16]와 관련하여 흥미로운 방증을 시도해볼 수 있다. 주술적 차원에서 식인의 요체는 피를 획득하는 데 있다. 피는 곧 정기精氣를 의미하기 때문이다. 정기를 얻는 것은 곧 삶의 시간을 버는 것이고 드라큘라는 그래서 영생을 얻은 존재로 간주되어 있다. 그러나 직선적인 시간관이 지배하는 서구에서 시간의 진행을 거부하는 드라큘라는 저주받은 악마로 처단해야 할 대상이다. 이 때문에 동아시아에서 불사의 신선이 가장 인기 있는 설화적 존재가 되어 있는 동안[17] 서구에서는 끊임없이 드라큘라를 죽여온 것이다. 근대를 향해, 진보를 위해. 루쉰이 「광인일기」의 식인세계를 역시 무시간으로 표현하고 있는 것은 이러한 사유기제와 무관하지 않다. '연대 없는 역사책'에 대한 언급이 바로 그것이다.

> 모든 일이란 연구해보아야 비로소 알 수 있는 것이다. 옛날부터 사람을 잡아먹어왔다는 것은 나도 기억하고 있지만 그렇게 확실하지는 않다. 그래서 역사책을 펼쳐 조사해보았더니, 이 역사책엔 연대는 없고 각 페이지마다 비스듬하게 '인의도덕仁義道德'이라는 글자가 씌어 있었다.[18]

우리는 이러한 언급의 이면에서 헤겔의 목소리를 듣는 듯하다. "중국은 공간만 차지하였지 시간이 없는 정체된 국가"[19]

15) 루쉰 사상의 정합성을 추구하는 입장에서는 이와 같은 비판이 부당할 수 있다. 이른바 봉건과 서구 근대를 동시에 극복하는 것이 루쉰의 과제였다는 관점에서 보면 그의 심증을 식인 미경험의 사람: 근대인·광인·선각자의 등식으로 파악하는 것은 경계해야 하기 때문이다. 이와 관련된 논의는 이욱연, 「'광인일기' 해석의 몇 가지 문제: 광인의 상징을 중심으로」(『중국현대문학』, 1996, 제10호), 155쪽 참조. 그러나 루쉰 사상의 균열을 경험하고자 하는 이 글에서는 정합성을 전제하지 않는다.

16) 서영채, 「드라큘라와 계몽의 변증법」, 『상상』 1994년 봄호, 133~156쪽 참조.

17) 이에 대해서는 중국 최대의 설화집인 『태평광기太平廣記』를 보라. 이 책에서 가장 높은 비중을 차지하고 있는 것은 신선담神仙譚이다. 신선설화의 중국설화학상의 위치에 대한 논의는 졸저, 『불사의 신화와 사상』(민음사, 1994, 123~125쪽) 참조.

18) 루쉰, 「광인일기」, 앞의 책, 191쪽.

19) 헤겔, 『철학강요』, 서동익 옮김, 을유문화사, 1983, 382~385쪽.

혜강嵇康 거문고를 타는 모습. 남경박물원南京博物院 소장所藏 〈죽림칠현전도竹林七賢磚圖〉.

라는.

「광인일기」에서는 계몽자·각성자인 광인과 이와 등가적인 존재로 '진정한 인간眞的人', 식인 미경험의 아이 등이 출현한다. 이들을 전통적인 문맥과 관련하여 살펴보면, 광인의 경우 루쉰이 평소 애호했던 굴원·혜강嵇康 등 시대적 반항자의 이미지가 겹쳐진다. 그러나 이들보다 니체의 초인이나 바이런의 카인, 고골리의 광인 등 당시 루쉰이 심취했던 서구 반항자들의 이미지와 관련하여 더욱 설득력 있는 논의가 행해지고 있는 것도 사실이다. 이들의 영향력을 과소평가할 생각은 없지만, 여기에는 한 가지 간과된 점이 있다. 다름아닌 루쉰과 도교의 기층적, 반지배문화적 성격의 관계이다. 루쉰은 유교와 동일한 차원에서 도교의 종교로서의 타락·비합리성·허구성 등을 비판하면서도 선별적으로 도교가 갖는 기층문화로서의 역량을 긍정, 수용하는 태도를 취한다. 루쉰은 "중국의 뿌리는 죄다 도교에 있다中國根柢全在道教"[20]고 선언하면서 도교와 상관된 민간의 습속·행사 등에 깊은 관심을 표명하고 특히 장자의 반권위적 의식, 반언술적 표현 등에 주목하였다. 루쉰과 장자의 관계를 중심으로 루

20) 루쉰, 「쉬서우창에게 보내는 편지致許壽裳的信」, 『루쉰서신집魯迅書信集(上)』, 北京, 人民文學出版社, 1976.

쉰의 도교 수용을 다룬 논의가 없는 것은 아니지만 미흡하다고 생각되는 것은, 바로 광인과 장자의 진인과의 관련성에 대한 정밀한 탐구가 결여되었기 때문이다. 가령 메이블 리Mabel Lee는 루쉰의 개인주의에 끼친 장자와 니체의 영향을 논급하면서, 중국의 개인주의는 양주楊朱·장자 등에 의해 일찍 성립되었으나 사회화되지 못하였다가 근대 무렵 니체 사상이 들어온 이후 사회 속 개인의 행동철학으로 전환되었다고 주장한다.[21] 다시 말해 루쉰 속에 내재해 있던 전통적인 개인주의가 니체의 세례를 받고 외현外顯의 힘을 갖게 되었다는 뜻이다. 그러나 루쉰에게 끼친 니체의 영향을 무시해서는 안 되겠지만 도교를 그렇게 간단히 개인주의로 치부해버리는 것은 위험한 일이다. 앞서 살펴보았듯이 장자에서 출발한 초월적 자아로서의 진인은 후대의 민간도교에 이르러 구제자로서 사회적 성격을 띠게 되고, 이 성격은 다시 「광인일기」 속에서 식인 대중을 계몽하려는 광인이나 '진정한 인간'[22]을 통해 드러나고 있기 때문이다. 이같은 장자 진인 개념의 역사적 추이를 고려해보면 초월적 자아로부터 사회개혁자에 이르는 그 의미의 진폭이 니체 등 서구 개인주의 혹은 낭만주의의 영향과는 별도의 차원에서 감지될 수 있을 것이다.

『산해경』의 식인동물이 갖는 양면의 본성 즉 식인성과 원초적 생명력 간의 상호교융적인 관계성은, 근대의 「광인일기」에 이르러 제도, 의식형태상의 식인성과 이를 극복하려는 의지인 광기의 처절한 대립으로 변모해 있었다. 그러나 이 대립이 대

21) 메이블 리馬波·李, 「장자에서 니체까지: 루쉰의 개인주의를 논함從莊子到尼采: 論魯迅的個人主義」, 『당대 영어권의 루쉰 연구當代英語世界魯迅研究』, 위에다이윈樂黛雲 편編, 南昌, 江西人民出版社, 1993, 243쪽.

22) '진정한 인간眞的人'의 사회개혁적 성격은 다음과 같은 언급에서 보인다. "너희는 고칠 수 있어! 진심으로 마음을 고쳐먹으라구! 이제 머지않아 사람을 잡아먹는 놈들은 이 세상에서 살아갈 수 없게 되리라는 것을 깨달아야 해! 너희가 마음을 고치지 않으면 자기 자신도 결국 먹혀버리고 말 거야. 설사 줄줄이 낳아서 늘어놓는다 해도 진정한 인간들에게 멸망당하게 될 거야! 마치 사냥꾼이 늑대를 모조리 잡아 죽이듯이—벌레처럼 말이다!" (루쉰, 「광인일기」, 앞의 책, 199쪽)

등하지 않은 게임임은 광인에게 쏟아지는 식인 대중 및 갯과 동물의 집요한 눈빛으로 알 수 있다. 프로이트는 일찍이 '응시gaze'를 대상에 대한 가학적 지배욕인 항문기적 욕망과 연결된 남근적 행위로 규정한 바 있다.[23] 여기에서 응시의 대상은 피학적, 수동적, 여성적인 위치에 놓이게 되는데 이 때문에 남근적, 가부장적 식인문화에 의해 포위된 광인의 세계가 여성원리가 지배하는 태음상징체계에 의해 작동되고 있는 것은 자연스러운 현상이다. 달은 무의식의 영역과 상관되며 광인은 그러므로 달의 상태에 영향을 받는다. 주지하듯이 광인은 각별히 밝은 달빛에 의해 각성하며 달빛이 없을 때 불안감을 느낀다. 그리고 그의 외계에 대한 인식이 '눈빛'이나 '낯빛', '떨림' 등 과분히 항진된 감성기능을 통해 이루어지고 있는 것도 그가 의식보다 무의식의 지배를 받기 때문이다.

결국 광인은 식인 대중에 대한 계몽에 성공하지 못한다. 그는 식인하지 않은 아이들을 구하라는 말을 남기고 홀연히 서문 속 식인의 세계로 복귀해버린 것이다. 그는 과연 "아픈 세상으로 가서 아프자"[24]는 심정으로 돌아와 '역사적 중간물'로서의 소임을 다한 것일까? 서문의 내용대로 그가 관계官界로 발을 디뎠고 그의 형이 지난 일에 대해 한바탕 대소大笑한 것을 보면 정말 완쾌(?)되어 인의도덕을 위해 힘썼던 것은 아닐까?

광인의 실패와 관련하여 전통시대의 광인에 대한 동서양의 실제 처리방식을 살펴보면 그 차이가 흥미롭다.[25] 동아시아에서는 광인이 발생했을 경우 해당 가정과 마을 공동체가 함께

23) 토릴 모이, 『성과 텍스트의 정치학』, 임옥희 외 옮김, 한신문화사, 1994, 158쪽.
24) 황지우, 「산경山經」, 『게 눈 속의 연꽃』, 문학과지성사, 1990, 29쪽.
25) 이에 관한 내용은 김영진, 『광기의 사회사』, 민음사, 1997 참조.

대처하였다. 우리는 「광인일기」에서 광인이 가족과 마을 사람들의 지속적인 관심하에 있고 그들과 끊임없이 대화하는 것을 볼 수 있다. 이는 초안정구조의 문화상태가 유지될 수 있는 조건이며 광인의 실패는 결국 이같은 구조에서 결정지어져 있었는지도 모른다. 루쉰이 겪었던 그 유명한 우울과 적막, 그리고 암흑으로 묘사되었던 현실 역시 근원적으로 이러한 사정에 기인한다 할 것이다. 반면 서구의 광인은 예로부터 사회에서 추방, 격리되거나 박해의 대상이었다. 푸코가 밝히고 있듯이 이들에 대한 사회적 배제가 집단화, 조직화되면서 서구는 근대로 박차를 가하게 된다. 중국의 경우와 비교되는 대목이다.

3. 『황제를 위하여』: 현대에 다시 씌어진 「광인일기」

이문열의 『황제를 위하여』는 1982년에 출판된, 계룡산 지역 한 유사종교 교주의 일생을 다룬 장편소설이다. 잡지사 기자인 '나'는 유사종교 취재차 계룡산에 갔다가 한 노인을 만나 백성제白聖帝라는 교주의 실록實錄을 보게 되고 후일 이에 근거해 그의 일대기를 꾸미게 된다. 주인공 '황제'는 계룡산 흰돌머리白石里 마을에서 『정감록』 신봉자인 정처사鄭處士의 아들로 태어난다. 조선

왕조의 몰락과 동시에 자신이 예언대로 천하의 주인이 되었다고 생각한 그는, 자신을 따르는 무리를 이끌고 기행奇行을 시작한다. 일본군을 습격했다가 혼이 난 그는 세상을 배우기 위해 전국을 떠돌고 급기야 만주에 가서 비적匪賊 두목의 식객食客 노릇까지 한다. 후일 일본이 패망하자 고향으로 돌아가지만 백성들은 그를 왕으로 모시지 않고 이승만 정권이 들어선다. 추종하던 무리들도 죽거나 흩어지고 궁핍과 고독 속에서 그는 자신만의 세계에 빠져든다. 마침내 그는 도교의 깨달음 속에서 생을 마감한다.

이 작품에 대해서는 이 책의 제2부에서 따로 논의하고 있기 때문에 여기서는 세부적인 작품론을 생략하고 주제와 관련된 논의만 하기로 한다. 『황제를 위하여』는 동아시아의 전통소설 형식, 특히 장회체章回體 형식을 패러디하고 의고적擬古的인 어투를 사용함으로써 코믹하면서도 풍자적인 분위기를 시종일관 이끌고 나가 『돈키호테』의 취지를 물씬 풍긴다. 일종의 피카레스크 소설이라 할 이 작품은, 그러나 다른 측면에서 앞의 「광인일기」와 몇 가지 공통점을 보유하고 있어 주목된다. 첫째, 두 소설은 모두 액자구조로 이루어져 있는데 그것이 남의 글(일기나 실록)을 베껴서 다시 쓰는 형식을 취하고 있다는 점에서 동일하다. 이는 동아시아 전통소설의 강한 사전史傳적 성향을 반영하는 듯하다. 둘째, 두 소설은 모두 광인의 일대기라는 점에서 공통점을 갖는다. 이 점은 『돈키호테』와도 공유하는 특징이다. 셋째, 두 소설은 모두 도교의 진인 모티프를 활용하고 있다. 「광인일기」에서 식인하지 않는 '진정한 인간'이 갈망되고

『황제를 위하여』에서 황제가 『정감록』상의 진인과 동일시되고 있는 것이 그것이다. 넷째, 두 소설은 모두 시대와 제도에 대한 강한 알레고리로서의 의미를 지니고 있다. 다만 「광인일기」가 『돈키호테』와 마찬가지로 전근대를 대상으로 하고 있다면 『황제를 위하여』는 근대를 대상으로 하고 있다는 점이 다를 뿐이다.

그런데 식인과 영아라는 식인동물의 야누스적 이미지와 관련하여 『황제를 위하여』에서 주목해야 할 것은 상술한 바, 「광인일기」와 공유하고 있는 광인·진인 모티프이다. 이미 고찰했듯이 식인동물의 원초적 생명력을 표현하는 영아 이미지는 역사시기에 이르러 시대의 반항아인 광인과 초월적 자아이자 민중의 구원자인 진인의 이미지로 변모된다. 「광인일기」에서 식인대중 앞에 홀로 선 광인과 식인하지 않는 '진정한 인간', 식인 미경험의 아이들이 등가적 관계에 있는 것은 이 때문이다. 『황제를 위하여』의 황제 역시 광인으로서 시대의 반항아라는 성격을 지닌다. 그에게는 「광인일기」에서처럼 전근대의 인습과 제도가 아니라 근대의 서구문물과 이데올로기가 사람을 잡아먹는 괴물인 것이다. 그는 민주주의에 대해서는 "동방을 침노하기에 앞서 그 군주를 내몰고 자기들의 앞잡이를 대신 세우려는 양이洋夷의 간교로운 계략"[26]으로 파악하고 공산주의에 대해서는 "입만 벌리면 인민, 인민 하며 오직 백성들만을 위해 일하는 것처럼 꾸미지만, (……) 무슨 천지개벽이나 되는 것처럼 혁명을 말하고 있으나 이 백성의 입장으로 보면 다스리는 자가 달라지고

26) 이문열, 『황제를 위하여』, 고려원, 1986, 165쪽.

빼앗기고 혹사당하는 구실이 달라질 뿐"[27]인 것으로 인식한다. 황제의 무조건적인 근대 부정은 희화화되어 있으나 이는 맹목적이다시피 했던 저간의 근대 추구에 대한 풍자의 장치이다. 그런데 황제의 이러한 시대에 대한 각성(사실은 시대착오이지만)은 개인적 차원에 머무르지 않는다. 「광인일기」에서의 광인이 식인 대중을 계몽하고자 했듯이 그는 망국의 우매한 민중을 교화하여 이상국가의 신민臣民으로 삼고자 한다. 여기에서 그는 조선 후기의 반왕조 세력 및 민중 세력이 구원자로서 그 도래를 갈망했던 진인과 스스로를 동일시한다. 『정감록』에는 이씨 왕조가 천명을 다하면 계룡산의 진인 정도령鄭道令이 출현하여 난국을 수습하고 지복至福의 왕국을 건설한다는 예언이 있는데, 이는 초월적 자아로부터 사회개혁자로 장자의 진인 개념을 확장시킨 민간도교사상의 한국적 수용이다. 계룡산 출신의 황제는 탄생시와 유년기부터 자미대제紫微大帝 · 북극진군北極眞君 · 동황태일東皇太一 등 도교 신격과 주술적인 감응관계에 있으며 만년에는 완전히 도교에 귀의하고 만다. 도교 본래의 반제도적, 반가치적 성격은 황제의 광인으로서의 시대착오적 행태(거듭 말하거니와 이는 근대 풍자의 장치이지만)를 낳게 한 은연중의 동인動因이다. 그러나 황제의 진인으로서의 본질이 시종 불변한 것은 아니다. 노년에 이르기 전, 근대를 혁파하고 천년왕국을 건설하고자 동분서주했던 시기의 그는 사회개혁자로서의 진인의 면모를 보여주지만, 모든 현실이 여의치 않게 된 말년의 그는 또다른 진인의 모습이다.

27) 같은 책, 197쪽.

그뒤 삼 년 황제께서는 그야말로 형체는 마른 나무 등걸 같으셨고 마음은 불 꺼진 재와 같으셨다形若槁骸 心若死灰. 참된 이치를 깨닫고도 그것을 자랑삼지 않으시며眞其實知 不以故自恃 어리석은 듯 어두운 듯 무심無心으로 지내시니 더불어 말할 수도 없었다媒媒晦晦無心而不可與謀.

그러다가 드디어 최후의 날이 왔다.[28]

황제는 초월적 자아라는 진인 본래의 경지로 돌아간 것이다. 황제의 왕국은 결국 현실이 아닌 정신세계의 영토에 세워진 것이리라.

『황제를 위하여』는 80년대 초기 작품으로는 드물게 근대성에 대한 강한 회의, 신역사주의적 성향, 상호텍스트성, 메타픽션적 요소 등을 보여줌으로써 이른바 포스트모더니즘 소설의 효시로 평가되기도 한다.[29] 그러나 마땅히 주목해야 할 이 작품에 대한 사계斯界의 관심은 의외로 적었으며 그나마 가해진 논평들도 대부분 차갑기 그지없었다. 아마도 이는 리얼리즘이 미만彌滿했던 80년대의 작풍 및 이데올로기적 정황과 상관되겠지만, 보다 근원적으로는 작품 내부의 문화적 맥락 즉 동아시아의 세계관, 이로부터 유래한 착종錯綜된 이미지들, 전통소설의 서사기법 등을 경직된 근대소설 문법으로 읽어내기에 한계가 있었기 때문이 아닌가 하는 생각이 든다. 이러한 견지에서 『황제를 위하여』는 보다 유연한 소설관점을 통해 다시 세밀히 읽혀야 할 작품이다.

28) 같은 책, 365쪽.
29) 김욱동, 『이문열』, 민음사, 1994, 242쪽.

4. 맺는말

모든 인간은 필연적으로 양가적이다. 중국 현대문학의 아버지 루쉰은 정신과 의식세계에서는 근대인이고 전통에 대해 회의적이었을지라도 그의 몸과 무의식은 여전히 다른 발언을 하고 있을 수 있다. 이것은 표면상 균열이고 불일치이지만 창작을 통해 정신/의식과 몸/무의식은 이른바 개성화Individuation의 과정을 거쳐 훌륭하게 통합된 모습으로 형상화될 수 있다. 물론 형상화의 성패는 작가의 개별 역량이 좌우할 것이지만. 그간의 현대문학 연구에서 루쉰 의식세계의 정합성에 대한 탐구에 주력해왔다면 이 글에서는 그의 무의식을 구성하는 전통적 아키타입Archetype이 어떻게 작품화의 과정에서 중요하게 개입했는지를 살펴보고자 하였다.

이제 우리는 식인과 영아로 표상되는 식인동물의 야누스적 이미지가 역사시대 이후 어떠한 변모를 이룩해왔고 근대의 작품 속에서 어떤 방식으로 재현의 계기를 맞았는가에 대한 탐색을 거쳐, 이 길항 혹은 교융하는 두 개의 이미지가 궁극적으로 「광인일기」와 『황제를 위하여』 두 작품을 어떻게 의미지었는지 살펴볼 시점에 이르렀다.

먼저 「광인일기」의 경우, 대립의 극점에서 광인은 현실적으로 식인성에 굴복했지만 적어도 신화적으로는 화해하였다. 광인의 식인 본성에 대한 깨달음, 그것은 현실적으로 비극이지만 앞서 살핀 바 신화적 동물이 원초적으로 지니고 있었던 양성구유兩性具有적 본성의 확인에 다름아니기 때문이다. 그러나 현실적인 좌절에도 불구하고 이 신화적인 화해가 지니는 의미는 크다. 루쉰이 의도했든 의도하지 않았든, 이 지점에서 그는 우리의 예단豫斷을 벗어난다. 로고스에서 뮈토스로의 귀환이라는 이 극적인 사건이 재신화화의 문맥으로, 다시 말해 식인/전통이 광인/근대의 타자가 아니라 양성구유적 한 몸이라는 깨달음으로 읽힐 때 루쉰에 대한 평가 역시 재신화화의 수순을 밟게 될 것이기 때문이다.

『황제를 위하여』에서 광인이자 진인인 황제는 「광인일기」와는 반대 방향에서 식인적인 현실 곧 근대에 대해 저항하지만 그것은 결국 시대착오로 판명난다. 비록 희화화되어 있긴 하나 완고한 시대성에 대한 도전과 실패라는 점에서 『황제를 위하여』는 「광인일기」와 더불어 그 의미를 일정 부분 공유한다. 그러나 실패한 황제의 행로는 「광인일기」의 광인과 같지 않다. 황제는 광인처럼 현실로 굴절하지 않고 초월적 자아인 진인의 경지에 귀숙歸宿함으로써 내면의 왕국을 연다. 그는 모험 끝에 회귀하는 영웅이 아니라 회귀를 거부하고 피안의 세계로 홀연히 가버린 신선 같은 존재인 것이다. 따라서 『황제를 위하여』는 황제의 죽음과 함께 끝난 듯싶지만 끝나지 않은 '미제未濟의 결말'과 같은 여운을 남긴다.

다시 간추려본다면, 두 작품은 신화 모티프의 운용, 소설적 장치 등에서 여러 공통점을 지니면서도 각자 의미지향의 차이로 인해 결말구조의 성격이 상이함을 알 수 있다. 신화적인 화해에도 불구하고 의식상 근대를 지향했던 「광인일기」의 결말이 비극적인 완결감을 주는 데 비해, 근대를 애써 지우고자 한 『황제를 위하여』의 결말 역시 비극적이나 미제의 느낌을 주는 것은 결국 소설이 작가의 세계관 내지 이면의 시대정신을 여하히 구현하는가 하는 점과 관련하여 재삼 음미해보아야 할 내용이 아닐 수 없다. 그러나 무엇보다도 동아시아의 근대를 서로 다른 시기, 다른 견지에서 조망할 때조차도 두 작품이 기저基底의 양가적 상징체계를 다 함께 작동시키고 있다는 사실의 확인이야말로 이 글이 거둔 작은 성과가 아닌가 싶다.

3

금지된 욕망과 물의 서사

– 황순원의 「소나기」, 서머싯 몸의 「비」

우리는 그간 신화가 갖는 보편원리에 기대어 그리스 로마 신화의 주요 모티프 또는 그것으로부터 도출된 정신분석학상의 여러 가설들에 의해 우리의 작품을 많이 설명해왔다. 이제 그 역으로 동아시아의 신화 모티프를 통해 서구 작품을 바라보는 일도 유효하고 의미 있는 작업이라는 생각이 든다. 왜냐하면 동서양 신화는 공통점도 있지만 풍토에 따라 각기 독특한 콤플렉스를 지니고 있는데, 상호보완적 견지에서 상대방의 잘 발현되지 않은 신화적 본질을 밝혀줄 필요가 있기 때문이다.

1. 물과 에로티시즘

중국의 가장 오래된 신화집인 『산해경山海經』을 보면 여자들만 사는 나라, 여자국女子國에 대한 기록이 있다. 그리스 로마 신화에 보이는 아마존은 고대 동아시아에도 있었던 것이다. 그런데 여자들만 사는데 종족이 유지될 수 있을까? 이를 의식한 듯 주석가는 다음과 같은 설명을 덧붙이고 있다.

> 황지라는 못이 있는데 여자들이 들어가 목욕하고 나오면 곧 임신을 하였다. 만약 남자를 낳을 경우 세 살만 되면 죽었다.
>
> 有黃池, 婦人入浴, 出卽懷妊矣. 若生男子, 三歲輒死.[1)]

이외에도 『후한서後漢書』 「동이전東夷傳」에는 들여다보기만 해도 애를 낳게 된다는 신령스러운 우물에 대한 기록[2)]이 있다. 『산해경』의 아마존 신화와 관련된 이러한 내용들은 물이 갖는 창조와 생성의 힘을 극도로 표현하고 있다. 이와 반대로 가뭄의 신 발魃은 불모와 기근의 화신이다. 그녀는 대머리를 한 추녀로서 어느 땅에서도 환영받지 못하고 황폐한 북방으로 내쫓겼다.[3)] 오랜 농업국가인 중국에서는 생산력의 증대를 위해 비를 불러오는 용을 일찍부터 숭배했고 물을 다스리는 일에 성공한 우禹임금은 중국 최초의 왕조국가인 하夏나라를 열었다. 중국에

1) 『산해경』 「해외서경海外西經」 여자국女子國 조條의 원문에 대한 곽박郭璞의 주석. 졸역, 『산해경』(민음사, 1985, 231쪽) 참조.
2) "或傳其國有神井, 闚之輒生子."(『후한서』 「동이전」)
3) 가뭄의 신 발魃과 관련된 내용은 『산해경』 「대황북경大荒北經」 계곤산係昆山 조條의 원문 및 주석 참조. 졸역, 『산해경』, 315~316쪽.

여자국 사람들 여인들이 황지黃池에서 목욕을 하고 있다. 명明 장응호蔣應鎬의 『산해경회도山海經繪圖』.

서의 물에 대한 숭배는 결국 물의 철학을 성립시켰다. "가장 좋은 것은 물과 같다上善若水"고 예찬한 노자는 물의 속성에 근거하여 궁극적 실재인 도를 얘기하고 있기 때문이다. 오리엔탈리즘의 혐의가 없지는 않으나 '동양적 전제주의'를 주장한 비트포겔Karl Wittfogel이 중국을 '수력국가'로 규정한 것도 중국이 농업생산력을 높이기 위하여 고도로 물을 운용하는 나라라는 인식에서 비롯된 것이다.[4)]

사실 물이 갖는 창조와 생성의 힘에 대한 믿음은 신화의 세계에서 보편적이라 할 수 있다. 『구약』「창세기」 제1장을 보면 태초에 하느님의 기운이 수면을 운행하고 있었다. 여기에서부터 빛과 하늘과 땅이 차례로 창조된다. 바빌로니아 신화에서도 대지 밑을 흐르는 바다인 아프수Apsu와 파도를 일으키는 바다인 티아마트Tiamat가 결합하여 세상을 만들어낸다. 세계가 물 혹

4) 비트포겔은 중국이 대규모 관개를 위하여 많은 인원에 대한 조직적인 관리가 필요했고 다시 이를 위해 전제정치가 성립되었으며 그 결과 서구와는 다른 정체성停滯性·지속성을 특징으로 하는 문명을 낳게 되었다고 주장하였다. 비트포겔의 이러한 견해는 결국 마르크스의 편견인 '아시아적 생산양식'을 보완하는 논리인 셈이다. 자세한 내용은 비트포겔, 『동양적 전제주의』(구종서 옮김, 법문사, 1991) 참조.

은 바다에서 비롯했다고 보는 것은 대부분의 문명이 공유하고 있는 발상이다. 수메르어에서 바다를 뜻하는 '마르mar'라는 단어는 자궁을 뜻하기도 한다.[5] 그러나 물은 창조, 생성과 더불어 파괴의 속성을 드러내기도 한다. 홍수와 같이 물은 과도한 상태에 도달했을 때 창조에서 파괴로 힘의 전환을 시도한다. 이는 신화적 존재가 언제나 양극성을 한 몸에 지니고 있기 때문이다. 그것은 마치 우주란宇宙卵 속의 두 기운, 태극 속의 음·양 처럼 차면 이울고 이울면 차는 현상을 반복한다. 엘리아데Mircea Eliade는 이를 다시, 수면으로의 부상은 창조행위로, 침수는 해체행위로 풀이한다. 물의 상징은 죽음과 재생을 다함께 함축하는 것이다.[6] 이러한 물의 이원적 상징성은 바슐라르Gaston Bachelard에 의해 이미 '부드러운 물'과 '난폭한 물'의 이미지로 표현된 바 있다. 그런데 바슐라르는 인간의 상상력에서 민물로 대표되는 부드러운 물이 바닷물로 대표되는 난폭한 물에 대해 특권적이라고 단언한다.[7] 그것은 대지의 물이 인간의 일상과 보다 직접적인 관련을 맺고 있기 때문이다.

다시 우리는 바슐라르의 취지에 유의하면서 창조와 생성의 본능으로 되돌아가기로 하자. 창조적, 생성적인 본능은 어떤 힘에 의해 추동되는가? 그것은 양성적인 것의 결합 곧 에로티시즘이다. 성적인 방종을 뜻하는 한자 '음淫'의 본래 의미는 '오랜 비' '장맛비'이다.[8] 여기에서 '지나치다' '과도하다'라는 의미가 파생되었다. 부적절한 성적 관계라는 도덕적 함의는 비록 춘추春秋시대 이후에 주어진 것이지만 우리는 물·비에 원초

5) 알레브 라이틀 크루티어, 『물의 역사』, 윤희기 옮김, 예문, 1997, 22쪽.
6) 미르체아 엘리아데, 『이미지와 상징』, 이재실 옮김, 까치, 1998, 165~166쪽.
7) 가스통 바슐라르, 『물과 꿈』, 이가림 옮김, 문예출판사, 1980, 224쪽.
8) "淫, 大也. 久雨謂之淫, 淫謂之霖."(『이아爾雅·석고釋詁』「석천釋天」)

여신과 인간의 만남 시인 조식曹植이 낙수洛水의 여신 복비宓妃를 만나는 장면. 동진東晋 고개지顧愷之의 〈낙신부도洛神賦圖〉.

적으로 내장된 에로티시즘의 요소를 간과할 수는 없다.

중국문학에서 널리 회자되어온 무산신녀巫山神女 이야기는 이 같은 취지를 더욱 강하게 함축한다.

옛날에 초양왕楚襄王과 송옥宋玉이 운몽雲夢의 누대에서 노닐고 고당高唐의 경치를 바라보았다. (……) 송옥이 말하길 "과거에 돌아가신 임금님께서 고당에서 노니신 적이 있었는데 피곤해서 낮잠을 주무시다가 꿈속에서 한 여인을 만났습니다. 그녀는 말하길 '저는 무산巫山의 여자로서 고당에 놀러 왔습니다. 임금님께서 고당에서 노니신다는 말을 들었는데 바라옵건대 잠자리를 모시고자 합니다'라고 하였습니다. 임금님과 사랑을 나누고 난 후 그녀는 떠나면서 인사하기를 '저는 무산의 남쪽과 고구高丘의 북쪽에 있습니다. 아침에는 구름이 되었다가 저녁에는 비가 되어 내린답니다. 아침 저녁마다 양대陽臺의 기슭에 있지요'라고 하였습니다. 아침에 보았더니 과연 그녀의 말과 같았습니다. 그리하여 그녀를 위해 사당을 세우고 조운朝雲이라고 불렀습니다"라고 하였다.

昔者楚襄王與宋玉遊於雲夢之臺, 望高唐之觀, (……) 玉曰, 昔先王嘗遊高唐, 怠而晝寢, 夢見一婦人, 曰, 妾巫山之女也, 爲高唐之客, 聞君遊高唐, 願薦枕席. 王因幸之. 去而辭曰, 妾在巫山之陽, 高丘之陰, 旦爲朝雲, 暮爲行雨. 朝朝暮暮, 陽臺之下. 旦朝視之, 如言, 故爲立廟, 號曰朝雲.[9)]

궁정시인 송옥은 초양왕을 모시고 경치 좋은 무산 일대를 유람하면서 그에게 선왕인 초회왕楚懷王과 무산신녀의 로맨스를 들려준다. 이 로맨스는 송옥이 지었다고 전해지는 「고당부高唐賦」 및 「신녀부神女賦」의 제재가 되지만 남녀 간의 결합을 뜻하는 숙어인 '운우雲雨'의 출처로도 유명하다. 중국신화의 물의 상징체계에서 비·구름과 더불어 무지개도 에로티시즘과 깊은 관련이 있다. 비 갠 후 하늘에 걸린 무지개는 중국신화에서 암·수 두 개의 머리가 마주 보고 있는 동물로 상상되었는데,[10)] 이것은 무지개를 뜻하는 '홍虹'이라는 글자가 동물을 뜻하는 '충虫'[11)]변에 씌어진 것을 보아도 알 수 있다. 따라서 문학작품에서 무지개는 남녀 간의 애정이나 성적 결합을 흔히 암시해왔다. 『시경詩經』에 실린 다음 시는 무지개의 이같은 이미지를 잘 표현하고 있다.

薈兮蔚兮,	찬란할손!
南山朝隮.	남산의 아침 무지개여.
婉兮孌兮,	어여쁠손!
季女斯飢.	소녀는 사랑에 굶주렸네.[12)]

9) 송옥宋玉, 「고당부高唐賦·서序」.
10) 쌍무지개에서 색이 선명한 쪽을 수무지개 곧 홍虹이라 하고 어두운 쪽을 암무지개 곧 예蜺라고 구분하는 관점도 있다. 무지개에 대한 더 자세한 논의는 위앤커袁珂, 『산해경교주山海經校注』(臺北: 里仁書局, 1982), 255~256쪽 참조.
11) '충虫' 은 벌레뿐만 아니라 동물을 총칭하기도 한다.
12) 『시경詩經·조풍曹風』「후인候人」.

아름다운 무지개, 그것이 환기하는 것은 성적 욕망의 정서이다. 소녀의 '굶주림飢'은 여기에서 배고픔이 아니라 남녀 간의 사랑에 대한 굶주림으로 읽히는 것이다.

2. 홍수남매혼신화에서 달래강 전설까지

창조신화는 고대인의 세계관과 우주론을 드러낸다는 점에서 신화 중의 신화로 간주된다. 창조신화의 종류로는 우주기원신화 · 인류기원신화 · 문명기원신화 등을 들 수 있는데, 엘리아데 같은 이는 이 가운데 우주기원신화를 가장 중시하여 창조신화의 전형으로 삼는다.[13] 그런데 앞서 말해왔듯이 창조와 관련하여 물의 모티프를 떼어놓고 생각할 수는 없을 것이다. 물의 모티프를 강력히 표현하고 있는 것은 두말할 나위 없이 홍수신화이다. 전 세계적으로 광범위하게 분포되어 있는 홍수신화는 우주와 인류의 파멸과 재생을 이야기하고 있다는 점에서 창조신화의 범주에 속한다.

그런데 중근동과 동아시아 지역의 홍수신화는 구체적인 내용에서 다른 양상을 보인다. 구약의 노아, 바빌론의 우트나피시팀, 그리스의 데우칼리온 이야기 등에서 보이듯이 중근동의 홍수신화는 신의 징벌인 홍수로 인한 인간의 파멸 및 존속을

13) 그의 이러한 관점은 M. Eliade, "Cosmogonic Myth and Sacred History", *Sacred Narrative*, ed. Alan Dundes, Berkeley, University of California Press, 1984 참조.

공통 내용으로 하고 있다. 하지만 중국·한국 등 동아시아의 홍수신화는 징벌의 주체, 원인 등이 분명하지 않은 경우가 많을 뿐 아니라 홍수가 끝난 이후 인류의 존속방식에서도 큰 차이를 보인다. 즉 중근동의 경우 신의 뜻에 합당한 가족이 생존하여 인류를 존속시키는 반면 동아시아의 경우 유일하게 살아남은 남매가 결혼하여 인류를 번성시키는 것이다.[14] 이러한 상위相違는 양자의 신인관계론神人關係論의 차이에서 비롯된다. 신인관계가 절대적으로 엄정한 중근동의 경우 홍수 전후의 모든 사태가 예정론적으로 진행되는 데 비해 상대적으로 느슨한 동아시아의 경우 비교적 인간의 본성에 맡겨져 있기 때문이라 하겠다. 이러한 측면에서 동아시아의 홍수신화를, 인간의 욕망을 보다 여과 없이 반영한 고태古態의 서사로 간주해도 큰 무리는 없을 것이다.

동아시아 홍수신화 특히 남매혼男妹婚신화에서 가장 저명한 것으로는 아마 복희伏羲·여와女媧 이야기를 꼽을 수 있을 것이다. 그 내용은 다음과 같다.

> 태고에 두 형제가 하늘과 땅을 다스리고 있었다. 동생인 뇌공雷公은 하늘을, 형인 고비高比는 땅을 맡았다. 어느 날 뇌공이 사람이 제물을 잘못 바친 것에 화를 내 가뭄이 들게 하여 지상의 모든 것이 말라 죽을 지경에 이르렀다. 보다 못한 고비가 하늘의 비를 훔쳐다가 사람들을 구하였다. 이에 노한 뇌공과 고비 사이에 싸움이 벌어졌는데 고비가 뇌공에게 이겨 조롱 속에 그를 가두었다. 고비에게는 복희伏羲와 여와女媧라는

14) 김재용, 「동북아시아 지역 홍수신화와 그 변이에 대한 연구」, 『한국고전연구』 제4집, 1998, 66쪽.

남매가 있었는데, 고비는 집을 나서면서 절대로 조롱 속의 뇌공에게 물을 주지 말 것을 남매에게 당부하였다. 그러나 남매는 뇌공의 애원에 못 이겨 물을 주게 되고 뇌공은 힘을 얻어 조롱을 부수고 나왔다. 뇌공은 답례로 남매에게 이빨 하나를 뽑아 주고 하늘로 올라갔다. 남매가 뇌공이 준 이빨을 심으니 순식간에 등나무로 자라서 박을 열매로 맺었다. 뇌공은 우신雨神에게 명령하여 밤낮 없이 비를 내리게 했다. 홍수가 나서 모든 사람이 물에 빠져 죽고 산꼭대기까지 물에 잠겼다. 홍수가 밀려오자 남매는 박을 파서 그 속으로 들어갔다. 남매는 박을 타고 홍수 속을 둥둥 떠다녔다. 홍수가 물러간 후 보니 아버지 고비와 모든 사람들은 죽었고 살아남은 사람은 남매밖에 없었다. 이때 천상의 태백금성太白金星이 남매끼리 결혼하여 인류의 대를 잇기를 권하였다. 남매는 거부하다가 산에 올라가 각기 다른 곳에서 연기를 피워 올려 두 연기가 합쳐지면 결혼하기로 마음먹었다. 마침내 두 연기가 하나로 합쳐지자 남매는 하늘의 뜻으로 알고 결혼하여 인류를 번성시켰다.[15)]

중국 신화학에서는 이러한 남매혼신화의 유형을 동포배우형同胞配偶型 신화라고 부르는데, 지역적 분포에서 크게 북방계와 서남방계의 두 계통으로 나눌 수 있으나 서사구조는 대략 홍수-남매 생존-시험-결혼의 동일한 패턴을 취하고 있다.[16)] 남매혼 신화는 앞서 말한 홍수신화가 갖는 물의 파괴와 재생의 속성을 잘 보여준다. 신화의 전반부는 인류를 절멸絶滅시키고자 하는 물의 파괴적인 속성이 지배하고 있다. 그러나 파괴 이후는 남매간의 결합을 중심으로 물의 생성적인 측면이 부각된다. 인류를

15) 이 내용은 타오양陶陽·종시우鍾秀 편, 『중국신화中國神話』(上海: 上海文藝出版社, 1990, 178~183쪽)에 실린 홍수신화 관련 채록 자료인 한족漢族의 「복희 남매가 인류를 만들다伏羲兄妹制人烟」 이야기를 요약, 정리한 것이다.
16) 서유원, 「중국 홍수신화에 보이는 동포배우형 신화 연구」, 『중어중문학』, 제21집, 1997, 164쪽.

존속시키기 위해 남매는 근친상간이라는 엄청난 성적 과잉의 행위를 감행해야만 한다. 그들은 정당성을 얻기 위해 시험을 통해 '하늘의 뜻天意'을 묻는다. 위 신화에서는 두 곳에서 연기를 피워 합쳐지는 모습을 보고 결정하지만 다른 지역의 남매혼 신화에서는 맷돌을 양쪽에서 굴려 점치기도 한다. 그런데 주목해야 할 것은 연기와 맷돌 모두 성적 결합을 암시한다는 점이다. 바슐라르는 일찍이 고대인들의 발화發火 기술이 성행위에서 유추되었을 가능성을 시사한 바 있다. 맷돌은 암맷돌과 수맷돌이 합쳐져야 기능을 발휘하게 되는데 그 작동 역시 성행위를 충분히 연상시킨다.

위 신화에서의 또하나 흥미로운 모티프는 남매가 홍수 속에서 살아남을 수 있도록 피난처가 되었던 '박葫蘆'이다. 마치 노아의 방주와 같은 이미지를 지닌 이 '박'은 서남방계의 남매혼 신화에 자주 등장한다. 이 '박'을 자궁으로 간주하고 홍수신화를 양수羊水 속에서 유영하던 태아 시절에 대한 기억의 서사로 보는 견해[17]는 그럴싸하긴 하지만 환원주의적 해석이고 심지어 생물학적 결정론의 혐의마저 있다. 어쨌든 우리는 남매혼신화에서 물과 에로티시즘 간의 원초적 상관성의 서사적 구현을 보게 된다. 근친상간이라는 성적 과잉의 행위는 사실 물의 생성적 측면을 넘어서서 그 이면인 파괴적 측면으로 옮아갈 수도 있다. 그러나 인류의 존속이라는 대의명분과 이를 정당화하는 '하늘의 뜻'으로 인해 성적 과잉은 정상적인 행위로 여겨지고 남매혼신화에서 물과 에로티시즘은 조화로운 관계성을 표현하

17) 차이다청蔡大成, 「남매혼 신화의 상징兄妹婚神話的象徵」, 『민간문학논단民間文學論壇』, 北京, 1986, 제5기, 30~31쪽.

복희伏羲와 여와女媧 복희는 곱자를 들고 있고, 둘 사이에서 태어난 아이가 매달려 있다. 한대漢代의 무량사武梁祠 화상석畫像石.

게 된다. 한대漢代의 화상석畫像石에서는 인류의 시조인 복희와 여와를 상체는 사람, 하체는 뱀의 모습을 한 채 꼬리로 교미하는 모습으로 그림으로써 에로티시즘을 강하게 부각하고 있다. 중앙아시아 투루판吐魯番 지역에서 발견된, 당대唐代에 그려진 채색된 복희·여와 그림도 똑같은 이미지를 표현하고 있다.

남매혼신화는 중국에서 분포 범위가 넓을 뿐만 아니라 우리나라에도 거의 비슷한 내용의 신화가 구전되어오고 있다. 한국 민속학의 선구자인 손진태孫晋泰가 1923년에 함경남도 함흥 지역에서 채록한 남매혼신화의 내용은 다음과 같다.

복희와 여와 복희는 곱자를 들고 있고 여와는 원을 그리는 컴퍼스인 그림쇠를 들고 있다. 비단 위에 채색된 그림. 투루판에서 발견된 당대唐代의 〈복희여와도伏羲女媧圖〉.

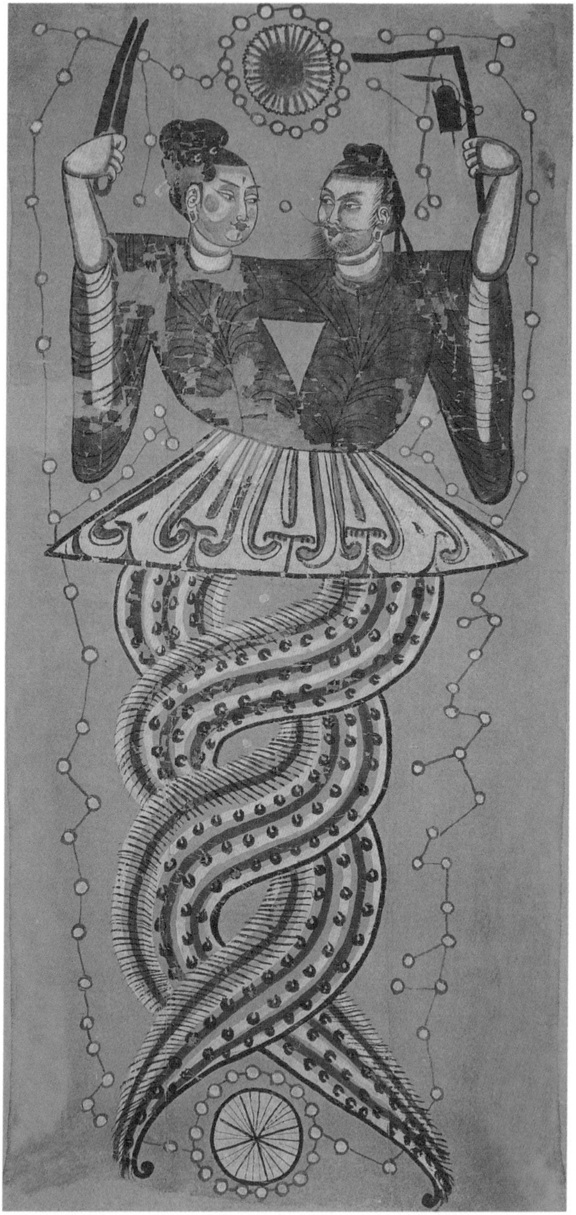

옛날 이 세상에는 큰물이 쳐서 세계는 전혀 바다로 화하고 한 사람의 생존한 자도 없게 되었다. 그때에 어떤 남매 두 사람이 겨우 살게 되어 백두산같이 높은 산의 상상上上에 표착하였다. 물이 다 걷힌 뒤에 남매는 세상에 나와보았으나 인적이라고는 구경할 수 없었다. 만일 그대로 있다가는 사람의 씨가 끊어질 수밖에 없으나 그렇다고 형매간兄妹間에 조혼組婚을 할 수도 없었다. 얼마 동안을 생각하다 못하여 형매가 각각 마주 서 있는 두 봉峰 위에 올라가서는 계집아이는 암망(구멍 뚫어진 편의 맷돌)을 굴려내리고 사나이는 수망을 굴려내렸다(혹은 망 대신 청솔개비에 불을 질렀다고도 한다). 그리고 그들은 각각 하느님에게 기도를 하였다. 암망과 수망은 이상하게도 산끝 밑에서 마치 사람이 일부러 포개놓은 것같이 합하였다(혹은 청송엽青松葉에서 일어나는 연기가 공중에서 이상하게도 합하였다고도 한다). 형매는 여기서 하느님의 의사를 짐작하고 결혼하기로 서로 결심하였다. 사람의 씨는 이 형매의 결혼으로 인하여 계속하게 되었다. 지금 많은 인류의 조선祖先은 실로 옛날의 그 두 남매라고 한다.[18)]

홍수의 동기 부분과 '박' 모티프만을 제외하면 앞서 소개한 중국 남매혼신화와 기본 내용에서 별 차이가 없음을 알 수 있다. 그런데 이러한 남매혼신화는 역사시대를 거쳐 전설화되는 과정에서 여러 변이양상을 보이게 되는데, 한국의 경우 전란戰亂 남매혼 전설과 달래강 전설 등을 예로 들 수 있다.[19)] 전란남매혼 전설은 전란(대개의 경우 임진왜란)으로 인해 산속으로 피란한 남매가 종족의 보존을 위해 연기 피우기, 맷돌 굴리기 등의

18) 손진태, 『한국 민족설화의 연구』, 을유문화사, 1948, 8쪽. 한자 부분은 필자가 손질을 가했음.

19) 한국의 홍수남매혼신화의 변이양상에 대한 자세한 논의는 최래옥, 『한국 구비전설의 연구』(일조각, 1981, 58~80쪽) 참조.

시험과정을 거쳐 결국 결혼하여 씨족의 시조가 된다는 내용으로 홍수라는 남매혼의 동기가 전란으로 대체되었을 뿐이다. 홍수와 남매혼의 두 요소를 그대로 간직하면서 설화문학적인 방향으로 절묘하게 변용된 것은 다름아닌 달래강 전설이다. 1979년경 김영진金榮振에 의해 충북 충주시에서 채록된 달래강 전설의 내용은 다음과 같다.

여기 충주라는 지방엔 달래강이라고 있는데, 달래강은 어떻게 해서 달래강인가 하믄 옛날에 이제 아들 하나, 딸 하나 오뉘(오누이)를 두고 살다가서, 부모 두 분이 다 돌아가시니까 두 오뉘가 살며 농사를 져 먹으며 사는데, 원 이짝에(이쪽에) 있었는지 저짝에(저쪽에) 있었는지 그거는 모르는데, 달래강을 건너가 농사를 짓다 보니까 소낙비가 오니까 달래강 물이 많아졌어. 과년한 오빠하구 과년한 동생하구 둘이 발을 매. 농사를 짓다가 그래 되니까 옷을 벗구서 강을 건너오다보니까, 그만 참[이야기를 망설이며, 조사자의 눈치를 보면서] 저어 마음에 그러니까 남자가 여자를 벗은 걸 보니까 그 자지가 일어서니까. 그만, "아 이놈, 너 일어설 때 일어설 일이지, 이런데 일어서는 법이 어디 있느냐?" 하고 낫을 가지고 일하러 갔다가 낫으로 제 부자질 뚝 자르고, 그만 그 자리에서 쓰러져 죽었어. 그러니까 그 동생이 하는 말이, "날보고 달래나 보지, 달래나 보지" 하고 자꾸 울고 앉아서. 그래서 통곡을 하다 그 동생도 그만 오빠가 죽은 데서 그만 죽었대. 그래 '달래나 보지' '달래나 보지' 그랬다 해서 그래 달래강이라 이름을 지었어.[20]

20) 한국정신문화연구원, 『한국구비문학대계 3-1』, 1980.

달래강 전설에서 홍수남매혼신화의 홍수 모티프는 소나기와 그로 인한 달래강물의 불어남으로, 남매혼 모티프는 오빠가 누이의 벗은 몸을 보고 욕정을 일으킨 후 자책하여 죽는 내용으로 변형되어 물과 에로티시즘이라는 원초적 상관성을 여전히 계승하고 있음을 알 수 있다. 그러나 달래강 전설에서 남매는 결합에 이르지 못하고 비극으로 생을 마감한다. 역사시대, 그것도 아마 유교윤리가 시퍼렇게 살아 있던 조선시대임직한 전설의 배경을 염두에 둘 때 달래강 전설에서는 홍수남매혼신화에서처럼 성적 과잉을 동기부여하는 대의명분도 그리고 그것을 정당화시켜주는 시험의 장치들도 존재하지 않는다. 그리하여 물에 의해 촉발된 욕정이 근친상간의 지경에까지 이르렀을 때 물의 생성적인 측면은 즉각 파괴적인 측면으로 전환되었다. 신화에는 대극적인 양자를 조화시키는 기능이 있는데 역사성을 바탕으로 한 전설에서는 이 기능이 약하기 때문에 비록 물과 에로티시즘의 변주이긴 하지만 달래강 전설은 파국으로 끝나고 만 것이다. 그러나 달래강 전설의 비극은 조화로운 신화적 세계에서가 아니라 역사적 현실의 토대 위에서 이루어진 것이어서 그 서사는 문학화의 계기를 한껏 함축하고 있다. 이제 우리는 물어야 한다. 홍수남매혼신화로부터 비롯된 물과 에로티시즘의 변주는 과연 문학에서 어떠한 모습으로 나타나고 있는가?

3. 「소나기」와 「비」: 물의 서사의 현대적 변용

황순원의 「소나기」

1953년에 발표된 황순원의 「소나기」는 「닭제祭」 「별」 「사마귀」 「산골아이」 「아이들」 「골목안 아이」 등 일군의 초기 단편들과 더불어 소년 소녀를 주인공으로 삼아 유년기의 서정과 정신적 성장을 그린 이른바 성장소설 혹은 통과의례 소설로 불리는 작품이다. 중학교 국어교과서에도 실린, 이른바 국민소설로 알려진 이 작품에 대해 이재선은 일찍이 "성에 눈뜨게 되는 사춘기의 소년 소녀의 애틋한 초련初戀의 경험을 통해서 인생 입문의 과정에서 보편적으로 겪게 되는 외상적外傷的인 아픔과 정서적인 손상을 다루고 있다"[21]고 적절히 평한 바 있다. 가세가 기울어 시골 학교로 전학 온 서울 소녀와 시골 소년이 전원 속에서 만나 감정을 키워나가고 급기야 소나기를 계기로 친밀해졌다가 소녀 집안의 몰락과 소녀 자신의 병사病死로 인해 소년은 쓸쓸한 삶의 단면을 체득하고야 만다는 내용은, 유년기의 서사시적, 원환圓環적 세계가 깨지고 어쩔 수 없이 제도·규범이 지배하는 현실세계로 진입함을 시사한다. 이런 의미에서 이 소설은 앞서 말했듯이 통과의례적 성격을 지닌 작품으로 규정함에 무리가 없다. 그러나 우리는 이 작품이 통과의례적 성격을 지녔

21) 이재선, 『한국 현대소설사』, 홍성사, 1979, 478~479쪽.

다는 점으로 인해 보다 심층적인 각도에서 바라볼 필요성을 느끼게 되는데, 이는 의례 혹은 제의가 신화와 무엇보다도 깊은 관계를 맺고 있기 때문이다. 신화는 제의의 구술적 상관물이라는 표현을 상기한다면 우리는 「소나기」의 통과의례적 성격과 병존竝存관계에 있는 신화적 모티프의 존재를 예상하지 않을 수 없는 것이다. 신화의 세계는 영원회귀적, 원환적이기 때문에 논리상 동어반복적인 것이 특징이다. 따라서 신화적 이미지는 작품 속에서 자주 반복됨으로써 의미화를 달성한다. 이러한 취지와 관련하여 「소나기」에서 각별히 주목해야 할 이미지는 개울과 그것을 둘러싼 물의 이미지이다.

> 소년은 개울가에서 소녀를 보자 곧 윤초시네 증손녀 딸이라는 걸 알 수 있었다.(11쪽)[22)]

> 다음날은 좀 늦게 개울가로 나갔다.(11쪽)

> 토요일이었다. 개울가에 이르니, 며칠째 보이지 않던 소녀가 건너편 가에 앉아 물장난을 하고 있었다.(13쪽)

> 개울물은 날로 여물어갔다.(21쪽)

소년과 소녀의 길지 않은 만남의 역사는 모두 개울을 중심으로 이루어진다. 둘이 처음 만났던 때의 개울물, 그것은 '봄의

22) 「소나기」의 텍스트는 황순원, 「소나기」(『에버그린 한국문학전집 21』, 양우당, 1994)를 취했다. 이하의 인용 쪽수는 이 책에 의거한 것이다.

물eaux printanières'[23]과 같은 맑은 물이다. 소녀는 물장난을 하고 세수를 하고 "물 속을 빤히 들여다"보며 나르시시즘에 잠기기도 한다. 그러나 바슐라르는 개울물이 갖는 성적 기능에 주목한 바 있다. 다시 소년은 소녀가 앉았던 징검다리 위에 앉아 소녀가 했던 것처럼 세수를 하고 물 속을 들여다본다. 이는 자신의 얼굴을 비추기 위해서가 아니라 물 속에 담긴 소녀의 환영을 뒤쫓고자 함이다. 물에 비치는 모든 것은 여성적인 흔적을 가지고 있다![24] 마침내 소녀는 소년에게 완전한 이미지로 현현한다.

> 저쪽 갈밭머리에 갈꽃이 한옴큼 움직였다. 소녀가 갈꽃을 안고 있었다. 그리고 이제는 천천한 걸음이었다. 유난히 맑은 가을햇살이 소녀의 갈꽃머리에서 반짝거렸다. 소녀 아닌 갈꽃이 들길을 걸어가는 것만 같았다.(12쪽)

소년과 소녀는 아직 깨어지지 않은 서사시적 세계의 통일된 조화를 만끽한다. 소년에게 꽃으로 동일시된 소녀는 인간의 정서와 자연이 합일된 정경교융情景交融의 생태적 경지를 보여준다. 그러나 스러지기 쉬운 꽃의 속성은 불행한 소녀의 운명을 암시하기도 할 것이다. 개울가에서 싹트기 시작한 두 사람의 순정은 건너 산으로의 은밀한 소풍에 의해 관능적인 정서로 이행된다.

> 소년이 놀라 달려갔다. 소녀가 손을 내밀었다. 손을 잡아 이끌어올

23) 사실 「소나기」의 시점은 가을이다. 그러나 개울물의 성격은 '신선함'으로 인해 바슐라르가 말한 '봄의 물'에 가깝다. 가스통 바슐라르, 『물과 꿈』, 이가림 옮김, 문예출판사, 1980, 51~52쪽.
24) 같은 책, 56쪽.

리며, 소년은 제가 꺾어다줄 것을 잘못했다고 뉘우친다. 소녀의 오른쪽 무릎에 핏방울이 내맺혔다. 소년은 저도 모르게 상채기에 입술을 가져다대고 빨기 시작했다.(16쪽)

뜻하지 않은 사고로 촉발된 관능적인 정서는 홀연 소나기가 내려 물의 이미지가 극대화될 때 절정에 달한다. 소나기는 둘만의 호젓한 세계에 갑자기 출현한 한 농부에 의해 예고된다.

"너희 예서 뭣들 하느냐." 농부 하나이 억새풀 사이로 올라왔다. 송아지 등에서 뛰어내렸다. 어린 송아지를 타서 허리가 상하면 어쩌느냐고 꾸지람을 들을 것만 같다. 그런데 나룻이 긴 농부는 소녀 편을 한번 훑어보고는 그저 송아지 고삐를 풀어내면서, "어서들 집으루 가거라, 소나기가 올라."(17쪽)

나룻이 긴 농부의 틈입闖入은 무엇을 의미하는가? 그는 마치 길 잃은 나그네 앞에 나타난 민담 속의 산신령과 같기도 하고 통과의례를 주관하는 노현자老賢者 혹은 장로 같기도 하다. 아무래도 후자에 가까운 것은 둘에 대해 금지를 명하고 경고하는 존재로서 이는 사회적 제도와 규범의 화신으로 볼 수 있기 때문이다. 아울러 이 농부로부터 복희·여와 신화에서의, 뇌공과 싸우고 남매에게 홍수를 예고했던 아버지 '고비'의 이미지가 연상되기도 한다.

농부의 경고가 끝나자마자 주위는 대번에 돌변한다. 패연沛然

소년과 소녀 소나기를 피해 수숫단 속으로 들어간 모습. 영화 〈소나기〉(고영남, 1978)의 한 장면.

히 쏟아지는 소나기로 인해 두 사람은 수숫단 속으로 몸을 피한다. '어둡고 좁은' 수숫단 속은 통과의례가 행해지는 오두막집과도 같다. 원시부족의 의례에서 입사자入社者들은 자궁으로 상징되는 오두막집 속에서의 시험을 거쳐 유년기를 벗어나게 된다. 복희·여와 신화에서 남매가 의지해서 목숨을 건졌던 박의 이미지는 여기에서 수숫단 속과 자연스럽게 겹쳐진다. 개울물은 이제 맑은 봄물과 같은 처음의 온화한 모습이 아니다. 갑자기 내린 비에 의해 불어날 대로 불어나 거친 탁류로 돌변해 있다. 과잉된 물의 이미지는 곧 과잉된 에로티시즘으로 표현된다.

> 도랑 있는 곳까지 와보니, 엄청나게 물이 불어 있었다. 빛마저 제법 붉은 흙탕물이었다. 뛰어 건널 수가 없었다. 소년이 등을 돌려댔다. 소녀가 순순히 업히었다. 걷어올린 소년의 잠방이까지 물이 올라왔다. 소녀는, 어머나 소리를 지르며 소년의 목을 그러안았다.(18쪽)

소나기 이후 사태는 급전직하로 치닫는다. 소녀의 집안은 몰락하여 이사를 하게 되고 소녀는 소나기로 인해 얻은 병으로 급사한다. 이 갑작스런 파국의 내밀한 동기화는 어떻게 이루어진 것인가? 우리는 이 한 쌍의 순진무구한 소년 소녀가 사실상 신화적 남매의 의제擬制된 모습이라는 점에 우선 주목해야 할 것이다. 소녀의 집안인 윤초시네는 비록 몰락했지만 그 지역의 유지이자 지주였고 소년은 가난한 소작농의 자식이라는 계층적 간극이 문맥을 통해 어렴풋이 제시되고 있다. 그리고 무엇보다도 유년의 그들에게 있어서 성은 금기이다. 그들은 일단 맺어져서는 안 될 관계라는 점에서 신화적 남매가 지녔던 근친상간의 성적 금기를 성격을 바꾸어 계승하고 있는 셈이다. 개울물에 의해 조용히 키워진 그들의 성애性愛의 감정은 소나기 속에서 급격히 고조된다. 근친상간마저 가능케 했던 저 홍수의 에로티시즘이 소나기를 통해 유전되었던 것일까? 그러나 오늘의 이들에게 과잉된 성은 저 달래강의 남매가 겪었던 비극처럼 감당하지 못할 부담이다. 물의 동역학은 이 순간 방향을 바꾸어 파괴적인 본능을 발휘하기 시작한다. 소녀 집안의 연이은 몰락과 소녀의 갑작스런 죽음, 그리고 그로 인한 소년의 비애감이 잇따른다. 이 비애감은 그러나 세계에 대한 인식지평의 확대를 가져오게 될 것이다. 순결한 영혼들의 애틋한 서정을 협애狹隘한 성애주의로 환원시킬 수도 있다는 오해를 무릅쓰고 「소나기」의 이면에 자리잡은 신화 이미지의 힘의 궤적을 우리는 이렇게 파악해볼 수 있을 것이다.

서머싯 몸의 「비」

홍수남매혼신화에서의 물과 에로티시즘의 상관 모티프를 동아시아권 이외의 작품에까지 확대하여 적용할 수 있을 것인가? 사실 서론에서 이미 밝혔듯이 물과 에로티시즘의 상관성은 세계의 모든 신화에서 보편적으로 나타나는 현상이다. 다만 서구신화의 경우 신관神觀의 차이로 인해 동아시아의 홍수남매혼신화처럼 근친상간 모티프가 두드러지게 나타나지 않고 그것이 은폐되거나 부부관계로 변형되어 표현된다고 설명한 바 있었다. 예컨대 노아 홍수신화에서 홍수 이후 노아가 벌거벗은 채 낮잠을 자다가 세 아들에 의해 얘깃거리가 되는 대목은 노아의 성적 행위를 시사하는 의미로 지적되어왔다.[25] 그렇다면 우리는 서구 작품에 대해서도 홍수남매혼신화의 모티프에 의해 해석해볼 여지를 갖게 될 것이다.

서머싯 몸Somerset Maugham, 1874~1965은 객관적이고 냉정한 필치로 인간 내면의 결함과 허구적 속성을 누구보다도 잘 드러낸 작가로, 특히 그의 단편소설은 이러한 그의 작풍을 충실히 구현한 것으로 유명하다. 코스모폴리턴적인 기질을 지닌 그는 세계 각지에서 여행을 즐겼는데, 동아시아와 남태평양 지역까지 두루 답파하였고 이들 이국 풍토를 배경으로 한 다수의 작품을 남겼다. 1928년에 발표된 「비Rain」는 남태평양 지역을 소재로 한 일련의 단편들 중 하나로 몸의 작가적 특성이 잘 발휘된, 널리 알려진 작품이다. 「비」의 내용은 사모아Samoa의 아피아Apia로 가는

25) 『구약』「창세기」 제9장 21절에서, 노아의 벌거벗은 몸을 보고 웃은 아들 함Ham은 저주를 받고, 보지 않고 이불을 덮어준 두 아들 셈Shem과 야벳Japeth은 축복을 받는다. 이 사건의 배후에는 노아와 그 아내의 성관계가 있었던 것으로 추리된다. 이에 대한 논의는 최래옥, 앞의 책, 202쪽 참조.

노아의 방주 노아와 그의 가족들이 대홍수를 피해 사각형의 배를 타고 있다. 독일의 뉘른베르크 『성경』에 그려진 삽화(1483년).

선객船客들이 토착민들 사이에 만연한 홍역으로 인해 입항을 금지당하고 파고파고Pago-Pago에 일시 기항하게 되면서 겪는 갈등과 사건으로 이루어져 있다. 지루한 우기雨期에 의사 맥페일 부부, 선교사 데이비드슨 부부, 창녀 새디 톰슨은 다음 배를 기다리며 한 건물에서 기거하게 된다. 사명감에 불타는 데이비드슨은 톰슨을 샌프란시스코의 창녀 교도소로 보내기 위해 애쓴다. 맥페일이 말려보지만 데이비드슨은 막무가내로 톰슨을 핍박하고, 그녀는 마침내 데이비드슨에게 굴복하여 그의 감화를 받고 창녀 교도소로 떠나기로 결정한다. 톰슨의 영혼이 깨끗이 정화되었다고 모두가 믿던 날 밤 뜻밖에 데이비드슨의 자살한 시체가 해변에서 발견된다. 이튿날 다시 옛날의 불량스런 태도로 돌아간 톰슨을 보고 맥페일은 모든 것을 깨닫게 된다.

작품 「비」는 냉정한 의사 맥페일, 열정적인 도덕가인 선교사 데이비드슨, 천박한 창녀인 톰슨 등 성격적으로 대조되는 인물들이 고립된 지역과 열악한 여건 속에서 서로 충돌함으로써 인간의 본성을 드러내는 모습을 자연주의적으로 보여준다.[26] 그런데 작품의 배경에서 무엇보다도 주목해야 할 것은 남태평양 특유의 기후와 환경이다. 몸은 열대의 기후와 이국적인 환경이 서구인의 심리와 행동에 미치는 영향을 간과하지 않았다.[27] 특히 「비」에서 거의 매일 퍼붓는 우기의 장맛비는 서구인들이 일상에서 경험하지 못했던 현상일 뿐만 아니라 불길한 느낌마저 자아내게 하는 재앙과 같은 것으로 묘사된다.

맥페일 의사는 비가 오는 것을 보고 있었다. 비는 그의 신경을 날카롭게 만들기 시작했다. 그것은 땅에 보슬보슬 내리는 영국의 보슬비 같지 않았다. 무자비했고 어쩐지 무시무시했다. 그것은 자연의 원시적 힘의 악의를 느끼게 했다. 그 비는 내리는 것이 아니라 쏟아지고 있었다. 그것은 하늘에서 쏟아지는 홍수와 같았고 미칠 듯이 끈질기게 양철 지붕을 두들겼다. 마치 그 자신이 분노를 품은 것 같았다. 때때로 그 비가 멎지 않아 소리를 지르지 않으면 안 될 것 같기도 했고, 그러다간 마치 뼈다귀가 녹는 것처럼 갑자기 힘이 빠진 느낌이 들어 비참하고 절망적인 기분이 되는 것이었다.(149쪽)[28]

의사가 말했다. "더구나 이 비는 어떤 사람이라도 신경질이 날 만하지." 그는 짜증을 내며 말을 이었다. "이 경칠 놈의 섬에서는 비가 그치는 일이라곤 없소?" "우기에는 정말 지루하게 오지요. 일 년 동안의

26) 몸은 작법에서 모파상의 영향을 많이 받은 것으로 알려져 있다.
27) 이 점에 대해서는 Klaus W. Jonas, "Maugham and the East", *The World of Somerset Maugham*, London, Lowe & Brydone Ltd., 1959, ed. Klaus W. Jonas, pp. 124~132 참조.
28) 「비」의 텍스트는 몸·나보코프, 『열두번째 아내』(장왕록·현광식 옮김, 대학출판사, 1994)에 수록된 번역을 취했다. 이하의 인용 쪽수는 이 책에 의거한 것이다.

강우량이 300인치나 돼요. 그건 이 만의 지형 때문이죠. 태평양 전역에서 비를 끌어들이는 것 같아요." "망할 놈의 지형이로군." 의사가 말했다.(153~154쪽)

사모아 섬의 해변 풍경

"마치 그 자신이 분노를 품은 것 같"은 남태평양의 비는 태초에 신이 인간에게 징벌로 부과했던 홍수처럼 느껴진다. 끊임없이 쏟아지는 장맛비, 집요한 자연력은 결국 인간의 의지를 박약하게 만들고 인간관계에 악의적으로 개입한다.[29] 우리는 장맛비가 성적 방종을 뜻하는 '음淫'자와 의미론적으로 상관관계에 있다는 사실을 기억할 필요가 있다. 선교사 데이비드슨은 질식할 듯한 상황 속에서 마침내 자제력을 잃고 창녀 톰슨을 범하고 그리고 죄책감으로 자살한다. 「비」에서 장맛비와 데이비드슨의 파국의 인과성은 이와 같이 간접적이지만 무척 개연적으로 제시된다. 그러나 이 인과성을 단순한 분위기보다 좀더 신화구조적인 측면에서 생각해볼 필요가 있다. 우리는 '하늘에서 쏟아지는 홍수'와 같은 장맛비 속에 외딴섬, 한 건물 안에 여러 인물들이 고립되어 있는 상황으로부터 태초의 홍수 시기 인류가 방주나 박 속에 갇혀 있던 신화적 광경을 연상해볼 수 있다. 선교사 데이비드슨과 창녀 톰슨은 어떠한 관계성을 지니는가? 그들은 결코 결합해서는 안 될 사이라는 점에서 근친상간의 유혹을 견뎌야 하는 남매의 의제된 관계성을 지닌다. 기독교적 관용어법

29) 최승호, 「W. Somerset Maugham의 인간관」, 고려대학교 교육대학원 석사학위논문, 1982, 42쪽.

이지만 데이비드슨이 톰슨에게 계속해서 '자매'라는 호칭을 사용하는 것은 이러한 관계성에 대한 기묘한 암합暗合이다.

폭우가 거세짐에 비례하여 톰슨을 교화하려는 데이비드슨의 열정도 강해져만 간다. 여기에서 다시 주목해야 할 것은 데이비드슨의 교화의 의욕 속에 스며들기 시작한 비의 에로티시즘이다.

> 선교사는 톰슨양 방에서 이층으로 돌아오면 지쳐버릴 때까지 기도를 했다. 그리고 그런 후에도 그는 오래 자지 못했다. 한두 시간 후에 일어나 옷을 입고 바닷가로 산책을 나갔다. 그는 이상스런 꿈을 꾸고 있다는 것이었다. "오늘 아침에는 네브래스카 주의 산들을 꿈에 보셨다고 하시더군요." 데이비드슨 부인이 말했다. "그거 참 희한한데요." 맥페일 의사가 말했다. 그는 그가 미국 대륙을 횡단할 때 기차의 창을 통해 그 산들을 바라본 기억이 났다. 그 산들은 둥그스름하고 커다란 두더지 등허리 같았는데 평야에 불쑥 솟아 있었다. 그는 그것이 꼭 여자의 유방같이 보여서 적이 놀랐던 것을 생각했다.(170~171쪽)

프로이트적 함의가 농후한 데이비드슨의 이 이상스러운 꿈은 그의 성적 파멸의 전조가 된다. 결국 저주스러운 폭우는 데이비드슨의 종교적 열정을 성적 욕망으로 전화轉化시키고, '자매'를 범하고야 만 그는 달래강 전설의 오빠처럼 자책하여 스스로를 죽이고야 만다. 「비」에서의 폭우가 환기하는 강렬한 홍수신화의 정서는 인간에 내재한 거부할 수 없는 성적 본능의 힘을 노정露呈시킴으로써 규범화된 인간존재의 한계를 뚜렷이 인식시켜주고 있는 것이다.

4. 맺는말

바타유Georges Bataille는 근친상간의 금기가 에로티시즘의 출발임을 시사한다.[30] 바꾸어 말하면 근친상간의 욕망이야말로 가장 원초적인 성욕일 수 있겠다. 홍수남매혼신화는 바로 이러한 물과 원초적 성욕 간의 관계를 내포하고 있는데, 우리는 동아시아 홍수신화에서 현저하게 나타나는 이 상관성이 후대에 이르러 한국의 달래강 전설을 매개로 해서 「소나기」와 같은 문학작품에까지 어떻게 유전되고 있는지를 살펴보았다. 물과 에로티시즘의 상관성은 시공을 넘어 서구 작품인 「비」에까지 확대 적용해볼 수 있겠다. 우리는 그간 신화가 갖는 보편원리에 기대어 그리스 로마 신화의 주요 모티프 또는 그것으로부터 도출된 정신분석학상의 여러 가설들에 의해 우리의 작품을 많이 설명해왔다. 이제 그 역으로 동아시아의 신화 모티프를 통해 서구 작품을 바라보는 일도 유효하고 의미 있는 작업이라는 생각이 든다. 왜냐하면 동서양 신화는 공통점도 있지만 풍토에 따라 각기 독특한 콤플렉스를 지니고 있는데, 상호보완적 견지에

30) "나는 이 책을 통해 위반의 감정이 없다면 에로티즘은 포착 불가능하고 잘못 조건지어진다는 점을 보여주고자 한다." 조르주 바타유, 『에로티즘의 역사』, 조한경 옮김, 민음사, 1998, 27쪽.

서 상대방의 잘 발현되지 않은 신화적 본질을 밝혀줄 필요가 있기 때문이다.

물의 에로티시즘은 그 작용에 있어 생성과 파괴의 양 측면을 지닌다. 그것은 신화적 세계에서는 우주의 복원, 조화로운 결혼으로 귀결되나 역사적 현실에서는 괴리된 사회, 분열된 자아로 표상된다. 문학을 통하여 확인하게 되는 것은 아무래도 후자인바, 그것은 문명화 과정에서 인류가 마셔야 할 쓴잔이다. 근친상간의 금기, 이는 프로이트·레비스트로스·바타유 등 선각先覺들에 의해 자연과 문명의 중요한 분기점으로 한결같이 지적되어왔다. 우리는 이 결정적 계기를 동아시아 홍수남매혼신화 및 그것의 문학적 변이를 통해 다시 한번 확인한 셈이다. 문명화 이전, 우리의 존재를 규정지었던 이 지향할 수 없는 욕망, 그것은 비록 마그마처럼 우리의 내면 깊숙이 가라앉아 있으나 어느 누구든 그것으로부터 자유로울 수 없는 위험스러운 '원시적 열정primitive passion'인 것이다.

4

주목왕周穆王이 서쪽으로 간 까닭은?

-가오싱젠高行健의 『영혼의 산』, 최인훈의 『서유기』

인도로부터 불교가 전래된 이후 서방 정토의 관념이 기존의 서방 낙원설과 결합하면서 서방은 점차 상상력의 중심이 되어갔다. 한나라와 당나라 때 강렬히 흥기했던 서왕모 숭배의 열풍은 바로 이러한 사정에 기인한다. 근대 무렵 제기되었던 중국문명의 서방 기원설은 전통적인 서방 낙원설과 암합되었을 가능성이 있다. 서방 기원설은 중국문명을 폄하하려는 서구 학자들과 인도 기원설에 영향받은 중국 내의 일부 학자들에 의해 주장되었는데, 이중 후자의 경우 심중에 자리잡은 서방 낙원설이 은근히 방조하였을 것이다.

1. 『목천자전穆天子傳』: 로맨스와 왕권

길을 떠나는 일은 세계에 자신을 드러내고 사물과 교감하는 행위이다. 그것은 개인이라는 독선적 영역을 벗어나 외계로 자아를 확대하는 것이기도 하다. 신화나 민담에서 주인공은 언제나 길을 떠난다. 특히 신화적 영웅은 소명에 의해 모험적 여행을 떠나야만 한다. 그것은 그가 개인적 삶에만 만족할 수 없는, 집단과 종족의 안녕과 행복을 책임진 존재이기 때문이다. 그래서 조지프 캠벨Joseph Campbell은 그의 영웅신화 도식에서 첫째 단계를 '출발departure'로 설정했다. 가장 오래된 수메르 신화에서 길가메시는 불사약을 찾아 긴 여행을 떠나고 그리스 로마 신화에서 트로이의 아이네이아스는 망국의 설움을 안고 모험의 항해를 한 끝에 로마에 안착한다. 동아시아에서는 주목왕周穆王, 기원전 1001~947이 여덟 필의 준마가 이끄는 수레를 타고 서쪽 끝까지 가서 곤륜산崑崙山의 여신 서왕모西王母를 만나고 온 이야기가 모험적 여행담의 원형이다. 주목왕의 여행담은 『목천자전穆天子傳』이라는 책에 실려 있다.[1] 그런데 이 책이 세상에 알려지게 된 경위가 흥미롭다.

서기 281년, 서진西晉 무제武帝 임금 시절의 어느 날, 사람들을 깜짝 놀라게 한 사건이 생겼다. 급현汲縣이라는 고을에서 부준不準이라는 도굴꾼이(이 도굴꾼에게 영광 있으라!) 한 왕릉을 도굴하

1) 국내에도 이미 번역본이 나와 있다. 송정화·김지선 역주, 『목천자전·신이경』, 살림, 1997 참조.

였는데 그곳에서 아주 오래된 책들이 나온 것이다. 그 왕릉은 전국戰國시대 위양왕魏襄王의 무덤으로, 당시로부터 육백여 년 전쯤에 축조된 것이었다. 그 책들은 죽간竹簡이라는 대나무쪽에 오래된 글자체로 씌어 있었는데, 그중 한 책이 특별히 사람들의 주목을 끌었다. 그것은 그 책이 고대 주周 왕조의 현군賢君이었던 주목왕의 신비로운 여행담을 기록하고 있었기 때문이었다. 예나 지금이나 새로운 고고학적 발굴은 센세이셔널한 뉴스가 된다. 도굴꾼에 의해 빛을 본 주목왕의 여행기, 『목천자전』도 당시에 큰 화제가 되었고 곧바로 순욱荀勗이라는 학자의 정리를 거쳐 중국신화의 중요한 자료로 남게 되었다.

『목천자전』은 주목왕의 서방 여행을 연대기적으로 마치 일기를 쓰듯이 기록해나가고 있다. 왕은 대규모의 원정단을 조직하여 여행길에 올랐는데, 칠췌七萃라는 정예무사로 구성된 친위대가 호위하고 여덟 필의 명마, 곧 팔준마八駿馬가 끄는 수레에 왕이 탑승했다. 이 수레를 끄는 자는 당대 최고의 말몰이꾼인 조보造父였다. 팔준마는 그 옛날 주나라 무왕武王이 은殷나라의 폭군 주왕紂王을 칠 때의 싸움말들의 후예인데 당시 전쟁이 끝난 후 산에 풀어놓아 야생마가 되었던 것을 조보가 잡아 길들인 것이다. 이 말들은 각기 적기赤驥 · 도려盜驪 · 백의白義 · 유륜踰輪 · 산자山子 · 거황渠黃 · 화류華騮 · 녹이綠耳 등의 고유한 이름이 있었고 각기 발이 땅에 닿지 않거나, 새보다 빠르거나, 하룻밤에 만리를 갈 정도로 빨랐다고 한다. 주목왕의 원정단은 좋은 날을 잡아 출발하여 서쪽으로 행군하였다. 먼저 그들은 양우산陽紆山

주목왕周穆王 여덟 필의 준마가 끄는 수레를 타고 여행을 떠나는 모습. 『제감도설帝鑒圖說』.

이라는 곳에 이르렀다. 이곳은 중국의 젖줄인 황하를 다스리는 수신 하백河伯이 도읍을 정하고 사는 곳이었다. 왕은 강가에서 하백에게 제사를 드렸는데 벽옥璧玉과 소·말·돼지·양을 강물에 빠뜨려 제물로 바쳤다. 이에 하백은 신관神官을 통해 주목왕에게 곤륜산의 보물과 영원한 복을 약속하였다. 왕은 다시 서쪽으로 나아갔다. 가는 길에 많은 변방의 부족들이 가축과 곡물 등 토산품을 바쳤고 왕은 그들에게 비단·황금 등을 답례로 주었다. 얼마 후 주목왕은 곤륜산에 이르렀다. 이곳에서 대신大神 황제黃帝의 궁전을 둘러보고 희생물로 제사를 드렸다. 곤륜산의

한 봉우리인 군옥산群玉山은 옥이 산과 밭을 이루고 있을 정도로 많았다. 왕은 여기에서 일만 개의 옥을 취하여 수레에 실었다. 마침내 주목왕은 서왕모의 나라에 도달하였다. 왕은 처음 만날 때의 예물로 아름다운 옥과 꽃무늬가 있는 비단끈을 서왕모에게 주었다. 『목천자전』에서는 이 부분 이후 주목왕이 서왕모와 함께 어떻게 즐기고 사랑했는지에 대한 이야기를 삼가고 있다. 그것은 이 책이 천자의 여행기로서 엄숙한 필치를 구사하고 있기 때문이다. 그래도 우리는 후일 그들이 주고받은 이별의 시를 통해 주목왕이 이 이국의 여신과 한동안 단단히 사랑에 빠졌음을 짐작할 수 있다. 아이네이아스가 카르타고의 여왕 디도로부터 청혼을 받고, 솔로몬이 시바의 여왕과 사랑에 빠졌듯이 영웅은 이처럼 여행길에 미녀를 만나게 되어 있다. 그러나 대부분 영웅은 미녀를 버리고 다시 길을 떠난다. 왜냐하면 그에게는 세상을 위한 과업이 기다리고 있기 때문이다. 주목왕은 서왕모와 아름다운 연못 요지瑤池 가에서 매일 잔치를 벌이며 환락에 젖었다. 그런데 돌아갈 일조차 잊고 지내던 어느 날 갑자기 도성으로부터 급보가 전해왔다. 주나라 동쪽 변방의 임금인 서언왕徐偃王이 군사를 몰고 침공해와 도성이 위급하다는 보고였다. 결국 주목왕과 서왕모는 요지에서 마지막 잔치를 열고 이별의 의식을 거행한다. 이 자리에서 서왕모는 왕을 향해 이렇게 노래했다 한다. "흰 구름은 하늘에 떠 있고, 산봉우리 드높이 솟았는데, 그대 가시는 길은 아득하고, 산과 내가 우리 사이를 갈라놓았네. 바라건대 그대 오래 사시어, 다시 오실 수 있기

주목왕周穆王과 서왕모西王母의 이별 주목왕이 이별의 슬픔으로 얼굴을 돌리고 있는 서왕모를 차마 떠나지 못한 채 바라보고 있다. 『천문도天問圖』.

를." 이에 대해 왕은 다음과 같이 화답했다. "동쪽의 내 땅으로 돌아가, 나라를 잘 다스리리. 만백성이 잘살게 되면, 그대를 볼 수 있으리. 삼 년이 지나면, 내 다시 이곳으로 돌아오리."[2)] 그러나 왕은 이후 다시는 서왕모 곁으로 돌아올 수 없었다. 어쨌든 주목왕은 서왕모와의 환락의 단꿈에서 깨어나 급히 귀국하였다. 그는 하룻밤에 천 리를 가는 속도로 군사를 몰고 돌아와 위기를 수습하였다고 한다. 여기에는 능숙한 말몰이꾼 조보와 팔준마의 공이 컸음은 물론이다.

주목왕의 서쪽으로의 긴 여행, 그것은 결국 무엇을 의미하는가? 험난한 여정을 돌파하여 미인과 보물을 얻고 돌아오는 내용은 영웅신화의 일반적인 이야기 패턴을 크게 벗어나지 않는다. 그러나 왜 주나라의 목왕이 여행을 해야만 했는가? 여기에 이 신화의 고유한 현실적인 맥락이 있다. 주목왕 즉위 당시 주의 천하에 대한 지배력은 급속히 쇠퇴하고 있었다. 주목왕의 미지의 땅으로의 여행 그리고 성공적인 귀환은 변방 세력에 대한 주나라 왕권의 안정된 통치능력을 웅변한다.[3)] 예컨대 여행길에서 주목왕은 다수의 변방 소국으로부터 공물을 받고 황금 장식물과 비단 등을 하사한다. 이들 물품은 중국문명의 표징으로서 하사의 행위는 지배-종속관계의 승인을 의미한다. 주목왕은 또한 여행길에서 낯선 지역을 명명命名하거나 기이한 동식물이나 광물을 수집하여 중국에 가지고 온다. 이러한 행위 역시 지배방식의 일환임은 탈식민주의 논의에서 잘 알려진 사실이다. 가령 한漢나라 때 황제의 사냥터이자 정원인 상림원上林苑

2) 『목천자전穆天子傳』, 권卷3. "西王母爲天子謠曰, 白雲在天, 山陵自出. 道里悠遠, 山川間之. 將子無死, 尙能復來. 天子答之曰, 予歸東土, 和治諸夏. 萬民平均, 吾顧見汝. 比及三年, 將復而野."

3) 이와 같은 관점에 대해서는 송정화, 「『목천자전』 시석(試析) 및 역주」(이화여대 중문과 석사학위논문, 1994), 19쪽 참조.

과 대영박물관의 공통점은, 두 곳에 있는 기이한 온갖 사물이 모두 제국의 전성기에 다른 곳으로부터 가져온 것(허락 없이!)이라는 사실에 있다.

다음으로 주목해야 할 것은 주목왕 서방 여행의 보다 상징적인 의미이다. 주 민족은 중국의 서쪽 황하 상류에서 일어났고 따라서 서쪽 아득한 곳은 주 민족에게 시원始原과도 같은 의미를 갖는다. 주목왕이 황하의 신인 하백에게 제사를 드리고 황하를 거슬러 서쪽으로 여정을 잡았듯이 후일 한무제漢武帝는 장건張騫을 서쪽으로 보내 황하의 수원을 탐색하게 한다. 중국 민족에게 서쪽은 귀소歸巢해야 할 본향本鄉과도 같은 곳이다. 그 서쪽의 끝에는 불사약을 지닌 여신 서왕모가 거주하는 낙원 곤륜산이 있다. 그렇다면 주목왕이 서쪽으로 가서 서왕모를 만나고 온 것은 무엇을 상징하는가? 불사약을 지닌 여신과의 결합이란 재생의 힘을 획득한 것에 다름아니다. 그것은 쇠퇴한 주 민족이 힘의 근원에서 저력을 되찾아온 것을 의미한다 할 것이다. 러시아의 중국학자 리프틴Boris Liftin은 이러한 취지에서 『목천자전』이 실제의 주목왕과 가까운 연대가 아니라 훨씬 후세인 전국시대 무렵에 왕권 회복을 목적으로 씌어졌을 것으로 추측한다.[4] 결국 주목왕이 서쪽으로 가게 된 두 가지 이유를 함께 고려해볼 때 우리는 이 책이 주나라 왕권의 정통성 혹은 정체성을 탐색, 수립하려는 의도와 깊게 상관되어 있음을 알 수 있다. 포터Deborah Porter는 이러한 문맥에서 『목천자전』의 성립을 주목왕이라는 새로운 개인적 자아 혹은 주 왕조라는 집단적 자

4) 리프틴李福清(Liftin), "문학적 시각에서 본 목천자전從文學角度看穆天子傳", 『중국신화이야기논집中國神話故事論集』, 北京 : 中國民間文藝出版社, 1988, 1~10쪽 참조.

아의 출현과 상관된 허구적 표현의 초기 단계로 간주하고 소설사적 의의를 부여한다.[5] 이제 우리는 후대의 소설에서 『목천자전』이 갖는 이러한 원형적 지위를 확인해보기로 하자.

2. 고전 『서유기』: 마음의 행로

중국신화에서 낙원에 대한 상상력은 동·서·남·북 네 방향 중에서 주로 동방과 서방을 중심으로 전개되었다. 동쪽의 바다 발해渤海에 있다는 삼신산三神山 이야기와 서쪽의 곤륜산 이야기가 대표적인 예이다. 그런데 이렇게 서로 다른 방향의 낙원관은 고대에 중국 대륙을 지배한 민족이 시기마다 상이했던 데에서 유래한 것이다. 가령 삼신산 이야기는 동방에서 일어난 동이계東夷系 및 은殷 민족과의, 곤륜산 이야기는 서방에서 일어난 화하계華夏系 및 주周 민족과의 관련하에 발생한 것으로 생각된다. 그런데 한나라 이후 실크로드를 통해 서역西域과의 교통이 빈번해지면서 서방 낙원에 대한 상상력이 더욱 풍부해졌다. 특히 인도로부터 불교가 전래된 이후 서방 정토淨土의 관념이 기존의 서방 낙원설과 결합하면서 서방은 점차 상상력의 중심이 되어갔다. 한나라와 당唐나라 때 강렬히 흥기했던 서왕모 숭배의 열풍은 바로 이러한 사정에 기인한다. 근대 무렵 제기되었던

5) Deborah Lynn Porter, *From Deluge to Discourse : Myth, History, and the Generation of Chinese Fiction*, Albany, State University of New York Press, 1996, pp. 16~18.

중국문명의 서방 기원설은 전통적인 서방 낙원설과 암합暗合되었을 가능성이 있다. 서방 기원설은 중국문명을 폄하하려는 서구 학자들과 인도 기원설에 영향받은 중국 내의 일부 학자들에 의해 주장되었는데, 이중 후자의 경우 심중에 자리잡은 서방 낙원설이 은근히 방조하였을 것이다.

『목천자전』 이후 서방 낙원에 대한 여행기로 가장 저명한 것은 이른바 사대기서四大奇書 중 하나인 『서유기西遊記』이다. 『서유기』는 토착적인 서방 낙원설과 불교의 서방 정토설이 결합하여 빚어낸 환상문학의 걸작으로, 당나라 승려 현장玄奘, 602~664이 인도에 가서 불경을 갖고 왔던 역사적 사실을 근거로 각종 상상을 가미하여 지어진 소설이다. 작자 오승은吳承恩, 1500~1582은 명明나라 때의 문인으로 그는 『서유기』의 전신인 『대당삼장취경시화大唐三藏取經詩話』와 『서유기잡극西遊記雜劇』 등을 바탕으로 오늘날 전해지는 100회본 『서유기』를 완성해냈다. 『서유기』는 주지하듯이 손오공孫悟空·저팔계豬八戒·사오정沙悟淨 등이 삼장법사三藏法師를 모시고 서천西天 곧 인도로 불경을 얻으러 모험 여행을 떠나는 이야기인데, 여행과정에서 온갖 요마妖魔의 방해를 이겨내고 결국에는 불경을 얻어 장안長安으로 귀환한다는 환상적인 내용으로 이루어져 있다. 중국소설에는 오늘날의 판타지에 상응하는 신괴소설神怪小說 혹은 신마소설神魔小說이라는 부류가 있고, 『서유기』는 이들 중에서 백미로 손꼽히는, 동아시아 판타지의 걸작인 것이다.

『서유기』의 손오공 일행의 모험담이 갖는 의미에 대해서는

손오공孫悟空 일행 예쁜 과부로 변신한 관음보살에게 시험을 당하는 장면. 청대淸代의 『서유기西遊記』 삽화.

역사적으로 많은 논의가 있어왔다. 우리는 우선 환상을 현실의 우의寓意적 표현으로 보는 일반적 관점에 기대 그 의미를 생각해 볼 수 있다. 이 관점에 의하면 『서유기』는 작자 오승은이 처한 명나라 사회의 바람직하지 못한 현실에 대한 폭로로 읽힌다. 즉 손오공 일행이 여행길에서 당면한 요마들의 정체는 다름아닌 백성들을 괴롭히는 탐관오리, 악랄한 지주, 색정광色情狂 등인 것이다. 이러한 해석도 일리는 있다. 그러나 이처럼 환상을 알레고리로 보는 관점의 한계는, 여전히 리얼리즘의 범주 내에서 환상성의 의미를 규정하려 할 뿐 환상성 자체가 지니는 고유한 의의에 대해서는 긍정하려 하지 않는다는 점이다. 환상성 자체가 지니는 고유한 의의란 무엇인가? 그것은 두 가지 경우에서 고찰할 수 있다. 한 가지는 환상 그 자체로부터 자발적인 즐거움을 느꼈을 때이고 다른 한 가지는 현실논리로 파악할 수 없는 진리를 특정한 환상의 형식을 통해 깨달았을 때이다. 이 두 가지 경우는 따로 올 수도 있고 동시에 올 수도 있을 터인데, 『서유기』 해석에서 보다 중요한 것은 후자의 경우이다. 예컨대 『서유기』의 서문을 쓴 우집虞集은 다음과 같이 말한다.

> 이야기한 것은 현장玄奘에 관해서이나 의미는 사실 현장에 있지 않다. 기록한 것은 불경을 얻어오는 것에 관해서이나 의미는 사실 불경을 얻어오는 것에 있지 않다. 다만 이들을 빌려 큰 도리를 밝힌 것일 뿐이다.
>
> 所言者在玄奘, 而意實不在玄奘. 所記者在取經, 而意實不在取經, 特假此以喩大道耳.

『서유기』의 환상적인 모든 내용들이 사실은 큰 도리를 밝히기 위한 장치에 불과하다는 이야기이다. 그렇다면 『서유기』에서 밝히고자 하는 큰 도리란 무엇인가? 플락스Andrew Plaks는 『서유기』의 주제와 관련하여 '수심收心' '정심靜心' '안심安心' '치심治心'과 같은 어휘들이 자주 출현하는 것에 주목한 바 있다.[6] 이들

6) Andrew Plaks, *The Four Masterworks of the Ming Novel*, Princeton : Princeton University Press, 1987, pp. 261~262.

은 모두 마음공부에 관한 어휘들인데 그것의 목적은 결국 깨달음을 통해 자기완성을 이룩하는 데 있다. 『서유기』를 이러한 관점에서 읽을 때 작자의 여러 장치들이 눈에 들어온다. 우선 주인공 손오공은 무엇인가? 수도인들은 다스려지지 않는 마음 상태를 흔히 '심원의마心猿意馬' 라고 표현해왔다. 원숭이처럼 경박하고 말처럼 날뛰는 마음상태란 본능에 얽매여 아직 본성을 깨닫지 못한 지경을 말한다. 따라서 『서유기』에서 주인공은 손오공, 아니 다스려지지 않은 우리의 거친 마음인 것이다. 다음으로 손오공 일행이 여행길에서 부딪히는 각종의 요마들은 우리 마음속의 온갖 욕망 혹은 부조화한 상태를 반영한다. 가령 혼세마왕混世魔王은 파괴적인 인성을, 백안마군百眼魔君처럼 복수화된 신체는 전일專一하지 않은 산란한 심상을 표현한다.[7] 손오공 일행은 이러한 요마들과 투쟁하면서 서쪽으로, 서쪽으로 가야만 한다. 그것은 실상 연약한 우리 마음의 행로이다. 『서유기』는 전체가 100회로 이루어져 있는데 마지막 100회는 대단원이고 실제 모험 내용은 99회까지이다. 여기서 9는 마지막 수이고 그것이 곱해진 수 81은 결국 모든 것이 끝나는 마지막 횟수가 된다. 손오공 일행은 이 99회에 이르러 그들이 겪어야 할 81개의 난관을 모두 극복하고 무사히 귀환하게 된다. 그러나 그들은 그냥 돌아온 것이 아니다. 서쪽 끝 영산靈山에 이르러 진리를 담은 경문經文을 얻어 돌아왔다. 모험의 귀착점이 영산이라는 점은 시사적이다. 영산은 마음을 상징한다. 그러므로 영산에 도달하는 일은 마음에 귀착한다는 의미를 함축하고 있는 것이다.

7) 같은 책, p. 247.

『서유기』가 완성될 무렵인 명나라 시대는 바야흐로 삼교합일三教合一의 사조가 무르익을 때였다. 유교는 '존심양성存心養性', 불교는 '명심견성明心見性', 도교는 '수심연성修心練性'을 각기 표방하였는데 사실은 모두 자아탐색이라는 점에서 취지를 같이하고 있었다. 『서유기』는 당시의 이러한 철학적, 종교적 경향을 반영하고 있는 것이다. 주목왕이 곤륜산에 가서 서왕모를 만나고 온 지 이천여 년 후 손오공 일행이 영산에 가서 부처님을 만나뵙고 온다. 그 무렵 중국은 많이 변했다. 이제 주목왕 시절처럼 심각하게 정통성을 위협받는 시기는 아니다. 대신 자본주의의 싹이 트고 개인이 중요해졌다.[8] 『서유기』는 이러한 시점에서 참된 자아를 찾아가는 마음의 행로를 환상으로 그려낸 것이다.

3. 『영혼의 산』과 『서유기』: 전환기의 이데올로기적 정체성

가오싱젠의 『영혼의 산』

2000년도 노벨문학상 수상자로 가오싱젠高行健이 결정되었을 때, 당시 국내외의 문학계는 다소 의외라는 반응을 보였다. 그것은 그가 망명 작가로서 프랑스에서 작품활동을 해왔기에 오

8) 명대 중엽 이후 중국의 동남부는 상업경제의 발달로 자본주의의 기운이 일어나고 양명학陽明學의 영향에 의해 개성을 중시하는 사조가 일어났다.

히려 동아시아 쪽에 잘 알려지지 않은 탓도 있지만, 보다 근본적인 이유는 우리가 통념적으로 중국 현대문학의 주류라고 생각해온 사실주의적 작풍과 그의 경향 사이에 상당한 거리가 있었던 데 있다. 주지하듯이, 중국의 현대문학은 근대 초기 서세동점西勢東漸의 시점에서 루쉰魯迅·후스胡適 등에 의해 반봉건, 근대화의 기치를 들고 출발하였다. 역사의 격변기에서 배태된 중국의 현대문학은 강렬한 정치의식을 일반적 성향으로 지니게 되었고 1949년 중공 정권이 성립된 이후 이러한 성향은 정치권력의 지배하에 사회주의 리얼리즘 문학으로 고착되었다. 결국 교조화된 문학이념의 폐해는 문화대혁명 시기에 절정에 달했고, 이 시기는 중국 현대문학의 공백 혹은 암흑의 세월로 기억되고 있다. 문화대혁명이 종식된 1976년 이후 개방화, 자본주의화가 급속히 진행되면서 중국 현대문학은 새로운 환경 속에서 괄목할 변화를 이룩해오고 있다. 예컨대, 문화대혁명 시기 권력과 이데올로기에 의해 자행된 폐해를 고발하는 상흔문학傷痕文學이 있었는가 하면, 새롭게 유입된 서구의 모더니즘 기법에 의해 과감한 형식상의 실험을 수행한 몽롱시朦朧詩 운동이 있었고, 남미의 마술적 리얼리즘의 영향하에 중국의 토착문화를 문학에 반영하려 한 심근문학尋根文學 등이 있었다. 이제 중국 현대문학의 상술한 배경을 염두에 두고 가오싱젠의 문제작 『영혼의 산靈山』에 대해 검토해보기로 하자.

가오싱젠은 1940년 중국 강서성江西省 출생으로 북경외국어대학에서 프랑스어를 전공하였다. 그는 초기에는 극작에 전념하였고, 브레히트·베케트 등의 영향을 많이 받았다. 그의 첫 소설 『추운 밤의 별』은 1980년에야 발표되었는데, 이후 그는 모더니즘 작가로 주목받기 시작한다. 그러나 여전히 경직된 문학관을 견지하고 있는 중국 정부에 의해 그의 실험적인 창작활동은 불온시된다. 1983년 그의 희곡 『버스 정류장』이 상연 금지되었고, 1986년 이후 그의 전 작품이 중국에서 금서로 규정되자 1987년 그는 중국을 떠난다. 장편 『영혼의 산』은 그가 1983년에서 1984년 사이 장강長江을 따라 중국의 서부와 남부 변경지역을 여행하면서 겪은 문화적 체험에 기반을 둔 작품으로, 1989년 망명지인 파리에서 씌어져 이듬해 대만에서 출판되었다. 이 책의 원제는 『영산靈山』인데 국내에서는 『영혼의 산』으로 번역, 출간되었다.[9)]

작품은 한 실의失意한 작가가 원시림이 있다는 영혼의 산을 찾아가는 과정을 여행기의 형식으로 그리고 있다. 주인공 '나'는 여행길에서 강족羌族·묘족苗族 등 변경 소수민족의 민속행사에 참여하고, 향촌의 사당·도관·절을 탐방하여 잊혀진 문화의 뿌리를 확인하며, 판다와 야생인간이 산다는 자연보호지구를 찾아가 자연과의 교감을 시도하기도 한다. 이처럼 '나'의 여정은 지상의 길이기도 하지만 유년기의 추억 및 상념의 길과도 중층으로 얽혀 있다. 그리하여 문화대혁명 시기의 신산했던 삶의 아픔이 여행길에서 겪은 발견의 감동과 대조를 이룬다. '나'는 또한 '당신'이라는 이인칭 화자를 통해 보다 적극적인 상상 속의 여행을 추구한다. 이 여행에서 '당신'은 여인과 만나고 사랑에 침잠하기도 한다. 궁극적으로 그가 여행의 끝에 도달한 영

9) 가오싱젠의 작품 경향에 대해서는 조영현, 「까오싱지엔 문학의 부조리와 그 정체성」(『현대문학』 2000년 11월호, 48~57쪽) 참조.

혼의 산은 어떠한 모습인가? 그것은 모호한, 뭔가 규정하기 어려운 도와 같은 이미지의 산이다.

이 책은 우선 제목과 체재에서 대단히 중요한 시사를 던지고 있다. 원제 '영산'은 『서유기』에서 손오공 일행이 목적지로 삼았던 서천 영산과 동명이다. 이 책은 모두 81장으로 구성되어 있어 『서유기』의 81난難을 곧 연상케 한다. 하지만 『노자老子』도 81장이다. 81이란 숫자는 불교·도교 양측에서 모두 '궁극窮極'을 상징한다. 작자는 『서유기』와 『노자』 두 책을 다 의식하고 81을 사용했을 수도 있다. 어쨌든 우리는 이 책이 의도상 『서유기』와 긴밀한 상관관계에 있으리라는 추정을 배제할 수 없다.

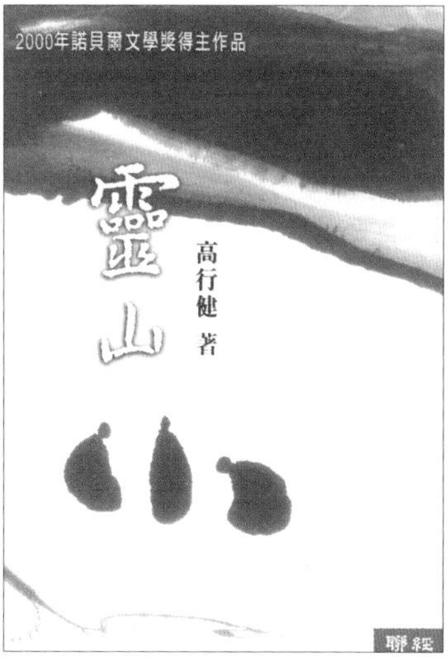

『영혼의 산靈山』 원서 표지 가오싱젠高行健, 대만臺灣 연경출판공사聯經出版公司, 1990.

『서유기』처럼 여행기의 형식을 취하고 있는 이 작품은 개인적 차원에서는 문화대혁명 시기 교조적 이념과 제도하에서 상실된 인성을 회복하고자 하는 소망을 담고 있고, 민족적 차원에서는 개혁, 개방 이후 생겨난 이념의 공백상태에서 과거의 전통을 확인하고자 하는 의도성을 지니고 있다. 결국 영혼의 산을 찾아가는 여정은 개인과 민족의 정체성의 모색과정에 다름아니다. 여기에서 주목해야 할 것은 작자의 이러한 모색이 근대 이후 소외되어온 신화·무속·도교 등의 주변문화 및 기층문화에 대한 지대한 관심을 통해 이루어지고 있다는 점이다. 이들 문화에 대한 묘사를 위해 그는 공들여 관찰한 결과를 마치 민족지를 작성하듯이 심층기술thick description하고 있다. 정체성 모색과 관련하여 또 한 가지 간과할 수 없는 작자의 시도는 창작상 기존의 사실주의 소설의 문법을 탈피하여 동아시아 전통소설의 기법을 적극적으로 수용한 것이다. 예컨대, 현실과 환상을 교차시키는 진환병겸眞幻幷兼의 수법이라든가, 필기체筆記体소설에서 흔히 볼 수 있는 비사건non event적 진술 등의 요소를 도입하고 있는 것이 그것이다. 작자는 제72장에서 자신의 독특한 소설론을 개진하기까지 한다. 다음은 그중 한 대목이다.

"이건 소설이 아닙니다!"

"그럼 이게 무엇입니까?" 그가 묻는다.

"소설은 완결된 이야기를 담고 있어야 해요."

그는 끝까지 이야기하는 것들도 있고 그렇지 못한 것들도 있지만 그 역시 이야기를 하고 있는 거라고 말한다.

"아무런 질서도 존중되지 않는다면 저자는 줄거리를 어떻게 이끌어야 할지 알 수가 없어요."

"그럼 줄거리를 어떻게 이끌어야 하는지 말씀해주시겠어요?"

"우선 도입부가 있어야 하고, 이어 전개가, 끝으로 클라이맥스와 결말이 있어야지요. 이건 소설을 쓰기 위한 기초상식이에요."

그는 기본법칙들에 따르지 않고도 소설을 쓸 수 있지 않느냐고 묻는다. 이야기는 처음부터 시작할 수도 있고 마지막부터 시작할 수도 있다. 시작은 있지만 끝은 없을 수도 있고, 끝만 혹은 끝까지 이야기하기가 불가능한 일부분만 있을 수도 있다. 이야기할 수도 있지만 전혀 흥미로운 게 없기 때문에 꼭 이야기할 필요가 없는 것들도 있다. 하지만

어쨌든 그것들도 모두 다 이야기들이다.[10)]

메타픽션적 장치로 보이는 이 글에서 그는 주인공의 입을 빌려 비평가의 소설문법에 대한 엄정한 요구를 거부하며 이야기성에 대한 강조로 항변한다. 이어서 그는 중국의 전통적인 소설양식들을 구체적으로 거론하여 긍정적으로 평가한다.

> 그는 전국시대의 방지方志, 한·위진남북조의 지인志人·지괴志怪소설, 당나라의 전기傳奇, 송·원의 화본話本, 명·청의 장회소설과 필기소설은 고대 이래로 방대한 지역에 걸쳐 유포된 저잣거리의 언어와 이 골목 저 골목의 소문들을 전해주고, 이야깃거리가 될 만한 것이면 무엇이든 기록하고 있기 때문에 모두 소설 장르에 속한다고, 그중 어느 것에도 표준이 정해져 있지는 않다고 말한다.[11)]

60년대에 하버드 대학의 비숍John Bishop이라는 중문학자가 중국의 전통소설은 완결성이나 리얼리티가 떨어져 근대소설로 발전하지 못했다는 요지의 발언을 한 적이 있었는데,[12)] 작자는 이같은 서구소설 표준의 견해에 반대하며 서사의 풍토성을 한껏 반영하는 입장을 취한다. 실상 제72장은 작자 자신의 창작방식에 대한 옹호를 위해 마련된 느낌이 들 정도이다.

영혼의 산으로 향하는 여로에서 주인공은 요마를 만나는 대신 산악과 향촌을 누비며 전설을 수집하기도 하고, 민속을 참관, 조사하기도 하고, 여인과 사랑에 빠지기도 하고, 과거의 즐

10) 가오싱젠, 『영혼의 산 2』, 이상해 옮김, 현대문학북스, 2001, 229~230쪽.
11) 같은 책, 231쪽.
12) John L. Bishop, "Some Limitations of Chinese Fiction", *Studies in Chinese Literature*, Cambridge, Harvard-Yenching Institute, 1965, pp. 237~245.

겁고 슬펐던 추억에 잠기기도 하고, 현학적인 논쟁을 벌이는 등 종횡무진 온갖 행각 끝에 마침내 그곳에 다다르게 된다. 그러나 최후의 귀착지인 영혼의 산은 규정할 수 없는 실체로서 나타난다.

> 모든 것이 하얗다. 당신이 찾아다녔던 상태가 바로 이것이 아닌가? 아무것도 가리키지 않고 아무 의미도 없는 그림자들로 이루어진 모호한 이미지들로 가득한 이 얼음의 세계 같은 상태, 즉 완전한 고독.[13)]

그는 거기서 불사약을 얻었는가? 아니면 진리의 경문을 얻었는가? 그는 찾던 것을 찾지 못하고 혼돈에 빠진 것은 아닐까? 그가 찾으려던 변혁기 중국 민중의, 중국문화의 혼은 시기상조의, 아직은 무망無望한 것인지도 모른다. 그러나 이러한 단정은 섣부르다. 우리는 이 소설이 『노자』처럼 모두 81장으로 구성된 것을 알고 있다. 『노자』에 의하면 도道 곧 진리는 언표되지 않는다. 그것은 언제나 모호한 상태로 있다. 다시 『서유기』의 영산으로 돌아가보자. 영혼의 산 그것은 본래 정결하고 순수한 우리의 마음이다. 이 마음의 도와 같은 경지를 『대학大學』에서는 허령虛靈하다고 표현한다. 그렇다면 우리는 주인공이 혹 엉뚱한 곳에 도착했을까 염려할 필요가 없다. 그는 찾고자 했던 곳을 찾은 것이다. 허령한 마음과 모호한 도는 마음·도 그 자체가 목적이 아니라 실상 그것에 이르는 과정이 소중함을 역설적으로 말해준다. 도는 길이다. 그런데 길이란 무엇인가? 그것은 본

13) 가오싱젠, 같은 책, 292쪽.

래부터 있었던 것이 아니라 사람이 다니면서 생긴 것이다. 『목천자전』도, 『서유기』도 정작 곤륜산과 영산에 도착한 뒤의 이야기는 별반 없다. 찾아가는 여로의 그 지난한 과정을 어떻게 극복했느냐가 관건인 것이다. 『영혼의 산』은 이데올로기가 교차하고 세기가 바뀌는 이 시기에 개인과 민족의 정체성을 찾아가는 길의 굴곡을 소상히 보여주는 작품이라 할 것이다.

사실 가오싱젠은 모더니즘 작가로 출발했으며 누보로망·마술적 리얼리즘·메타픽션 등 갖가지 현대 소설 형식의 세례를 받은 작가이다. 그러나 그가 단순히 현대 소설 형식을 재현함에 그치지 않고 전통의 '민족형식'을 융합하여 '고갈의 문학'이 운위되는 이 시대에 새로운 소설 형식의 가능성을 보여주었다는 데 큰 의의가 있다. 감히 말하건대 동아시아 전통서사는 이제 그에 이르러 보편화의 계기를 맞았다고 할 수 있을 것이다.

최인훈의 『서유기』

최인훈 문학은 주지하듯이 강한 관념성과 비사실성으로 특징지어져 있고 『서유기西遊記』[14]는 그중에서도 환상적 색채와 난해함으로 특히 주목을 받아왔다. 최인훈은 고전을 즐겨 패러디하였는데, 『서유기』는 『구운몽九雲夢』『열하일기熱河日記』『금오신화金鰲新話』『놀부뎐』 등 일군의 작품들 중에서 유일한 중국고전 패러디이다. 고전 『서유기』에 대한 최인훈의 개인적 관심이 각별하다는 것은 그에게 패러디 『서유기』 말고도 번역 또는 번안에

14) 이 글에서 사용한 저본은 최인훈, 『서유기—최인훈 전집 3』(문학과지성사, 1994)임을 밝혀둔다. 이하 인용시 『서유기』로 약칭한다.

가까운 또하나의 『서유기』 작품이 있다는 사실로도 입증된다.[15] 아울러 최인훈은 고전 『서유기』에 대해 다음과 같이 직접 논평을 가한 적도 있다.

소설의 주인공에 대해서 그것이 작가의 분신이라는 말을 한다. (……) 손오공의 작자는 자기가 하는 일의 거울로서 손오공을 창조한 것이다. 『서유기』는 소설로 쓴 소설론이다.[16]

고전 『서유기』를 소설의 전범으로 삼는 듯한 이러한 호평으로 인해 그가 그 책에 얼마나 경도傾倒되어 있는가를 짐작하기 어렵지 않지만, 창작실제적 차원에서 그의 『서유기』 패러디는 고전의 틀을 이용함으로써 작품의 구조적인 안정을 꾀하려는 의도[17]를 지니고 있다고 보아야 할 것이다. 아무튼 우리는 이러한 전경화 장치로 인해 최인훈의 『서유기』가 고전 『서유기』와 비슷한 여행기의 구조를 취하고 있으리라는 점을 쉽사리 알 수 있다. 아닌게 아니라 최인훈에게는 길 떠남 곧 여행에 관한 다음과 같은 소론所論이 있다.

현존하는 여러 민족의 기록에는 '여행'의 주제가 중요한 부분을 차지한다. '길 떠나기'이다. 이것은 해나 달이 가는 길, 짐승이 다니는 길, 사냥터로 가는 길, 발으로 가는 길처럼 잘 아는 길, 다져진 길이 아니다. 길의 개념과 모순되는 잘 모르는 길, 길이 없는 길, 길 아닌 길인 것이다. 여기에서 '길'의 새 성격인 모험, 비규칙적인 것, 위험, 혼돈

15) 최인훈, 『서유기—최인훈 전집 9』(문학과지성사, 1994)가 그것이다.
16) 위 책의 제사題詞.
17) 이인숙, 「崔仁勳의 『西遊記』, 그 패로디의 구조와 의미」, 『미원 우인섭 선생 화갑기념논문집』, 집문당, 1986, 504쪽.

같은 국면이 전개된다. (……) 이런 종류의 '길'의 가치를 집약한 것이 미궁迷宮 전설이다. 여기서는 '길을 잃지 않고' 살아나온다는 자체에 의미가 주어져 있다. 인류생활의 어떤 시기에 집단과 집단 사이의 통상적인 관계를 수립하기 위한 경험에 수반한 위험과 지혜를 상징적으로 반영한 표현이 미로, 미궁 전설이다. 길을 잃는다는 것은 죽음을 의미하고 길을 찾는다는 것은 삶을 의미하고 있는 것이 이런 계열 전설의 주제이다.[18)]

최인훈은 또한 김현과의 대담에서 그의 방황 혹은 여행에 대한 주목이 20세기 한국의 유동적인 삶의 조건과 무관하지 않음을 밝힌 바 있다.[19)] 이를 통해 우리는 『서유기』의 창작 의도에 한국인 또는 한국문화의 정체성에 대한 문제의식이 개입되었을 가능성을 예견해볼 수 있다.

『서유기』는 1966년 『문학』지에 연재되었는데 일찍이 1963년에 발표되었던 『회색인灰色人』의 후편으로 집필되었다. 주인공 독고준은 월남 실향민으로 이북의 W시 출신이다. 그는 중학교 시절의 여름, 갑작스런 폭격을 피해 한 여인의 손에 이끌려 방공호에 들었다가 야릇한 성적 체험을 한다. 이 최초의 경험은 소년의 뇌리에 깊이 각인되어 일평생 지워지지 않는 항수 같은 것이 된다. 이를테면,

그 여름날은, 그가 언제든지 돌아갈 수 있는 마음의 성지聖地였다. 순례의 길에서 본 수많은 여자를 그 성지의 여신상女神像과 비교할 때, 그

18) 최인훈, 「길에 관한 명상」, 『꿈의 거울 : 최인훈 문학예술론집』, 우신사, 1990, 280~281쪽.
19) 최인훈, 「변동하는 시대의 예술가의 탐구」, 같은 책, 225쪽.

것들은 어림도 없었다. 어떤 사람이든 자기의 신神을 가지고 있다. 그것이 등록이 된 신인가 아닌가에 차이는 있을망정, 그 사람의 얼을 가장 확실하게 움직이는 힘을 가지는 한에서 그것은 신이다.[20]

'그 여름날'은 그에게 있어서 회귀해야 할, 존재의 근원이 된 것이다. 『회색인』의 마지막 부분에서 그가 호감을 갖던 여인 이유정의 방에 들어갔다가 아무 말도 못 하고 나온 후, 계단을 거쳐 이층 자기 방으로 돌아오는 짧은 순간에 그는 반사적으로 '그 여름날'로의 환상여행을 떠난다. 『서유기』의 복잡한 이야기는 이 몽환적인 시간 위에서 전개된다. 그는 여행길에 논개·이순신·이광수·조봉암·사학자·역장驛長 등을 만나 그들과 동행하거나 같이 살 것을 요구받기도 하고 방송을 통해 일본 총독·상해임시정부·이성병원理性病院·혁명위원회·대한불교관음종 등의 세뇌 대상이 되기도 하지만 이를 모두 거부한다. 그 와중에 그는 갑자기 구렁이로 변하여 가족들의 기피대상이 되기도 하고,[21] W시에 들어섰다가 간첩죄로 체포되어 재판을 받는 등 수난을 겪는다. 마침내 그는 석방되어 대망의 '그 여름날'에 이르렀다고 느끼는 순간 방문이 나타난다. 그는 이층 자기 방문 앞에 온 것이다.

꿈이나 환상과 같은 짧은 시간 동안에 삶의 긴 과정을 경험하는 이러한 환몽幻夢의 구조는 고대의 설화나 소설에 자주 보인다. 우리는 당唐나라 전기傳奇소설인 『남가태수전南柯太守傳』이나 『침중기枕中記』 등에서 그러한 예를 찾아볼 수 있다. 이러한 이야

20) 최인훈, 『회색인—최인훈 전집 2』, 문학과지성사, 1994, 189쪽.
21) 이 장면은 카프카의 『변신』을 연상시킨다.

기 구조가 함축하는 것은 통과의례적인 의미로서 주인공은 그 결과 인식의 새로운 눈뜸을 경험하기 마련이다.

고전 『서유기』에서 손오공 일행이 수많은 요마와 투쟁하듯 이 작품에서 독고준은 다양한 인물 군상과 대면하게 된다. 그들은 각기 민족주의라든가 제국주의·자본주의·사회주의·가족주의 등 근대 한국 역사를 점철했던 사상·이데올로기들을 상징한다. 아울러 독고준이 그토록이나 집착했던 '그 여름날'의 개념적 실체는 무엇인가? '그 여름날', 그의 리비도를 눈뜨게 해준 여인은 원초적 생명력을 상징한다. 원초적 생명력은 강한 회귀본능을 불러일으킨다. 왜냐하면 그것은 우리를 존재하게 하는 힘의 근원이기 때문이다. 이 근원적 힘은 신화·종교의 세계에서 대개 여성성으로 표현된다. 주목왕이 만나기를 갈망했던 서왕모, 『노자』에서 오묘한 암컷玄牝으로 묘사되었던 도가 바로 그것이다. 우리가 존재의 위기를 느낄 때 우리의 자아는 무의식중에 이 근원적 힘의 경지로 회귀하고자 한다. 따라서 독고준이 여러 군상들과의 쟁론을 거쳐 고집스럽게 '그 여름날'을 향해 나아가는 행위는 근대적 자아의 견지에서 보면 주체의 위기를 극복해나가는 여정일 수도 있고 민족·국가의 견지에서 보면 정치, 문화적 정체성을 추구하는 과정일 수도 있다. 『서유기』를 이렇게 이해할 때 작자 최인훈의 문제의식은 가오싱젠의 『영혼의 산』에서의 그것과 닮은 점이 있다. 아니 최인훈이 보다 선구적인 위치에 있다고 해야겠지만, 둘은 모두 근대의 도상에서 동아시아의 지식계층이 겪은 정신적인 방황과 혼돈 그리고 그 와중에서의 모색을 보여준다. 다만 가오싱젠이 자기네의 전통에 대해 낭만적인 기대를 걸고 있는 반면 최인훈은 비판 혹은 유보적 태도를 취하고 있는 점에서 차이가 있다. 그 차이는 근대를 향한 강박관념이 유별났던 60년대와 탈근대의식이 고개를 들기 시작한 80년대 말의 다소 상이한 문화 정세에서 유래한 것으로 보아야 할 것이다.

4. 맺는말

주목왕이 서쪽으로 가서 서왕모를 만나 사랑을 속삭였다는 세기의 로맨스는 이후 역대 임금들의 마음을 달뜨게 했다. 천여 년 후 한무제는 자신도 제왕이니 못 만나볼 것 없다고 생각하였고 수많은 제사를 드려 서왕모를 불러오는 데 성공했다.[22)]마침내 칠월 칠석날 강림한 서왕모는 여전히 교태로운 모습이었는데 주목왕 때처럼 한무제와 사랑에 빠지지는 않았다. 그녀는 오히려 한무제에게 당신은 신선이 될 자질이 없으니 꿈깨라는 식의 차가운 충고를 하고 돌아갔다. 여신과의 연애에서 주목왕의 성공과 한무제의 실패, 이 차이는 중요한 의미를 함축한다. 결론적으로 여행의 존부存否가 양자의 성패를 결정지었던 것이다. 여신과의 연애는 융C. G. Jung 식으로 말하면 아니마anima

22) 육조六朝 시기에 지어진 것으로 추정되는 지괴志怪소설 『한무제내전漢武帝內傳』에서는 한무제가 선계仙界로부터 강림한 서왕모와 만나는 이야기를 싣고 있다.

한무제漢武帝 고조선을 침략하기도 했지만 한 제국의 전성기를 이룩한 영주이다. 『역대제왕도歷代帝王圖』.

를 통한 개성화individuation의 달성으로서 한 개인이 바람직한 인격을 성취하는 것을 의미한다. 여신과의 연애의 조건이 여행이라는 것은 우리가 온전한 자아를 이룩하기 위해 숱한 단련과 시험의 과정을 거쳐야 함을 뜻한다. 그러나 주목왕의 여행을 개인적인 차원에서만 파악할 수는 없다. 고대에 임금은 곧 국가였으므로 여행을 통해 그가 실현하고자 했던 것은 오히려 정치적 자아에 가깝다. 오승은의 『서유기』에 이르러 유·불·도 3교의 내면수양의 취지가 강조되어, 손오공 일행의 여행은 철학, 종교적 자아의 실현을 목표로 한 것으로 보아야 할 것이다. 우리는 현대에 와서도 이러한 여행의 상징의미가 조금도 퇴색하지 않음에 놀라게 된다. 가오싱젠의 『영혼의 산』이 전환기 중국 인민의 이데올로기적, 문화적 정체성을 모색하고 있다면 최인훈의 『서유기』는 그보다 앞선 시기에 심각하게 그러한 문제를 다루었다. 더구나 그에게서 구원의 여신인 서왕모의 이미지가 '그 여름날'의 여성성으로 변용되고 있음은 흥미로운 일이다.

그러나 이른바 세계화가 진행되고 과거 어느 때보다 여행이 빈번해진 오늘, 과연 진정한 의미에서의 여행이 우리의 삶에서 구현되고 있는지 의심스럽다. 길 위의 여행이든 내면의 여행이든 여행은 이제 자아를 실현하거나 민족의 정체성을 탐색하기 위해서라기보다 대부분 일상적 욕망의 소진消盡을 위해 기능할 뿐이다. 하긴 "인생은 나그네 길"이라는 유행가 가사도 있듯, 사실 인간의 삶 자체가 여행이긴 하다. 그 옛날 주목왕이 서쪽으로의 긴 여행을 떠났던 까닭을 오늘에 되짚어보는 일은 그같은 평범한 삶 속의 내밀한 의미를 환기하기 위함이기도 하지만, 실은 당대의 문제의식과 긴밀히 상관된다. 자본의 제국화로 인해 지역 간의 거리가 소멸되고 테크놀로지의 범람이 인간 존재성을 위협하는 이 시점에서 우리의 정체성은 또다른 차원의 심각한 위기에 직면하고 있기 때문이다. 새로운 정체성의 탐색을 위해 우리는 이제 다시 어떠한 여행을 준비해야만 하는가?

5

투계, 아버지의 부재를 위한 진혼굿

–진홍陳鴻의 「동성노부전東城老父傳」, 이광수의 「스무 살 고개」, 송영의 「투계」

인간 삶의 진상을 표현하는 닭의 행위로서 가장 흥미로운 것은 두말할 나위 없이 닭싸움, 곧 투계를 들 수 있다. 상징인류학자 기어츠의 말을 빌리면, 투계란 "그것을 벌이는 사람과 관중들의 삶 속에 존재하는 어떤 불안한 측면, 혹은 바로 자신들의 모습을 표현하는 것"이기 때문이다. 투계의 당사자는 수탉이다. 수탉은 용맹하며 일족에 대한 보호본능이 강하여 무사와 가장의 역할을 잘 반영하는 동물로 주목되었고, 고래로 이들 간의 싸움은 삶의 축도로서 드라마틱한 놀이가 되어왔다.

1. 봉황새는 촌닭이다

닭은 소·말 등의 가축만큼이나 인간에게 가까운 동물로 가금家禽 중의 대표이다. '촌닭 같다'는 서툴고 어리숙한 모습을 형용할 때, '닭 물 먹듯 한다'는 일을 건성으로 할 때, '닭고집'은 고집 센 사람을 가리키는 관용구들인데, 이들로부터 알 수 있듯이 닭은 이미 우리의 삶과 깊이 밀착되어 인간 행위의 적실適實한 비유가 되어온 것이다. 닭이 인간과 가까워진 것은 물론 길들임의 과정을 통한 것이었겠지만 동아시아 전통에서는 또다른 심원한 종교적 동기가 있다. 동아시아의 고대종족 중에서 동이계東夷系 종족은 조류 숭배로 유명하다. 가령 은殷 민족에게는 왕녀인 간적簡狄이 신비한 새 현조玄鳥가 떨어뜨린 알을 삼키고 시조 설契을 낳았다는 시조모 신화가 있고, 고구려의 건국영웅 주몽朱蒙 역시 알에서 태어났을 뿐만 아니라, 고구려 무사들은 모자에 새의 깃을 꽂는 이른바 조우삽관鳥羽揷冠의 습속이 있었다. 그런데 동이계 종족들의 조류 숭배는 결국 한 종류의 신성한 새를 통하여 집약적으로 표현된다. 그것은 다름아닌 봉황鳳凰이다. 봉황새는 모든 새의 장점을 종합하여 신비화한 일종의 통합상징unifying symbol으로 볼 수 있다. 그러나 이 봉황새도 모델이 있다. 신화학자들은 봉황새의 원시형이 꿩과 같은 산계山鷄 곧 야생 닭이었을 것으로 추정하기도 한다.[1] '꿩 대신 닭'이라

1) 리우청화이劉城淮, 『중국상고신화中國上古神話』(上海 : 上海文藝出版社, 1988), 47쪽. 리우는 또한 봉황의 형태가 은 민족에 의해 처음 상상되었을 것이라고 주장한다. 같은 책, 57쪽.

간적簡狄 신성한 검은 새가 간적 자매의 머리 위를 맴돌고 있다. 『열녀전列女傳』 삽화.

는 말도 있지만 꿩과 닭은 원래 한통속이다. 은나라 때의 옥으로 만든 봉황이나 주周나라 후기의 비단에 그려진 봉황은 닭과 비슷한 모습을 하고 있어 이러한 추정을 뒷받침해준다. 원시 인류에게 동물과의 동일시는 보편적 현상이었다. 야생 닭은 동이계 종족의 토템으로 숭배되었고 이후 보다 복잡한 형태로 변화했다. 아울러 다른 동물 토템을 지닌 종족들을 통합하면서 각 동물의 다양한 특성을 겸비한 연합토템associated totem의 성격을 지니게 되었다. 그리하여 후세에 봉황은 "기러기의 머리에 기린의 궁둥이, 뱀의 목에 물고기의 꽁지, 용의 무늬에 거북의

봉황鳳凰 새 중의 왕으로, 태평성대에 나타난다. 서안西安 비림碑林의 「대지선사비大智禪師碑」.

몸체, 제비의 턱에 닭의 부리를 지닌"[2] 복합적인 동물 형상으로 묘사되었다. 야생 닭은 이처럼 신성시되어 봉황새가 되기도 했지만 또 한편 길들여져 가금의 길을 걷게 되기도 했다. 오늘날까지 중요한 가금이 되어 인간의 곁에서 살아왔고 인간의 행태를 반영하기까지 해온 닭의 이면에는 조류와의 동일시를 통해 자신의 존재성을 표현하고자 했던 원시 인류의 토테미즘적 사고가 잔존해 있는 것은 아닐까?

2) "夫鳳之象, 鴻前而麟後. 蛇頸而魚尾, 龍文而龜身, 燕頷而鷄啄."(『한시외전韓詩外傳』, 권卷8)

2. 투계는 언제부터 어떻게 오늘에 이르렀나?

인간 삶의 진상을 표현하는 닭의 행위로서 가장 흥미로운 것은 두말할 나위 없이 닭싸움, 곧 투계를 들 수 있다. 상징인류학자 기어츠Clifford Geertz의 말을 빌리면, 투계란 "그것을 벌이는 사람과 관중들의 삶 속에 존재하는 어떤 불안한 측면, 혹은 바로 자신들의 모습을 표현하는 것"[3]이기 때문이다. 투계의 당사자는 수탉이다. 수탉은 용맹하며 일족에 대한 보호본능이 강하여 무사와 가장의 역할을 잘 반영하는 동물로 주목되었고, 고래로 이들 간의 싸움은 삶의 축도縮圖로서 드라마틱한 놀이가 되어왔다. 그러나 우리가 무엇보다도 착목해야 할 것은 수탉이 지니고 있는 정치적 함의이다. 수탉의 볏은 남성들의 관冠과 동일시된다. 그래서 그것은 계관鷄冠이라고 부른다. 닭 볏처럼 생긴 맨드라미꽃의 한문식 이름이 계관화鷄冠花이지 않은가? 관은 전통시대의 남성들이 성인이 되었을 때 가부장적 권위를 부여받았음을 증거하는 성별 표지이자 권력 표지이다.[4] 소위 관례冠禮는 이를 위한 통과의례이다. 여기에서 우리는 수탉들 간의 싸움 곧 투계가 가부장사회에서 세력 간의 갈등, 충돌, 모순 등 권력관계로부터 빚어지는 온갖 투쟁의 은유가 될 소지를 충분히 발견하게 된다.

투계의 기원은 꽤 이르다. 기원전 25세기경 인도의 인더스

3) 클리퍼드 기어츠, 『문화의 해석』, 문옥표 옮김, 까치글방, 1998, 522쪽.

4) 예외적으로 중국의 도교에서는 여도사에게 관을 씌운다. 따라서 여도사는 여관女冠이라고도 부른다. 여관은 남성 도사와 함께 의식을 집전하는 등 사제司祭로서의 역할도 수행한다. 다른 종교에서 발견하기 어려운 이 독특한 현상은 도교의 여성주의적 성향과 관련하여 깊이 음미해보아야 할 테마이다. 이와 관련된 논의는 졸고, 「지구화 과정에서의 성평등을 위한 전통의 재발견」(『중국어문학지』 제12집, 중국어문학회, 2002년 12월) 참조.

강 유역에 성립되었던 도시 모헨조다로의 유적에서 발견된 한 도장에 투계의 광경이 새겨져 있다는 사실은 이미 이 시기에 투계가 이루어졌음을 추정하게 한다. 인도 지역에서의 투계 놀이는 페르시아를 거쳐 그리스로 흘러들어갔고 후일 로마제국에서 크게 유행하였다. 유럽에서의 투계는 이후 근대에 이르기까지 영국·프랑스 등에서 성행했고 이주민들에 의해 미국으로 전파되었다. 이들 국가에서는 근대 이후 투계를 도박행위, 동물학대 등의 이유에서 법으로 금지시키고 있으나 일부 지역에서는 민속 혹은 전통놀이로 존속해오고 있다.

투계는 유럽뿐만 아니라 아시아·아프리카·중남미 지역에서도 행해지고 있기 때문에 전 세계적인 놀이문화라고 말할 수 있다. 아시아의 경우 한국·중국·일본 등의 동북아시아는 물론 태국·말레이시아·인도네시아·필리핀 등의 동남아시아 국가들 대부분이 고대부터 지금에 이르기까지 투계를 즐기고 있다. 특히 인도네시아 발리Bali 섬의 투계는 지역사회 전체가 몰두할 만큼 규모가 커서 기어츠를 비롯한 많은 학자들의 현지조사 대상이 되었을 정도이다. 여기에서는 중국을 중심으로 투계의 시대적 양상을 살펴보기로 하겠다.

중국에서의 투계에 대한 가장 이른 기록은 『좌전左傳』에 보인다. 노소공魯昭公 25년에 당시의 권력가인 계씨季氏와 후씨郈氏가 투계를 벌였는데 계씨가 닭의 날개에 겨자를 바르자 후씨는 닭의 발톱에 쇠갈고리를 씌웠다는 내용이 그것이다.[5] 이 기록으로 미루어 춘추春秋시대에 이미 투계가 세력 다툼의 한 수단으로 활

5) "季郈之鷄鬪, 季氏芥其鷄, 郈氏爲之金距."(『좌전左傳』「소공이십오년昭公二十五年」)

용되었음을 알 수 있다. 다시 『전국책戰國策』에는 제齊나라의 수도 임치臨淄 사람들이 투계와 개 경주를 즐겼다는 기록이 있어,[6] 전국시대에 이르러 투계가 대중적인 놀이문화로 정착했음을 짐작할 수 있다. 이후 한漢나라 때에도 투계는 성행했는데 특히 중국 최초로 문단이 형성된 건안建安 시기 이후로는 많은 문인들이 투계에 관심을 갖고 작품을 남긴다. 아마 처절하고 생동적인 투계의 장면이 문인들의 감수성을 크게 자극하였으리라. 조식曹植·응창應瑒 등의 투계시는 당시 귀족사회의 여흥이었던 투계의 광경에 대해 상세히 묘사하고 있다. 가령 응창은 「투계시鬪鷄詩」에서 다음과 같이 노래했다.

戚戚懷不樂, 근심으로 마음이 즐겁지 않아,
無以釋勞勤. 피로가 풀리질 않네.
兄弟遊戲場, 형제 함께 투계판에서 놀고자 하니,
命駕迎衆賓. 수레를 보내 영접하네.
二部分曹伍, 두 줄로 대오를 지어,
群鷄煥以陳. 위풍당당히 늘어선 싸움닭들.
雙距解長緤, 두 발톱에 묶인 끈 풀어놓으니,
飛踊超敵倫. 펄쩍 날아 적에게 덤벼드네.
芥羽張金距, 겨자 바른 날개 펼치고 쇠 발톱 곧추세워,
連戰何繽紛. 정신없는 드잡이질 그치질 않네.
從朝至日夕, 종일 싸워대도,
勝負常未分. 승부가 잘 나질 않더니,

6) "臨淄甚富而實, 其民無不吹竽, 鼓瑟, 擊筑, 彈琴, 鬪鷄, 走犬, 六博, 蹴者."(『전국책戰國策』「제책齊策」)

專場驅衆敵,　독무대로 적을 무찌르고,
剛捷逸等群.　날래기가 으뜸인 놈이 나타났네.
四坐同休贊,　관객 모두가 감탄하고,
賓主懷悅欣.　손님과 주인이 함께 기뻐하네.
博奕非不樂,　노름이 즐겁지 않은 것은 아니나,
此戲世所珍.　이 놀이야말로 세상의 진기한 것일세.

응창의 묘사에 의하면 투계는 당시 귀족들의 스트레스 해소에 그만이었던 모양이다. 응창이 살았던 건안 시기는 한나라 말기로서 황건적黃巾賊의 난이 일어나고 조조曹操·손권孫權·유비劉備 등의 영웅들이 패권을 겨루던 때였다. 시인은 첫 연에서 난세에 처한 지식인의 고뇌를 말한 다음 드잡이질을 하는 투계의 상황에 대한 세밀한 서술을 통해 대동란大動亂의 시대상을 암시했고 뛰어난 싸움닭을 칭송하여 진정한 영웅의 출현을 갈망하는 심정을 내보였다.

당唐나라에 이르러 투계 놀이는 절정에 달했다. 투계에 광적으로 열중했던 현종玄宗은 궁중에 황실 전용 투계장인 계방鷄坊을 짓고 친위대에서 조련사를 선발하여 전문적으로 싸움닭을 사육, 훈련시키도록 하였다. 현종의 신임을 받은 조련사들은 온갖 부귀영화를 누렸는데 이중 가창賈昌이라는 열세 살 먹은 소년이 특히 총애를 받아, 당시 민간에서는 "아들 낳으면 글 가르칠 필요 없나니, 닭싸움 시키고 말 달리는 일이 책 읽기보다 낫다네"[7]라는 노래 구절이 유행할 정도였다. 당나라의 대표적 시

7) "生兒不用識文字, 鬪鷄走馬勝讀書."(진홍陳鴻, 「동성노부전東城老父傳」)

인 이백李白도 투계에 탐닉하였던 듯 그에게는 여러 편의 투계 관련 시가 있다. 이 시기에는 전기傳奇라는 새로운 소설양식이 성행하고 있었는데 작가 진홍陳鴻은 조련사인 가창의 일생을 극화한 전기소설 「동성노부전東城老父傳」을 써내기도 했다. 중국에서는 송宋나라 이후 투계의 열풍이 식었다고는 하나 오히려 민간에 폭넓게 파급되어 오늘날까지도 각 지방에서 고유한 민속행사로 전승되어오고 있다.

한국의 경우 투계가 어느 시기에 시작되었는지 문헌상으로 확인하기는 어렵다. 대략 고려 시기부터 있어왔다는 설이 있고, 조선 영英·정조正祖 시기의 문인 정범조丁範祖, 1723~1801의 문집 『해좌집海左集』에 싸움닭을 두고 읊은 「매투계賣鬪鷄」라는 시가 있으며, 민화에서도 투계의 모습을 그리고 있어 이 땅에서도 투계가 오래 전부터 민속놀이로 정착했음을 알 수 있다. 그러나 조선시대 이후 한국의 투계는 유교 엄숙주의로 인한 놀이문화의 억압과 중앙집권적 권력 성향으로 지배계층보다 하층 민중들 사이에서 주로 행해져왔다. 상무尙武정신이 강했던 일본에서는 나라奈良 시기부터 이미 투계가 성행했다. 『일본서기日本書紀』에는 한 지역의 토호土豪가 투계를 통해 천황에 대해 불경한 마음을 표현했다가 주살誅殺되었다는 기록이 있다.[8] 헤이안平安 시기에는 특히 견당사遣唐使와 유학생, 상인 등을 통해 당나라의 투계놀이가 들어와 더욱 유행했다. 일본의 투계는 이후 도박성으로 인해 한때 폐지되기도 했으나 17세기 무렵 대중적인 놀이로 정착되어 오늘에 이르고 있다.

8) 유라쿠雄略 천황 7년 8월에 키비노시모쓰미치노오미사키쓰야吉備下道臣前津屋가 작은 수탉을 천황의 닭으로 삼아 털을 뽑고 날개를 베고, 큰 수탉을 자신의 닭으로 삼아 쇠 발톱을 달게 한 후 서로 싸우게 하여 작은 수탉이 이기자 칼을 빼어 죽인 사건이 있었다. 천황이 이에 군사를 보내 그 일족을 주살했다 한다. 자세한 내용은 『일본서기日本書紀』(성은구 역주, 고려원, 1998, 307쪽) 참조.

3.「동성노부전」: 닭이 된 사나이의 고백

투계의 황금시대를 구가했던 당나라의 문학은 마침내 투계 현상을 전문적으로 다룬 소설을 생산했다. 작가 진홍은 중당中唐 시기에 활약했던 문인으로 본래『대통기大統紀』라는 사서를 편찬한 역사가였다. 그는 당시의 최고 문인이었던 백거이白居易와 절친하여, 현종과 양귀비楊貴妃 사이의 로맨스를 읊은 백거이의「장한가長恨歌」를 근거로 소설『장한가전長恨歌傳』을 짓기도 하였다. 이처럼 그는 역사가로서의 본분 때문에 실제 인물의 소설화에 관심이 많았던 듯,「동성노부전」도 현종 때 실존한 인물 가창을 주인공으로 설정하고 있다. 그러나 이러한 현상은 진홍에게서만 보이는 것이 아니다. 역사와 소설의 상호침투는『좌전左傳』『사기史記』등 고대의 사전문학史傳文學 이래 거의 근대에 이르기까지 강력히 지속되어온 중국 전통소설의 특성과도 같은 것이었으니 말이다.

당의 전기소설은 일반적으로 그 내용에 따라 신괴류神怪類 · 호협류豪俠類 · 애정류愛情類 · 풍자류諷刺類 등 네 종류로 분류된다.「동성노부전」은 이중 풍자류로 분류되는 일종의 사회소설이다. 작가 진홍은 백 세에 가까운 노인이 된 조련사 가창의 진술을 청취하는 형식으로 그의 일대기를 구성하고 있다. 그러나 서술 시점은 다양하여 앞부분에서는 전지적인 태도를 취하고 있으나 뒷부분에서는 직접 가창이 진술하게 하는 일인칭 시점을 취하기도 하고 이야기중에 작가가 직접 개입하여 논평을 하는 등 역사와 허구의 이분법을 허물어뜨리는 서사전략을 구사하고 있다. 결국 소설은 가창의 기억에 의존하고 있다. 기억이야말로 이야기의 보고宝庫가 아니던가? 기억은 전승傳承, tradition을 낳고 전승은 다시 소설을 낳는다. 이제 우리는 가창의 기억의 서사를 더듬어보기로 하자.

현종玄宗 초년에 가창賈昌은 친위대인 무관 집안에서 태어났다. 그는 어려서부터 행동이 민첩했고 새들이 지저귀는 소리를 알아들을 수 있었다. 현종은 왕자 시절부터 투계를 즐겼는데 황제가 되자 궁중에 전문 투계장인 계방鷄坊을 설치하고 전국적인 붐을 조성하였다. 어느 날 현종이 행차를 나갔다가 열세 살 된 가창이 나무 닭을 가지고 노는 모습을 보고 감탄하여 계방의 조련사로 특채하였다. 삼척동자인 그는 닭 무리 속에 들어가 혼연일체가 되어 닭을 지휘하는데 닭들의 움직임이 마치 사람과 같을 정도였다. 그는 즉각 현종의 인정을 받아 조련사의 우두머리가 되었고 이후 금은보화를 하사받았다. 세상에서는 그를 '닭의 신동神鷄童'이라고 부르며 부러워했다. 그의 재능은 현종의 탄신 잔치에서 최고도로 발휘되었다. 전 황족과 귀족들이 모인 자리에서 그는 신처럼 닭 무리를 지휘하여 관객의 탄성을 자아냈고 궁중의 모든 어릿광대들 중에서 으뜸을 차지했다. 이후 그는 유명한 악공의 딸을 아내로 맞이하여 아들 둘을 두었고 온갖 부귀영화를 다 누렸다. 사십여 년 가까이 누려오던 행복이 깨진 것은 안녹산安祿山의 반란 때문이었다. 난리가 일어나자 그는 현종을 수행하여 장안長安을 탈출하다가 말에서 떨어져 낙오하였고 이후 가족과도 헤어져 절간에 숨어 살았다. 반란이 평정된 후 집으로 돌아와 가족들을 만났으나 재산도 없어져서 형편없이 몰락하였다. 낙담한 나머지 그는 속세를 버리고 장안의 동쪽에 위치한 어느 절의 고승 밑에 제자로 들어갔다. 무식하지만 그는 불법을 독실히 믿었고 선행과 수행으로 마음의 평정을 찾았다. 작가가 절로 찾아가 그를 만나 이 모든 이야기를 듣고 마지막으로 과거와 현재의 정치에 대해 묻자 그는 겸손해하면서도 자신의 소감을 말하였다. 그는 반란 이전의 태평했던 시기에는 제도와 법령이 잘 갖추어지고 관리의 기강도 엄정했으나 지금은 복잡하고 문란해졌음을 꼬집었다. 그리고 과거에는 오랑캐들을 잘 통제했으나 지금은 오히려 변방의 풍속이 만연함을 개탄하였다. 작가는 이에 대꾸할 말을 찾지 못한 채 묵묵히 돌아오고 만다.[9]

요약된 스토리에 의하면 당나라 때 전국적으로 투계가 성행한 것은 현종 개인의 애호에 크게 힘입은 것이다. 현종은 오늘날 양귀비와 애정행각이나 벌인 유약한 군주로 인식되기도 하지만 황제가 되기 전의 그는 대단한 정략가였다. 측천무후則天武后와 위황후韋皇后 등 여제女帝들의 등장으로 가부장적 황권이 불안했던 시절, 그가 적통嫡統의 황태자도 아니면서 수많은 왕자들과의 경합 속에서 쿠데타에 성공할 수 있었던 것은 그에게 집요한 야심과 노련한 승부사적 기질이 있었기에 가능한 일이었다. "현종이 왕자로 살고 있을 때 민간에서 청명절에 행하는 투

9) 이 글에서 다루고 있는 「동성노부전」의 원문 텍스트는 장여우허張友鶴 선주選注, 『당송전기선唐宋傳奇選』(北京 : 人民文學出版社, 1979)에서 취했다.

현종玄宗 처음에는 정치를 잘 했으나 후일 양귀비楊貴妃를 총애하면서 정사를 돌보지 않았다. 『중국신선화상집中國神仙畫像集』.

계 놀이를 즐겼다"[10]는 소설 속 언급은 그가 일찍이 투계판에서의 약육강식의 생리에 매료되었음을 암시한다. 이어서 정치적 투계판의 승자가 된 그가 투계에 탐닉하지 않을 수 없었을 것이다. 그것은 자신의 정치적 승리를 거듭 확인하는 행위이기도 하기 때문이다. 아울러 우리는 여제의 시대를 극복하고 가부장적 황권을 재정립한 그가 투계를 통하여 정치상 성별 억압의 교묘한 상징전략을 구사했던 것은 아닐까 천착해볼 수도 있다. 당 황실은 서북의 유목민족 출신으로 여권이 한족漢族 왕조

10) "玄宗在藩邸時, 樂民間清明節鬪鷄戲."(같은 책, 88쪽)

에 비해 상대적으로 강했으며 여성의 정치 참여는 종종 황권을 불안하게 하는 요인이 되었다. 메일 쇼비니즘male chauvinism이 난무하는 투계판을 매일 궁중에서 연출하면서 그는 가부장적 황권의 정당성을 은근히 고무했던 것은 아닐까? 우리는 소설에 묘사된 현종의 투계에 대한 병적인 집착의 이면에 존재하는 이러이러한 심리적, 정치적 동기들을 예상해볼 수 있다. 그러나 투계는 상당한 물질적 조건이 갖춰져야 즐길 수 있는 게임이다. 황제 개인의 기호를 무시할 수는 없지만 당시 대다수 사람들이 이에 열중했다면 이는 당 왕조의 물질적 번영이 뒷받침되어야 가능한 일이다. 현종의 즉위 초기는 이른바 개원開元의 치治라고 불리는 중국 역사상 유명한 태평성대였다. 아마 현종의 개인적 동기 외에 이러한 역사적 조건이 더해지면서 가창의 스토리가 탄생했을 것이다.

이제 주인공 가창의 신변으로 눈길을 돌려보자. 그의 뛰어난 조련술에 대한 소설 속의 묘사를 살펴보면서 우리는 묘한 감정에 사로잡힌다. 그는 흡사 인간이 아닌 것처럼 느껴지는 것이다. 인간이 아니면 무엇일까? 그는 닭이다! 그는 닭이 된 인간인 것이다. 원문에 의하면 그는 "새들이 지저귀는 소리를 알아들었으며"[11] "삼척동자인 그가 닭 무리 속에 들어가자 마치 어린이들끼리 함께 어울려 노는 것 같았다"[12]고 한다. 그는 '닭의 신동'으로 불렸으며 황제의 탄생을 축하하는 결정적인 자리에 "수리새의 깃털과 노란 금꽃으로 장식한 관을 쓰고(닭 볏에 대한 미화된 표현이 아니고 무엇인가!)[13] 나타난다. 그는 마침내

11) "解鳥語音"(같은 책, 88쪽)
12) "三尺童子, 入鷄群, 如狎群小."(같은 책, 88쪽)
13) "昌冠雕翠金花冠"(같은 책, 89쪽)

닭으로 화신한 것이다. 그는 범상한 싸움닭이 아니라 닭 중의 왕, 닭 중의 신과 같은 존재이다. 그가 "닭 무리를 광장에 정렬시키고 사방을 둘러보는 모습이 마치 신과 같았다"[14)]고 하지 않는가? 닭과의 동일시, 그리고 신성화된 동물임을 암시하는 이러한 묘술들은 우리로 하여금 그의 몸에 드리워진 태곳적의 신성한 토템 동물의 이미지를 환기한다. 그러나 그의 신묘한 조련술을 웅변하는 이러한 표현들은 도가道家의 견자見者인 장자莊子의 언설에서 유래했을 가능성이 크다. 장자는 여러 우화들을 통해 어떠한 기예라도 사물 그 자체의 입장에서 바라봄으로써, 혹은 사물의 본성과 동일시됨으로써 통달할 수 있다는 견해를 피력하였는데,[15)] 가창의 조련술은 바로 이러한 원리의 훌륭한 예시처럼 보이기 때문이다.

어쨌든 가창은 닭이 되었다. 그것도 큰 싸움닭이. 싸움닭의 권화權化로서 그의 일생은 사실상 싸움닭의 부침浮沈 심한 삶과 겹쳐진다. 싸움닭이 승승장구하며 호기를 부리다가 한순간의 패배에 의해 나락으로 굴러떨어지듯이 가창의 부귀영화는 한번 난리에 의해 물거품이 된다. 한 시대를 풍미했던 투계의 의미를 작가는 이렇게 허망한 것으로 치부하고 싶었던 것일까? 그러나 우리는 이러한 단순 대조식의 해석이 가져올 위험을 경계해야 한다. 닭의 화신으로서의 가창의 의미는 좀더 두껍게, 중층적으로 읽힐 필요가 있다. 여기에서 우리는 물어야 한다. 가창의 몸에 드리운 더이상의 환영은 없는지.

다시 현종으로 돌아가보기로 하자. 안녹산의 난을 서술하기

14) "導群鷄敍立於廣場, 顧眄如神."(같은 책, 89쪽)

15) 『장자莊子』 「달생達生」편에서 매미를 잘 잡는 꼽추, 급류에서 수영하는 사나이 등의 우화를 통해 이러한 도리가 설명되고 있다.

전에 작가는 갑자기 이야기에 개입해 현종이 을유생乙酉生 닭띠임을 들어 현종의 투계에 대한 애호를 우주론적으로 합리화한 다음 결국 그것이 변란을 야기하는 빌미가 되었음을 강조하고 있다. 진홍에 의하면 현종은 조련사에게 조정의 관복을 입힘으로써 인간과 닭의 분별을 흐리게 하는 행위를 했는데 그것이 이미 변란의 조짐이라는 것이다.[16] 이 대목에서 우리는 현종도 닭의 이미지로부터 자유롭지 않음을 발견하게 된다. 닭띠 생인 현종은 조련사인 가창을 끔찍이 총애한다. 가창은 "조련사 복장을 한 채로 온천에서 현종을 배알하는"[17] 특권을 누릴 정도이다. 만인이 운집한 광장에서 닭 중의 왕, 닭 중의 신처럼 군림하는 가창은 실상 현종의 분신이다. 그가 분신을 소홀히 대접할 리가 없다. 가창은 따라서 파격적으로 취급된다. 아닌게 아니라 가창의 삶의 역정歷程은 현종의 그것과 비슷한 점이 있다. 개원의 태평성대를 이룩하였던 현종은 안녹산의 난리를 겪으면서 무섭도록 변모된 삶을 산다. 그는 왕위를 아들에게 미리 물려주고 명색은 태상황太上皇이나 대궐의 뒤편에서 유폐나 다름없는 생활을 한다. 가족과 인연을 끊고 절간에서 생활하는 가창과 진배없는 쓸쓸한 삶을 사는 것이다. 그런 그에게 유일한 낙이 있다면 영화로웠던 시절을 추억하는 일이다. 백거이는 그의 「장한가」에서 현종 만년의 회한에 찬 심경을 곡진하게 그려내어 읽는 이로 하여금 감회를 자아내게 한다. 우리는 「동성노부전」이 바로 이 같은 기억의 서사였음을 상기해야 한다. 이렇게 보면 소설 말미에서의 가창의 입을 빌린 일인칭 진술은 의제擬制된 현종의 담화

16) "上生于乙酉鷄辰, 使人朝服鬪鷄, 兆亂于太平."(「동성노부전」, 90쪽)
17) "衣鬪鷄服, 會玄宗于溫泉."(같은 책, 89쪽)

일 수도 있다.

개원 시기의 빛났던 제도와 문물을 찬양하고 오랑캐의 침탈을 벗어나지 못하는 현재의 쇠퇴한 국세國勢를 질타하는 가창의 어조는, 실상 일개 미천한 조련사의 발언이 아니라 천하를 호령했던 황제의 그것임을 느끼게 한다. 그러나 기묘한 것은 가창 곧 현종이야말로 오늘의 변란을 초래한 장본인임에도 그들은 자신이 그 일과 무관한 듯 과거의 영광과 현재의 오욕을 담담하게 진술할 뿐이라는 점이다. 여기에서 작가 진홍의 역사기술적 소설 구성이 돋보인다. 그는 투계의 폐해가 얼마나 심각했으며 그것이 당시의 경제를 얼마나 좀먹었는지 언급하지 않는다. 다만 그는 화려했던 시절 가창과 현종이 벌였던 투계의 엄청난 규모와 득의양양했던 생활을 그들로 하여금 말하게 하고 다시 그들 자신의 입으로 전쟁의 불행과 그로 인한 몰락을 말하게 하여 두 시절을 극명히 대조시킨다. 이러한 진술 속에서 독자들은 가창과 현종이 사실상 당 제국의 쇠퇴를 초래한 공범이라는 사실을 깨닫게 된다. 결국 작가는 닭으로 하여금 가창을 말하게 하고 가창으로 하여금 현종을 말하게 함으로써 개인의 부침과 국가의 흥망을 중층적으로 묘사한 것이다.

약육강식의 원리에 매료되어 최고의 닭이 되고 싶어했던 두 사나이, 그들은 소원대로 최고의 닭이 되었으나 바로 그 원리에 의해 속절없이 나락에 떨어졌던 것이다.

4. 「스무 살 고개」와 「투계」: 아버지의 부재를 위한 진혼굿

한국의 근현대소설에는 의외로 투계 혹은 닭을 소재로 한 작품이 적지 않다. 역사적으로 중국에 비해 투계가 성행하지 않았던 사실에 비추어 이러한 현상은 이례적이라고 말할 수 있다. 잠깐만 살펴보아도 이광수의 「스무 살 고개」를 비롯 김유정의 『동백꽃』, 최정희의 「수탉」, 송영의 「투계」 등 근대에서 현대 작품에 이르기까지 폭넓게 분포되어 있다.[18] 이중 근대를 배경으로 한 작품으로 「스무 살 고개」를, 현대의 그것으로는 「투계」를 선택하여 검토해보기로 한다.

이광수의 「스무 살 고개」

「스무 살 고개」는 1947년부터 1948년 사이에 씌어진 장편 자전소설 『나』의 일부이다. 「스무 살 고개」보다 먼저 탈고된 「소년편」과는 스토리가 연속관계에 있다. 투계 모티프는 이 작품의 초입에서 상당히 많은 지면을 할애하여 나타나고 있다. 「소년편」을 참작하면서 투계 모티프와 관련된 스토리를 살펴보면 다음과 같다. 작품의 시대적 배경은 구한말에서 일제 초년에 해당된다. '나' 김도경은 일본유학생 출신으로 망해가는 조국

18) 이 밖에도 안회남의 『투계』, 이광수의 『닭』 등이 있으며 김원일의 『불의 제전』에서도 투계 이야기가 나온다.

을 위해 헌신할 생각으로 고향에 돌아왔다. 선각자로서의 자부심을 갖고 고향 학교에서 교사로 봉직하면서 계몽에 열중한다. 그 과정에서 '나'는 구식 여인과 결혼을 하여 행복하지 않은 결혼생활을 하고 과부인 문의 누님과 불륜의 관계를 맺는다. 도덕적인 위기를 느낀 '나'는 이사를 해서 새로운 삶을 시작하고자 한다. 그런데 옆집인 학교 교주 집의 수탉이 '나'의 수탉을 공격해 암탉들을 빼앗는다. '나'는 수탉에게 쇠고기와 구리가루를 먹여 교주 집의 수탉을 제압하도록 한다. 그러던 어느 날 '나'의 수탉은 교목인 한목사 집 수탉에게 당한다. '나'는 다시 수탉의 기운을 북돋워주어 한목사의 수탉마저도 이기게 한다. 한목사는 위선적인 인물로 학교에서 '나'에게 불리한 언동을 한다. 그러나 한목사의 방해에도 '나'는 새로 온 오웬 교주의 신임을 얻어 교장으로 선출된다.

「스무 살 고개」의 초입을 장식하는 투계 모티프는 작품의 의미 구현을 위해 대단히 중요한 기능을 담당한다. 여기에서 투계 모티프는 다층적으로 얽혀 있는 의미망의 중심에 있기 때문이다. 우선 투계는 학교와 지역사회에서 '나'와 반대세력의 갈등을 표현한다. '나'는 그것을 이미 인지하고 있다.

> 닭 문제는 내게는 결코 작은 문제는 아니었다. 내가 모처럼 학교와 동네에 새로운 기풍을 세워놓아서 학생이나 동네 남녀들이 잘 내 지시를 믿고 복종할 만치 된 때에 이곳 교회에 내게는 존장이나 되는 나이를 먹은 한목사라는 이가 부임하여와서 목사의 권위를 내둘러서 내 권

위를 침범하는 일이 적지 아니하였다. (……) 이러한 처지에 있던 나이기에 우리 수탉이 남의 집 수탉에게 암탉들을 빼앗기는 것이 내 꼴인 것도 같아서 그렇게도 성화를 한 것이었다.[19]

여기에서 우리는 수탉을 "자기도취적인 남성 자아의 확대된 발현물"[20]이라고 표현한 기어츠의 언명이 그대로 들어맞음을 느낀다. 그러나 '나'의 닭과 교주 및 한목사 닭과의 투쟁은 자존심 대결만은 아니다. 그것은 더 큰 세력과 세력 간의 갈등이라는 의미를 띠고 있다. 조국의 장래를 염려하는 '나'에게 '나'의 닭을 괴롭히는 교주와 기독교인인 한목사의 닭이 상징하는 것은 강자인 서구 열강과 그것을 답습한 일본 제국주의이다. 약한 '나'의 닭은 현재 바람 앞의 등불과 같은 상황에 놓여 있는 약소국 조선이다. '나'가 교주의 닭을 제압한 후 "고기 한 근과 구리 가루 두 돈중"의 비유를 들어 학생들에게 조국의 장래를 위해 실력을 배양할 것을 고취하는 것은 이러한 인식 때문이다. 이렇게 보면 작품에서 '나'의 계몽에 대한 의식은 무조건적이 아니라 양가적이다. '나'는 어떻게 계몽활동을 했던가?

나는 대단히 유쾌한 기분으로 두 사람을 집에 두고 저녁 청결 검사를 나섰다. 이것은 동회에서 작정된 것으로서 회장이 아침, 저녁 두 번 집집의 청결 상태를 순시하는 일이었다. 나는 집집의 안마당까지, 뒤꼍까지, 토요일이면 부엌, 부뚜막, 안방, 이불, 요까지 검사할 권리와

19) 이광수, 『이광수 전집 11』(초판), 삼중당, 1962, 456~457쪽.
20) 이 말은 원래 이솝의 표현을 빌린 것이다. 클리퍼드 기어츠, 앞의 책, 419쪽.

의무를 가진 것이었다. 아침에는 아침 소제, 저녁에는 저녁 소제로 저마다 제 집과 문전과 또 온 동네를 깨끗이 하자는 것으로서 아마 이것은 동회 운동으로 더불어 우리나라에서 처음 시작된 운동일 것이다.[21]

집단위생의 관념이 근대의 성립과 깊은 관련을 맺게 되는 것은 미셸 푸코에 의해 이미 시사된 바 있지만, 소독, 청결 등으로 표현되는 이 관념은 사실 상당한 배제와 차별화의 계기를 내포하고 있다. 아울러 근대 제국주의가 바로 이 집단위생의 조치를 식민지 지배의 효율적 수단으로 구사한 것도 사실이었다. 이광수의 작품은 당시의 역사적 정황을 선명히 보여준다. 그러나 한편 '나'는 오웬 목사의 서양문학 지식에 반발하여 『주역周易』을 읽으며 문의 누님의 단정한 조선식 인사 모습을 보고 "조선의 문화를 거기서 본 것 같았다"[22]고 재인식한다. '나'에게 한목사는 맹목적인 서양 추수追隨를 일삼는 자일 뿐이다. '나'는 한목사의 이러한 행태에 분노한다.

나는 조선 여성의 이 예법을 버릴 것이 아니요, 지킬 것이라고 생각하였다. 한목사 따위가 그런 것을 무엇을 알랴. 그는 서뿔리 서양을 배우고 조선 것을 다 업수이 여겨서 교인의, 그중에서도 여성의 아름다움을 깨뜨리는 지도를 하고 있다고 나는 보았다.[23]

투계의 구조는 또다른 차원에서 작품의 구성에 관여한다. 그것은 성적, 심리적인 차원이다. '나'에게는 아내 외에도 주위를

21) 『이광수 전집 11』, 470쪽.
22) 같은 책, 511쪽.
23) 같은 책, 512쪽.

한국의 투계 과거 농촌에서의 투계 장면을 잘 그려냈다. 김용환, 『한국의 풍속화(상)』(민문고, 2002).

맴돌고 있는 다수의 여인들이 있다. 결혼할 뻔했던 이상적인 여인 실단이가 있는가 하면, 이미 넘지 말아야 할 선을 넘은 과부 문의 누님이 있으며, 육욕적인 사랑을 갈구하는 과부 처형이 있다. '나'와 이들의 관계는 거의 일방적인 관계로 그것은 마치 수탉이 여러 암탉들 위에 군림하는 것과 같다. 이들과의 관계는 '나'의 삶에서 매우 중요한 비중을 차지한다. 선각자로서 도덕성을 추구하는 '나'에게 이들은 심적 갈등의 요인이 되기도 하고 건조한 삶의 자극이 되기도 한다. 「소년편」의 말미를 문의 누님과의 정사로, 「스무 살 고개」의 그것을 실단이와의 애틋한 해후로 장식한 것은 소설 전개에서 차지하는 이들의 비중을 말해 준다. 아울러 주목해야 할 것은 작품 전편을 통해 나타나는 남성성의 거세 현상이다. '나' 주위의 여성들은 대부분 남편이 일찍 죽거나 성불능자인 불행한 사람들이다. 이 남성성의 부재는 유교 가부장 왕권국가인 조선의 쇠망을 상징한다. 이러한 의미에서 '나'의 투계에 대한 집착은 밖으로는 민족주의자인 '나'의 국권 회복을 위한 노력의 은유가 되지만 심층 심리적으로는 거세된 남성성을 회복하고자 하는 소망의 투사이기도 한 것이다.

과거 우리의 농촌사회에서 기르던 닭으로 인한 이웃 간의 다툼은 흔히 있는 일이었을 것이다. 평범하달 수 있는 일상의 소재를 갖고 이처럼 다각도의 의미를 구현해낼 수 있었던 것은 작가가 투계의 본질을 마음으로 체득하지 않고서는 어려운 일이라 하겠다.

송영의 「투계」

단편 「투계」는 작가의 등단작품으로 1967년 계간 『창작과비평』에 처음 실렸다. 이 작품의 성립 이면에는 작가의 독특한 체험이 있다. 자술한 연보에 따르면 그는 시골 중학교 교장인 아버지를 따라 염산이라는 벽지에서 소년 시절을 보냈는데 이곳에서 그는 삼 년 동안 "낮에는 일부러 외출하지 않았고 주로 밤에 건물 안에서 두 살 터울인 형과 함께 '닭싸움'을 시키며 소일했다"[24]는 것이다. 작품의 줄거리는 이렇다. '나'는 숙모 집

24) 송영, 「작가연보」, 『침입자』, 청아출판사, 1994, 390쪽.

에 얹혀 종형과 함께 살고 있다. 종형은 낮에는 외출하지 않고 밤에 투계에만 몰두한다. 종형은 '나'를 핍박하여 항상 투계 장면에 입회하도록 한다. 싸움닭인 뿌라마는 막강했고 종형은 이놈을 쓰러뜨리는 것이 목표다. 몇 번 싸움닭을 갈아치웠으나 뿌라마를 이겨내진 못한다. 마을에서는 종형을 이상하게 보고 천주교 마을 회장이 숙모를 찾아와 종형을 전도하겠다고 한다. 마침내 종형은 좋은 싸움닭 샤모를 구입하여 훈련을 시킨 끝에 뿌라마를 이긴다. 싸움에 진 뿌라마를 종형이 목 졸라 죽이려 할 때 성당의 서양 신부가 집에 찾아오고 종형은 공포로 전율한다.

이 작품에서도 투계는 몇 가지 갈등관계를 함축한다. 첫째로 샤모와 동일시된 종형과 뿌라마의 관계이다. 자폐적 성향의 종형은 모든 생활의 의미를 투계에서 뿌라마를 이기는 일에 둔다. 이같은 집요한 '의미 세우기'[25]는 종형으로 표상되는 근대적 인간의 심적 특성이다. "코기토 에르고 숨cogito, ergo sum"의 선언 이래 자아·주체·아이덴티티의 확립은 근대인이 되기 위한 조건이고 이를 위해서는 주변·타자에 대한 냉혹한 배제의 원칙이 적용되었다.

> 거의 한 달가량이나 승리만을 계속해온 뿌라마를 쓰러뜨리려는 그의 노력은 번번이 낭패로 돌아갔다. 그럴수록 종형의 뿌라마에 대한 적대의식은 비례해서 가중되는 모양이었다.[26]

종형은 뿌라마에게서 승리의 의미를 획득하기 위해 굶기고

25) 장경렬은 인간의 지적 활동이 있는 곳이면 중심을 정하고 정해진 중심을 무언가의 의미로 채우려는 유혹이 어디에나 존재한다고 본다. 송영의 문학은 바로 이 '의미 세우기'에의 저항으로 일관되어 있다는 것이 그의 견해이다. 장경렬, 「'의미 세우기'에의 저항」(같은 책, 361~387쪽) 참조.

26) 송영, 「투계」, 같은 책, 156쪽.

구타하는 등의 학대행위를 계속한다. 이러한 종형의 잔인성은 근대적 인간이 되기 위한 냉혹한 배제의 원칙에서 유래한다.

둘째로 '나'와 종형의 관계이다. 이 관계는 우선 권력관계이다. '나'는 종형 집에 얹혀사는 식객이나 다름없는 신세이다. '나'는 "이 새끼야, 넌 여기서 쫓겨나면 알거지 신세야"[27]하는 종형의 위협 앞에 무력하기 그지없는 존재이다. 종형은 언제나 투계의 장면에 '나'를 입회시키려고 한다. 종형은 왜 관객을 필요로 하는 것일까? 그것은 단순한 과시욕은 아닐 것이다. 주체·중심은 주변·타자에 대한 억압의 토대 위에서 성립한다. 사실 '나'는 종형의 억압의 대상이라는 점에서 뿌라마와 같은 처지에 있다. '나'가 뿌라마에 대해 연민의 정을 느끼고 동일시의 감정에 사로잡히게 되는 것은 이 때문이다. '나'는 뿌라마와 마찬가지로 종형으로부터 구타를 당한다. 그리고 벽 가에 쓰러져 뿌라마와 눈빛으로 교감한다.

> 뿌라마의 눈빛은 좀처럼 움직일 줄 모르고 의연히 부엌 구석에서 조그맣게 빛을 내뿜고 있었다. (……) 나는 여전히 꼼짝도 하지 않고 벽 가에 쓰러진 채 부엌 구석의 어둠 속에서 반짝이는 뿌라마의 눈빛을 보고 있었다.[28]

그러나 '나'는 종형의 '의미 세우기'에 저항한다. '나'는 가급적 투계에 참여하지 않으려 하고 종형의 작업의 결과에도 회의적인 생각을 갖는다.

27) 같은 책, 164쪽.
28) 같은 곳.

별안간 주위는 다시금 평온해졌다. 이제 투계는 다시 없을까. 제발 그래주었으면 좋겠다 하고 나는 속으로 생각하고 있었다. 그걸 나는 구석의 뿌라마에게도 말하고 싶었다. 놈은 강자니까 싸우고 난 뒤의 이긴 놈의 거만을 잘 알리라. 허지만 이긴 놈의 벼슬도 결코 성하지는 못한 것이다. 부딪치고 쪼아리고 물어뜯고 지쳐서 쓰러질 만큼 싸우고 난 뒤에 단지 상대방의 우위에 섰다는 관념만이 남는 것이다. 패한 놈의 고통에 겨운 비명으로 그 관념은 더욱 살찐다. 그걸 나는 뿌라마의 사나운 투혼에 호소하고 싶었다. 놈은 그걸 알고나 있는 듯이 평소의 용맹스러움에 어울리지 않게 아주 죽은 듯이 잠자코 있다.[29]

이렇게 보면 '나'는 약육강식의 투계의 생리에 공감하지 않고 그 승리의 결과가 초래할 허망함까지 간파한 셈이다. 실제로 배제와 억압의 원칙에 충실했던 근대 주체는 과연 행복했던가? 여기에 대해서는 오늘날 무성하게 이루어지고 있는 근대 비판에 그 해답을 맡기고 다음의 논의로 가기로 한다.

마지막으로 종형과 천주교의 관계이다. 이 관계는 사실 처음부터 이야기의 전면에 등장하지는 않는다. 투계 이야기의 배후에서 천주교 마을 회장이 종형에게 전도하려는 취지가 암시되다가, 말미에서 뿌라마를 죽이려는 결정적인 순간에 서양 신부가 출현하여 종형의 모든 노력이 수포로 돌아가고 마는 것이다. 천주교 마을 회장, 서양 신부가 상징하는 것은 무엇인가? 그들은 또하나의 강력한 근대 주체로서 종형이 추구해온 그 배제의 논리에 의해 종형의 '의미 세우기'를 무망하게 만들고 종

29) 같은 책, 164~165쪽.

형 자신도 주변으로 내몰 엄청난 세력이다.[30] 그들이야말로 '의미 세우기'의 전문가임은 아래의 글로도 암시된다. 천주교 마을 회장의 말을 들어보자.

> 오늘도 안 될까요? 앞마루께에서 그 여자가 말하고 있었다. 저는 할 수 있어요. 그 여자는 우리에게 특히 종형에게 다가온다는 걸까. (……) 마음의 기둥을 세우지 않으면, …… 그러니까 댁의 아드님은…… 인도하는 건…… 아무래도 사람이란…… 그 여자는 시골 아낙답지 않게 매우 능숙한 어조로 말하고 있었다.[31] (방점은 필자에 의한 것임)

송영의 소설에서 투계 모티프는 근대 주체 형성과정의 냉혹성과 그 결과의 허망함을 폭로하는 아주 훌륭한 장치로 기능한다. 이것은 무엇보다 투계에 대한 작가의 소년 시절의 체험에 힘입은 바 크다 할 것이다.

5. 맺는말

멀리 원시적으로 토테미즘적인 사유에서 기원하는 닭과 인간의 동일시는 투계를 통해 인간 삶의 축도로서 표현되어왔다.

30) 장경렬은 이들을 단순히 종형이 다룰 수 없는 큰 힘으로 보았지만, 그렇다면 굳이 천주교 마을 회장이고 서양 신부여야 할 이유가 없을 것이다. 장경렬, 같은 책, 381~382쪽 참조.
31) 송영, 「투계」, 같은 책, 165쪽.

그러나 보다 정확히 말하면 투계의 주체는 수탉이므로 투계는 전통적인 가부장사회의 실상을 반영한다 하겠다. 투계가 국가적으로 성행했던 당 왕조의 현실을 묘사한 진홍의 「동성노부전」을 보면 투계는 황제인 현종의 집권을 정당화하기 위한, 아울러 여성의 정치 참여를 불식시키려는 의도에서 장려되었다. 작가는 일개 조련사의 파란만장한 일생을 통해 태평성대에서 난세로 넘어가는 국가의 운명을 암시하였는데 우리는 닭의 화신인 조련사 가창이 사실은 현종의 분신임을 확인할 수 있었다. 따라서 이 소설은 약육강식의 논리가 지배하는 투계를 통하여 그 논리에 충실했던 개인의 삶과 국가의 운명이 얼마나 허망한 결과를 초래했는지를 교훈적으로 그려내고 있다. 다시 투계 모티프가 수용된 한국의 근현대소설로 시선을 돌려 이광수의 「스무 살 고개」를 검토해보았을 때, 투계는 약소국인 조선과 강대국, 전통과 근대 서구문명의 대립을 표상하고 있으며 쇠망한 조국 소생의 비의秘義를 간직한 의미심장한 행위로까지 간주되고 있다. 이어서 송영의 「투계」에서 투계 모티프는 또다른 시대적 의미를 획득한다. 여기에서 투계 본연의 약육강식의 논리는 근대적 자아의 내면 구성의 논리와 궤를 같이하게 된다. 그 결과 투계 모티프는 「동성노부전」으로부터 환골탈태하여 인간 주체의 또다른 허망함을 보여주는 데 성공한다.

이상 세 가지 작품의 검토를 통해 우리는 투계라는 삶의 함축적 행위가 소설의 의미구조를 어떻게 다층화시키고 있는지 살펴보았다. 마지막으로 우리는 왜 한국의 근현대소설에서 그토록 투계 모티프가 자주 출현하는지 그 이유에 대해 한번 생각해볼 필요가 있을 것이다. 우선 우리는 이 계통 작품들의 주인공이 대부분 약자이거나 거세된 남성성의 화신임에 주목해야 한다.[32] 앞에서 말했듯이 거세된 남성성은 쇠망한 유교 가부장적 국가인 조선일 수도 있고, 개념을 넓혀보면 사라져가는 전통 혹은 전근대적 가치와 규범일 수도 있다. 우리가 근현대문학에서 '아버지와의 대결' 혹은 '아버지의 부재'를 운위할 때의 그 '아버지'가 이에 상응할 것이다. 강력한 메일 쇼비니즘적 행위인 투계가 '아버지' 상실의 근대 이후 문학에서 다시 음미되는 이 역설을 어떻게 설명해야 할까? 그것은 진정 소생을 위한 몸부림일까? 아니, 차라리 그것은 역사의 무대에서 퇴장하는 과거의 주역을 위한 진혼굿으로 보아야 하지 않을까?

32) 이 글에서 예시한 두 작품의 주인공들도 그러하지만 『동백꽃』 『수탉』 등에서의 주인공들도 사회, 경제적 약자이거나 남성성이 미약한 존재이다.

제2부

동아시아 문학의 고위금용古爲今用을 위하여

6

정경교융情景交融의 시학과 생태학적 문학론

– 김용택의 『그 여자네 집』

소박한 희망일지 모르나 중국의 전통문학은 그 세계관만큼이나 서구문학과 대척적인 위치에서 분립해왔기 때문에, 상호보완적인 견지에서 오늘날 '고갈'과 '위기'를 운위하는 서구문학이 가장 결여하고 있는 요소에 대해 풍부한 시사를 줄 수도 있을 것이다. 우리는 영국의 낭만주의 문학이 문학생태학의 이론 정립에 많은 도움을 주고 있는 것 못지않게 중국의 전통문학이 이 방면에서 큰 소임을 다할 수 있을 것으로 기대한다.

시는 정감에 뿌리를 두고

언어로써 싹을 틔우며

음률로써 꽃을 피우고

정의로써 열매를 맺는다.

—백거이[1]

1. 깊이의 녹색문학을 위하여

'20세기를 벗어나기 위하여' 그 동안 우리를 지배해온 '분리의 패러다임'을 지양하고 복합적, 총체적 사유를 향해 나아갈 것을 역설하는 모랭Edgar Morin의 저작의 말미가 '씨뿌리기Semer-사랑하기S'aimer'라는 생동적 어구로 장식되어 있는 것[2]은 인상적이다. 우리의 자연적 본성을 환기하는 이 어구는 결국 금후의 '통합의 패러다임'이 인간 중심의 인문과학적 모델을 넘어선 전 우주적인 어떤 것임을 시사한다. 최근 문학이 지향하는 바도 이러한 패러다임과 무관하지 않다. 이미 서구 정전正典에 대한 비판이 거세게 일고 있고 문학 내지 문화의 획일적 규범화, 표준화에 대항하여 탈식민주의 문학, 토착시학ethnic poetics, 새로운 민족지ethnography 기술 등의 운동이 활발히 전개되고 있는 것은 주지의 사실이다. 이같은 운동의 목적이 세계문학 내지 문화에서의 온전한 평형을 이룩하고자 하는 데 있음은 물론

1) "詩者, 根情苗言華聲實義." (백거이白居易, 「여원구서與元九書」)

2) 에드가 모랭, 『20세기를 벗어나기 위하여』, 고재정·심재상 옮김, 문학과지성사, 1996, 464쪽.

이다. 그러나 이보다 더 근원적인 변혁의 움직임은 생존적인 차원에서 인간과 자연의 관계를 재정립하려는 시도에서 감지된다. 그리하여 개별 문학 내지 문화 내부에서는 종래의 지배론적, 주객분열적 관점을 지양하고 호혜적, 전일全一적 관점을 발굴, 고양하고자 하는 노력들이 눈에 띈다. 궁극적으로 이러한 관점에 기초한 심미적 감수성만이 근대 이래 도구이성에 의해 파편화되고 기계화된 우리의 메마른 심령이 디스토피아 dystopia의 나락으로 굴러떨어지는 것을 구원할 수 있다는 신념에서 문학생태학은 출발한다.

20세기 중반 이후 환경위기가 크게 대두함과 동시에 태동한, 이른바 녹색문학[3]은 80년대 초 독일의 생태시운동 등을 계기로 본격화되어 짧은 기간 내에 문학상의 중요한 흐름으로 자리 잡았다. 오늘날 녹색문학은 논자에 따라 약간의 차이는 있지만 크게 환경위기를 고발, 경고하는 문명비판적인 성격과 생태의식을 서정적으로 묘술하는 자연친화적인 성격의 두 가지 경향으로 대별된다.[4] 그러나 초기부터 지금에 이르기까지 녹색문학의 이론 혹은 비평적 논의의 주된 경향은 전자와 상관되어 다분히 목적문학적 성격을 띠고 있다 해도 과언이 아닐 것이다. 물론 그러한 경향은 환경의식의 고양이 시급했던 초기 단계에서는 불가피했었고 앞으로도 이론의 계몽, 비판적 기능은 여전히 견지되어야 할 필요가 있다고 생각한다. 다만 지나간 냉전시대에 이념 과잉의 문학이 노정했던 한계성을 차감借鑑할 때 향후의 녹색문학은 보다 심층화, 내면화된 생태의식의 형상

3) 환경·생태 문제를 다룬 문학을 지칭하는 용어로서 녹색문학과 더불어 자주 쓰이는 것으로 '생명문학'이 있다. 그러나 이는 '생명파'의 경우처럼 조금 다른 뉘앙스의 여지가 있기 때문에 녹색문학을 선택하였다.

4) 이남호는 환경보호주의와 심층생태학 양자의 입장으로, 송희복은 생태학적 문명비판시와 생태학적 서정시로, 이숭원은 고발, 비판과 정신변화의 추구 양면으로 녹색시 혹은 녹색문학을 크게 나눈다. 이들의 논의에 대해서는 이남호, 『녹색을 위한 문학』(민음사, 1988, 23~25쪽) ; 송희복, 『생명문학과 존재의 심연』(좋은날, 1998, 41~77쪽) ; 이숭원, 「생태학적 상상력과 우리 시의 방향」(『실천문학』 1996년 가을호, 195~196쪽) 등 참조.

화를 지향하는 것이 바람직할 것이다. 이에 따라 우리의 논의 역시 단순히 생태학적 이념을 선양宣揚하거나 당위론을 교술敎述하는 차원을 넘어, 인간과 자연의 교감이 빚어내는 고도의 미학적 의경意境을 천석闡釋해내고 그러한 미감의 예술적 생성기제를 체계화할 새로운 이론적 모색의 시점에 와 있다. 이 '새로운 이론적 모색'과 관련하여 우리는 '낯선 이론과의 제휴'가 필요함을 깨닫게 되는데, "태양 아래 새로운 것은 없다"라는 명제를 받아들일 때 이 '새로움'이란 사실상 우리가 그간 소홀히 했던, 주변으로 내몰았던, 기존의 '낯선 것'에 다름아닐 수 있기 때문이다.

서구의 문학 정전으로부터 저만치 떨어져서 주변을 배회해온 동아시아의 전통문학이 이제 상대적으로 그 고유의 가치성이 재검토되고 재정위되어야 할 당위성은 여기에서 충분해진다. 소박한 희망일지 모르나 중국의 전통문학은 그 세계관만큼이나 서구문학과 대척적인 위치에서 분립해왔기 때문에, 상호보완적인 견지에서 오늘날 '고갈'과 '위기'를 운위하는 서구문학이 가장 결여하고 있는 요소에 대해 풍부한 시사를 줄 수도 있을 것이다. 우리는 영국의 낭만주의 문학이 문학생태학의 이론 정립에 많은 도움을 주고 있는 것 못지않게 중국의 전통문학이 이 방면에서 큰 소임을 다할 수 있을 것으로 기대한다. 산수·전원에 대한 각별한 친화력을 바탕으로 형성된 중국의 강한 시가문학적 전통은 인간과 자연의 교감을 심미적으로 체현하고 감득하는 독특한 이론들을 계발해냈으며, 이들은 아직 이념 교술적 차원에 머물러 있는 목전의 문학생태학에 대해 보다 진전된 이론적 전망을 열어줄 수도 있을 것이다. 이 글에서는 천인합일론天人合一論·문기론文氣論 등 중국 전통문학의 생태론적 배경에 대해 간략히 짚어보고 고대 중국의 시학에서 중요하게 거론되어왔던 정경교융론情景交融論을 문학생태학적 견지에서 새롭게 음미해보고자 한다. 이러한 논의의 과정을 통하여 동아시아 전통문학의 당대 이론으로의 전화轉化 가능성을 조심스럽게 타진하고 나아가 그 예증의 길을 열어놓고자 하는 것이 이 글의 목적이다.

2. 천인합일론天人合一論과 문기론文氣論

중국의 원시문학자료는 인간과 자연이 대화하고 화해롭게 어우러졌던 상황을 이렇게 표현하고 있다. 전설적인 순舜임금 때의 악관樂官 기夔는 말한다.

> 아! 제가 경쇠를 치니 온 짐승들이 따라서 춤을 춥니다.
>
> 於, 予擊石拊石, 百獸率舞.[5]

고대 중국에서 자연과 인간 간의 관계를 다룬 논의는 곧 천인관계론이다. 자연과 인간이 그대로 상응한다는 인식을 바탕

5) 『상서尙書』「요전堯典」. 이는 제의의 광경에 대한 묘사로 '백수百獸'는 실제 짐승이 아니라 각종 짐승으로 분장한 사람들일 것이다.

으로 양자의 합일을 추구하는 이러한 세계관은 고대에는 보편적이었다. 더글러스Mary Douglas에 의하면, 고대문화는 그 자체가 우주론적으로서 고대인들은 완벽한 신체가 이상적인 신정神政을 상징한다고 관념했는데,[6] 그들에게 신인합일 혹은 천인합일적 사고는 곧 신神과 천天의 구체적 현시顯示인 자연과 인간의 합일을 의미하기도 했다. 『주역』과 더불어 중국의 가장 이른 시기의 천인합일론을 담고 있는 텍스트인 『노자』에서는 이렇게 말한다.[7]

사람은 땅을 법칙으로 삼고 땅은 하늘을 법칙으로 삼으며 하늘은 도를 법칙으로 삼고 도는 자연을 법칙으로 삼는다.

人法地, 地法天, 天法道, 道法自然.[8]

여기에서 '자연'은 일상의 자연을 크게 초월한 대우주의 섭리와 같은 뜻으로 쓰였다. 이 섭리의 현시인 일상의 자연은 천과 지로 표현되어 언술의 층위가 앞글과는 다르다. 인·지·천·도가 단계적으로 자연의 이법 안에서 상동성을 유지하고 있는 이 상태는 프랙털 구조로 표현되는 '자연'의 자기복제적 속성을 잘 보여주고 있다. 인간도 하나의 우주이지만 '자연'이라는 대우주의 커다란 시스템과 긴밀히 상응하여 존재한다는 이러한 원론적인 취지는 『장자』에 이르러 보다 확실한 표현을 얻게 된다.

6) Mary Douglas, *Purity and Danger*, New York, Routledge & Kegan Paul Ltd., 1988, p. 4.

7) 후술할 바이지만 중국 전통 문학의 생태학적 경향은 유교보다는 주로 도교에 의해 빚어진 것이다. 천인합일론은 『주역』의 기본 사상인바 『주역』은 비록 후대에 유교 경전에 귀속되었지만 근원적으로는 무속, 도교계 문화의 소산이다. 아울러 천구잉陳鼓應 교수의, 『논어』 등 초기 유교 경전에 대한 노자 사상의 영향론 등을 고려하면 원시유교의 천인합일적 사유도 순연히 유교적인 취지에서 나온 것으로 보기 어렵다. 이에 대해서는 천구잉, 『노장신론』(최진석 옮김, 소나무, 1997, 95~97쪽) 참조. 생태주의 시인인 게리 스나이더Gary Snyder가 그의 시에서 공자의 인간중심주의를 비판하고 있는 것은 이러한 문맥에서 흥미롭다. 시집 『신화와 텍스트Myths & Texts』에 실린 해당 시의 일부를 번역, 인용하면 다음과 같다. "'인간은 우주의 심장이며 음식과 색과 소리를 즐기려고 태어난 五感의 총아이다……' 공자여 내 등에서 내리거라. 이제 그러한 잡소리는 역겹다." Gary Snyder, *Myths & Texts*, New York, New Direction Books, 1978, p. 11.

8) 『노자』 제25장.

하늘과 땅이 나와 함께 살고 만물도 나와 함께 하나가 된다.

天地與我幷生, 而萬物與我爲一.[9)]

노장 등 원시도가에 의해 정립된 자연 생태의 원리에 바탕한 천인합일론은 본질적으로 생명철학의 경향을 띨 수밖에 없다. '삶을 아끼고貴生' '삶을 기르는養生' 전형적인 도교의 자세는 근원적으로는 자연의 생명력을 닮고자 하는 '도법자연道法自然'의 입장으로부터 유래한다. 그런데 이러한 경향을 구체적으로 작동시키는 힘은 무엇인가? 즉 인간과 자연, 존재와 존재 사이를 넘나들며 '생명의 연대성solidarity of life'[10)]을 끊임없이 유지시키는 동력은 무엇인가? 이 생기론生機論적 세계관의 실체는 다름아닌 기氣이다. 노자는 일찍이 기에 관해 다음과 같이 말했다.

노자老子 푸른 소를 타고 함곡관函谷關을 나서는 모습. 명明 왕세정王世貞 편編, 『열선전전列仙全傳』.

만물은 음을 등에 업고 양을 껴안았으니 이 두 기운이 뒤섞여 조화를 이루고 있다.

萬物負陰而抱陽, 沖氣以爲和.[11)]

9) 『장자』「제물론」.
10) Ernst Cassirer, *An Essay on Man*, New Haven, Yale University Press, 1947, p. 82.
11) 『노자』 제42장.

기를 집중하여 부드럽게 되면 능히 어린아이와 같은 원초적인 상태로 돌아갈 수 있겠는가?

專氣致柔, 能嬰兒乎?[12)]

음·양의 두 기운에 의해 만물이 구성되며 기의 본래의 성질은 소통성·유연성에 있음을 밝히고 있다. 이는 생태계가 에너지의 이동에 의해 영위되고 있는 현실과 상통하는 관점이다. 그리하여 장자는 보다 분명히 기의 작용이 생명력을 결정하며 만물의 소통을 이룩함을 말한다.

사람이 살아 있는 것은 기가 모임에 의해서이다. 기가 모이면 살고 흩어지면 죽는다. (……) 따라서 천하를 통하는 것은 오로지 한 가지 기운뿐이라고 말할 수 있다.

人之生, 氣之聚也. 聚則爲生, 散則爲死, (……) 故曰通天下一氣耳.[13)]

중국의 전통문학은 바로 이러한 도가의 생기론적 세계관을 계승하여 문학 역시 생명력의 흐름인 기의 운동의 소산으로 파악한다. 원시도교의 대표적 경전인 『태평경太平經』에서 우선 문학은 다음과 같이 규정된다.

무릇 문사文辭는 천지·음양의 언어이다. 따라서 임금과 현인을 타일러 경계하여 부지런히 실행에 옮겨 태평을 이룩할 수 있도록 하는 것

12) 『노자』 제10장.
13) 『장자』 「지북유知北遊」.

이다.

夫文辭, 天地陰陽之語也. 故敎訓人君賢者而勅戒之, 欲令勤行致太平也.[14]

우주론적인 차원에서 문학을 천지·음양 곧 자연의 언어로 보면서 현실적으로 문학의 소임이 태평세계 곧 생태학적 평형의 상태를 이룩함에 있음을 강조하고 있다. 그렇다면 구체적으로 창작은 어떠한 힘에 의해 이루어지는 것일까?

옛날 『시경詩經』 시인들의 창작은 모두 하늘이 기를 흘려 그 언어를 헛되지 않게 한 것이다.

故古詩人之作, 皆天流氣, 使其言不空也.[15]

글을 짓는 자는 하늘과 문기文氣가 그것을 돕는다.

行文者, 天與文氣助之.[16]

문학 창작 역시 생명력의 흐름인 기, 그중에서도 문학적인 기운에 의해 이루어진다. 도교 경전인 『태평경』에서 '문기文氣'라는 용어가 처음 출현한 것은 중국 문학비평 사상 주목할 만한 일이다. 이러한 결정론 곧 문기론은 주지하듯이 후대에 이르러 위문제魏文帝 조비曹丕, 187~226에 의해 확실히 표명된다.

문학은 기를 위주로 하는데 기의 맑고 흐림에는 바탕이 있어 그것을

14) 왕밍王明, 『태평경합교太平經合校』, 686쪽. 이하 『태평경』의 도교적 문학관에 대해서는 졸고, 「太平經과 文學」, 『韓國道教의 現代的 照明』(아세아문화사, 1992) 참조.
15) 『태평경합교』, 178쪽.
16) 같은 책, 690쪽.

억지로 이룩할 수 없다.

文以氣爲主, 氣之清濁有體, 不可力强而致.[17)]

한대漢代에는 성수설星宿說에 입각한 기화우주론氣化宇宙論이 유행하였다. 즉 타고난 별자리의 기운에 따라 재능과 개성이 결정된다는 점성술적 관념이다. 『태평경』에 이어 조비는 이 관념을 끌어와 문학의 발생을 규정하고 창작 개성의 문제를 논하였다. 이러한 기와 문학 간의 관계에 대한 원론적인 탐구들에 이어, 양梁의 종영鍾嶸, 468~518은 보다 구체적으로 기와 문학감정의 문제에 대해 언급한다.

기가 사물을 움직이고 사물이 사람을 느끼게 하니, 이에 따라 타고난 감정이 요동하여 그것이 춤과 노래로 나타난다.

氣之動物, 物之感人, 故搖蕩性情, 形諸舞詠.[18)]

여기에서 사물이 뜻하는 것은 주로 자연이다. 자연과 인간이 기의 작용에 의해 순차적으로 생성, 소통하는 과정 속에서 문학감정이 발생하는 것으로 보고 있다. 종영의 언급을 보면 자연과 인간의 관계가 언뜻 일방적인 것처럼 보이지만, 이는 문학감정의 시발의 측면을 두고 말한 것일 뿐 창작의 전 과정에서 볼 때 궁극적으로 양자의 관계는 상호소통적이다. 종영과 동시대의 평론가인 유협劉勰, 465~521은 이에 대해 다음과 같이 말한다.

17) 조비曹丕, 『전론典論』「논문論文」.

18) 종영鍾嶸, 『시품詩品·서序』. 이러한 감물설感物說의 단초는 사실 이미 전국시대의 『악기樂記』에서 보인다. "마음의 움직임은 사물이 그렇게 시킨 것이다人心之動, 物使之然"이라는 언급이 그것이다.

전망 좋은 곳에 올라 시를 짓는다는 취지를 탐구해보건대 대개 사물을 보고 정감을 일으킨다는 의미이다. 정감은 사물에 의해 일어나므로 그 뜻이 반드시 분명하고, 사물은 정감에 의해 보여지기 때문에 그 말이 반드시 아름답다.

原夫登高之旨, 蓋睹物興情. 情以物興, 故義必明雅. 物以情觀, 故詞必巧麗.[19)]

사물과 정감 곧 자연과 인간은 문학을 통해 평등하게 소통하는 관계에 놓인다. 자연은 인간의 내적 정서를 촉발시키지만 인간은 다시 언어표현에 의해 외계 자연을 드러낸다. 이는 생태학적으로 환류[環流, feedback]의 과정을 수행하는 것과 같다. 결국 원시도가에서 생명력의 흐름을 표상했던 기에 의해 문학의 발생·존재·작용의 전 기제가 입각해 있는 중국의 전통문학은, 궁극적으로 자연과 인간의 조화로운 공존에 바탕한 생명의 문학을 지향한다고 말할 수 있다.[20)] 에이브럼스[M. H. Abrams]는 일찍이 그의 『거울과 등불[The Mirror and the Lamp]』에서 작품을 중심으로 우주·예술가·청중과의 관계에서 형성된 예술이론의 네 가지 범주(모방론·효용론·표현론·존재론)를 간단한 개념도(표 1)로 표시한 적이 있는데, 비교문학자 리우루오위[劉若愚]는 이 개념도를 참작하여 중국 전통문학의 이론 범주를 위한 새로운 개념도(표 2)를 고안하였다.[21)] 에이브럼스와 리우의 도식화의 의도가 꼭 같지는 않기 때문에 평행비교할 수는 없지만 중국 전통문학의 경우, 자체만으로도 생태학적 취지가 충분히 드러나 보임을

19) 유협劉勰, 『문심조룡文心雕龍』「전부詮賦」.

20) 따라서 바람직한 문학의 달성을 위해 생명력 곧 기의 함양을 창작 전의 준비단계로 인식하는 것은 중국의 전통문학이 갖는 고유한 특성이라 할 것이다. 유협은 이 때문에 그의 『문심조룡』에서 특별히 「양기養氣」편을 설정하기까지 하였다.

21) James J. Y. Liu, *Chinese Theories of Literature*, Chicago, The University of Chicago Press, 1975, pp. 9~10.

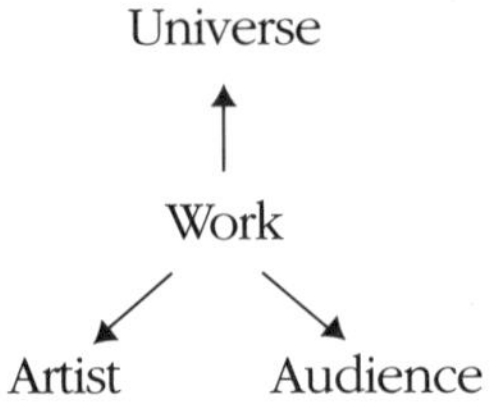

표 1

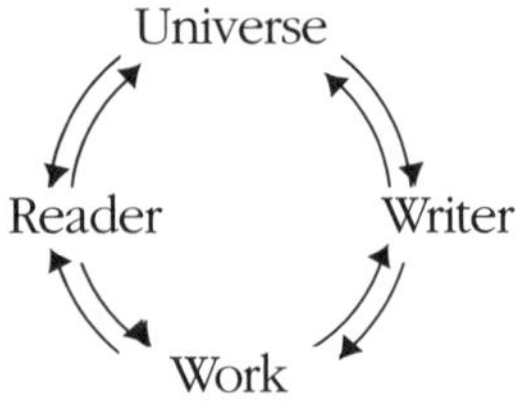

표 2

알 수 있다. 그것은 마치 하나의 거대한 시스템 안에서 각 단위들이 상호소통하며 순환하는 전 생태계의 개념도와 흡사한 것이다.

3. 정경교융의 시학 그리고 『그 여자네 집』

앞서 유협의 언급에서 본 문학을 통한 자연과 인간의 상호작용은 생태학적 의미에서 일종의 환류와 같은 현상으로, 그것의 기본 이념은 여전히 고대 중국의 천인합일론에 근거해 있다 할 것이다. 이제 우리가 실제 창작과 비평 방면에서 이러한 작용의 유력한 실례로서 거론할 수 있는 것은 바로 정경교융의 시학이다. 자연을 음영吟詠하는 산수시의 전통은 중국문학에서 중요한 조류 중 하나인데, 정경교융론은 주로 여기에서 계발되어 나온 시학상의 이론으로 정과 경은 감정과 경물, 곧 인간과 자연을 말한다.

정경교융론을 먼저 창작 방면에서 살펴보기로 하자. 시인이 관찰하는 자연 대상이 경景이고 마음속의 생각이 정情이라 할 것인데 창작은 이 경과 정이 융합되는 과정 속에서 이루어져야 한다. 원元의 양재楊載, 1271~1323는 이 과정을 다음과 같이 설명한다.

> 경물을 묘사할 때에는 경물 속에 의미를 깃들이거나 사실 속에서 경물을 볼 수 있도록 해야 하는데, 세밀하고 담담하되 진부하거나 화려함을 피해야 한다. (……) 의미를 표현할 때에는 의미 속에 경물을 담아 논의가 분명하도록 해야 한다.
>
> 寫景, 景中含意, 事中瞰景, 要細密清淡, 忌庸腐雕巧. (……) 寫意, 要意中帶景, 議論發明.[22]

인간과 자연이 고립적으로 존재할 수 없는 것처럼, 정과 경 역시 작품 속에서 반드시 공존해야 한다는 것이 정경교융론의 기본 입장이다. 따라서 창작에 있어서 '경중함의景中含意'와 '의중대경意中帶景'을 추구하는 것은 정과 경이 결코 주객의 대립적인 관계가 아니라 융합, 통일되어야 할 관계이며, 어느 한쪽에 치우치지 않고 양자가 겸비되어야 고도의 형상미와 의미함축이 동시에 이루어질 수 있다고 보기 때문이다. 그러므로 이러한 창작과정의 결과인 개별 작품에 대한 감상 및 비평도 동일한 원리를 규범으로 삼게 된다. 청淸의 왕부지王夫之, 1619~1692는 이렇게 말한다.

22) 양재楊載, 「시법가수詩法家數」『역대시화歷代詩話』, 臺北, 藝文印書館, 1974, 471쪽.

정과 경은 이름은 둘이나 사실상 떨어질 수 없다. 신령한 시는 두 가지가 묘하게 합치되어 경계가 없다. 뛰어난 작품은 정 속에 경이 있고 경 속에 정이 있다. 경 속에 정이 있는 것은 예컨대 "장안의 조각달"과 같은 것으로서, 홀로 빈방을 지키며 멀리 있는 임을 그리워하는 감정이 절로 드러나 있다. (……) 정 속에 경이 있는 경우는 구성지게 써내기가 더욱 어려운데, (……) "친지들로부터는 소식 한 자 없고, 늙고 병든 몸 쪽배 한 척에 의지할 뿐." (……) 일찍이 짐짓 두보杜甫의 처지가 되어 난간에 기대 멀리 바라보자 마음속에 이 두 개의 글귀가 문득 떠올랐는데, 이 또한 정 속에 경이 있는 것이다.

情景名爲二, 而實不可離. 神於詩者, 妙合無垠. 巧者則有情中景, 景中情. 景中情者, 如長安一片月, 自然是孤棲憶遠之情, (……) 情中景尤難曲寫, (……) 親朋無一字, 老病有孤舟, (……) 嘗試設身作杜陵憑軒遠望觀, 則心目中二語居然出現, 此亦情中景也.[23)]

"장안의 조각달長安一片月"은 이백李白의 「자야오가子夜吳歌」의 첫 구절인데, 멀리 변방으로 수자리 살러 간 임을 그리는 이 시에서 이백은 '정을 경 속에 담는以情入景' 수법으로 조각달이라는 경과 외로움이라는 정을 융합시켰다. 또 "친지들로부터는 소식 한 자 없고, 늙고 병든 몸 쪽배 한 척에 의지할 뿐親朋無一字, 老病有孤舟"은 두보杜甫의 「등악양루登岳陽樓」의 한 구절로, 당시 전란 속에 유랑하던 자신의 고단한 신세를 '경을 정 속에 담는以景入情' 수법으로 잘 그려냈다. 역시 외로움이라는 정과 쪽배라는 경이 융

23) 왕부지王夫之, 「석당영일서론夕堂永日緖論 · 내편內篇」 『강재시화薑齋詩話』.

합되면서 이미지가 증폭됨을 알 수 있다. 그러나 정경교융론에서 최상의 경지로 간주하는 것은 왕부지도 얘기했듯이 정과 경이 "묘하게 합치되어 경계가 없는妙合無垠" 상태이다. 이는 장자의 "만물이 나와 함께 하나가 된萬物與我爲一" 경지의 시적 체현으로, 자연이 나인지 내가 자연인지 분간할 수 없는 물아일체의 상태라 할 것이다. 이 점을 유념하면서 다음 시를 읽어보자.

吳頭楚尾路如何, 오나라의 초입, 초나라가 끝나는 그 길,
煙雨秋深暗白波. 안개비에 가을은 깊어가고 물결은 희끄무레.
晩趁寒潮渡江去, 저물녘 차가운 조수 밀려오는 강을 건너자니,
滿林黃葉雁聲多. 온 숲의 누런 잎 사이로 기러기 소리 많다.

왕사정王士禛, 1634~1711의 「강상江上」이라는 시이다. 변경의 호젓한 길을 지나는 나그네의 우수를 담담하게 그려낸 절창이다. 이 시에서는 표면상 어떠한 주관적 정감도 표백되고 있지 않다. 시인은 그저 여로의 가을 경물만을 묘사하고 있는 듯하다. 그러나 그 가운데에는 이미 객수客愁가 스며들어 있으니, 마지막 구의 "기러기 소리 많다雁聲多"를 통해 살며시 정이 경에 실린 것이다.[24] 이는 정감에 의해 경물이 물든 것이 아니라 '정감을 녹여 경물에 이입融情入景'[25]시킨 것으로 흔히 말하는 감정이입과는 다른 차원의 '융합' 혹은 '포개짐'이다. 따라서 시인의 시선은 자신으로부터가 아니라 짐짓 경물의 입장에서 경물을 바라보는 유연悠然한 것이다.[26] 바야흐로 이때 이 시는 주객을 초월한

24) 기러기는 고래로 먼 곳에 대한 그리움, 소식 등을 상징해 왔다.

25) 저우쉰추周勳初, 『중국문학비평소사中國文學批評小史』, 咸寧 : 長江文藝出版社, 1981, 175쪽.

26) 유연悠然함! 그렇다, 저 도연명이 "동쪽 울타리 아래에서 국화를 따들고 물끄러미 남산을 바라보採菊東籬下, 悠然見南山"던 그 유연함인 것이다. 이는 장자의 '이물관지以物觀之' 론의 시학상 운용이다.

소상강瀟湘江 쓸쓸한 가을 강 풍경의 전형으로 잘 알려져 있다. 북송北宋 조사뢰趙士雷의 〈상향소경도湘鄕小景圖〉.

정경교융의 의경에 도달한다. 물아양망物我兩忘, 경물이 나인지, 내가 경물인지를 구분할 수 없는 경지인 것이다. 시적 이미지의 함축은 여기에서 극도로 이루어진다. 우리는 시를 덮어도 여운이 끊임없이 반향하는 것을 느낄 수 있다. 바로 이 순간 이 시로부터 받은 느낌, 이 시의 분위기를 무어라고 표현하면 좋을까? 고담孤澹[27]하다고 하면 어떨까? 담담하긴 하지만 무언가 외롭고 쓸쓸한 분위기, 그것을 고담하다고 표현할 수 있겠다.

중국의 전통시학에서는 이처럼 작가의 기질과 개성, 기법이 빚어낸 작품의 특유한 정조를 풍격風格이라고 하여 압축된 두 글자로 표현하는 경향이 있다. 풍격은 작품의 심미적 경지를 가늠하는 중요한 척도로 인식되었고 이에 대한 논의는 비평의 핵심을 이루었다. 그것은 작품과 감상자 사이에 작용하는 일종의 분위기 혹은 은밀한 교감[28]이라는 측면에서 벤야민W. Benjamin의 아우라aura 개념과 비슷한 점이 있다. 아울러 아우라가 예술작품의 주술적, 비의秘儀적 속성에 기인함과 같이 풍격 역시 생기

27) 이 말은 사실 소동파가 도연명 시의 풍격을 두고 한 말, '고담枯澹'으로부터 착상된 것이다.

28) 반성완, 『발터 벤야민의 문예이론』, 민음사, 1998, 378쪽.

론적 세계관에 근거하고 있다는 점[29]에서도 양자는 공통점이 있다. 다만 벤야민은 아우라를 고대의 예술작품에 한정하여 너무 신비화시킨 데 비해 풍격은 시공간적 제약을 받지 않으며 어느 정도 객관화시킬 수 있다는 데 큰 차이가 있다. 그런데 작품 전체의 독특한 정조를 뜻하는 풍격은 문학생태학과 관련하여 각별한 의미가 있다. 모든 생태적 표상은 과학적 지식과는 달리 총괄적 비전[30]으로서 우리에게 다가온다. 따라서 작품의 미감을 분위기에 의해 전일적으로 파악하려는 풍격론은 생태주의 문학에 적합한 비평방식으로서 적극 검토될 필요가 있다.

이제 앞의 논의들을 바탕으로 오늘의 작품을 읽어보자. 김용택의 시집 『그 여자네 집』[31]은 근래 우리의 녹색문학이 거둔 성과와 관련하여 특별히 주목되는 면이 있다. 그의 시는 물론 이전부터도 강한 자연친화성을 보여왔지만 이 시집에 이르러서는 단순히 환경위기를 고발하거나 혹은 자연의 미덕을 예찬, 가송歌頌하는 단계를 넘어, 지금은 대부분 사라져 아련해진 농경시대의 천인합일적 감성을 자연스러운 절주節奏와 고도의 생태미학적 의경을 통해 훌륭히 재현해내고 있기 때문이다.

그는 이렇게 고백한다.

> 아버님은
>
> 풀과 나무와 흙과 바람과 물과 햇빛으로
>
> 집을 지으시고
>
> 그 집에 살며

29) 풍격을 결정하는 중요한 요소는 앞서의 문기론적 관념에 의거할 때 타고난 기이다. 물론 작가의 후천적인 경험도 간과할 수 없는 요소이다. 그러나 중국 전통문학의 경우 비중은 대체로 전자에 두어졌다.

30) 박이문, 「생태학과 예술적 상상력」, 『현대예술비평』 1991년 겨울호, 32쪽.

31) 김용택, 『그 여자네 집』, 창작과비평사, 1998.

곡식을 가꾸셨다

나는

무엇으로 시를 쓰는가

나도 아버지처럼

풀과 나무와 흙과 바람과 물과 햇빛으로

시를 쓰고

그 시 속에서 살고 싶다

—「농부와 시인」 전문

그의 시의 질료는 화·공·수·토의 사원소이기도 하고 금·목·수·화·토의 오행이기도 하다. 이른바 물질적 상상력에서 문학이 발원한다는 바슐라르적 사고는 고대 중국의 감물설感物說[32]에서도 보이거니와 그 질료를 갖고 시를 빚어내는 문학행위는 그의 아버지가 행했던 농사짓는 일과 다르지 않다. 이 동일시는 농사가 자연의 순환을 따르듯이 시작詩作도 생태를 닮아야 한다는 그의 믿음에서 비롯된 것이리라. 이 글의 제사題詞에서 저 백거이가 시작을 한 그루의 나무가 열매를 맺기까지의 과정으로 비유한 것처럼.

이같은 시인의 소망이 구현되고자 할 때 정감은 결코 경물과 떨어져 존재하지 않는다. 그것이 지극한 슬픔일지라도.

32) "마음의 움직임은 사물이 그렇게 시킨 것이다人心之動, 物使之然."(『악기樂記』)

이별은 손끝에 있고

서러움은 먼데서 온다

강 언덕 풀잎들이 돋아나며
아침 햇살에 핏줄이 일어선다
마른 풀잎들은 더 깊이 숨을 쉬고
아침 산그늘 속에
산벚꽃은 피어서 희다
누가 알랴 사람마다
누구도 닿지 않은 고독이 있다는 것을
돌아앉은 산들은 외롭고
마주보는 산은 흰 이마가 서럽다
아픈 데서 피지 않는 꽃이 어디 있으랴
슬픔은 손끝에 닿지만
고통은 천천히 꽃처럼 피어난다
저문 산 아래
쓸쓸히 서 있는 사람아
뒤로 오는 여인이 더 다정하듯이
그리운 것들은 다 산 뒤에 있다
사람들은 왜 모를까 봄이 되면
손에 닿지 않는 것들이 꽃이 된다는 것을

—「사람들은 왜 모를까」 전문

기나긴 칩거의 기간이 끝나는 봄은 모든 것이 다시 시작되는 계절, 이별의 아픔 역시 이 계절에 새록새록 일어난다. 그 서러움은 마치 돋아나는 풀잎의 엽맥처럼, 산그늘 속의 벚꽃처럼 자연 속에 아름답게 배어난다. 꼭 이별의 심사가 아니어도 좋다. 어떤 종류든 "누구도 닿지 않은 고독"을 지닌 사람이란 이 화려한 봄에 "돌아앉은 산"이나 "저문 산 아래/쓸쓸히 서 있는 사람"처럼 절대의 외로운 형국이다. 그러나 그 서러움, 그 고독 등 "손에 닿지 않는 것들"은 봄이 되면 곱게 피어나는 꽃처럼 성숙하고 아름다운 상념으로 거듭난다. 왜 꽃인가? 꽃은 봄산의 정화이다. 그것은 겨우내 "손에 닿지 않는" 모습으로 있다가 어느 날 우리 앞에 봄산의 전모로서 다가오기 때문이다. 이러한 의미에서 우리는 서러움과 고독이 자리했던 '먼데' 라든가 '더 깊이' '산그늘' '돌아앉은 산' '저문 산' 등의 표현들이 주는 음유陰柔한 이미지에 주목할 필요가 있다. 노자는 일찍이 사물의 수동적, 여성적 성향을 도의 속성으로 찬미한 바 있지만 이 겸허한 상태들이야말로 삶의 진상, 전모에 가장 가까이 다가갈 수 있는 자리인 것이다. 이제 사람들은 비로소 알게 된다. 봄이 되면 "손에 닿지 않는 것"들이 왜 꽃으로 곱게 피어나는지를.

이 시는 풍격이 처완凄婉[33]하여 마치 다감多感한 정사情詞를 읽는 듯하다. 시인은 첫 두 행을 봄의 깊은 정한情恨 속에 경물을 담은 정중경의 시상으로 일으켰고, 다음의 제3행 '강 언덕 풀잎들이……' 로부터 제7행 '산벚꽃은 (……) 희다' 까지는 이정입경以情入景의 기법으로 경중정의 국면을 빚어 첫 두 행에 대응시켰다. 제8, 9행은 순수한 정어情語이다. 그리고 이후는 의미 단락에 따라 경중정과 정중경의 대응이 반복되다가 마지막 두 행을 정중경으로 귀결지어 첫 두 행에 조응시켰다. 따라서 정경

33) 슬프고 아리따움.

교융론적 입장에서 이 시의 진행을 살펴볼 때 전반적으로 정어가 경어보다 우세한 가운데 정중경의 시정詩情을 이룩하고 있음을 알 수 있다. 이 시의 정조가 담백한 의경을 보여주지 않고 결국 처완함에 흐른 것은 여기에 연유가 있다. 그러나 봄의 정한이 오로지 비감悲感하게만 느껴지지 않는 것은, 정감 속에 경물을 담아 정감이 자연의 물성物性에 의해 조절되어 "애틋하되 마음 상하지 않는哀而不傷" 경지로 나아갔기 때문이었다.

순창의 섬진강변 김용택 시인의 고향이자 그의 시의 무대이다.

그렇다면 자연으로 시를 쓰고 그 시 속에서 살기를 소망하는 시인의 궁극적 의경은 어떠한 것일까? 우리의 눈앞에는 방금과는 다른 풍격의 작품이 놓여 있다.

바람 없는 날
저문 산머리에서 산그늘 속을 날아오는
꽃잎을 보았네
희고 고운 몸짓으로
물에 닿으며
물 깊이 눈감는 사랑을 보았네

아아, 나는 인자 눈감고도 가는
환한 물이네

―「봄」 전문

자연은 우리에게 좀처럼 그 속내를 드러내지 않는다. 다만 어느 한순간 마치 방심한 듯이 스스로의 이치를 노출한다. 시인은 그 순간을 놓치지 않는다. 첫 부분의 '바람 없는' '저문' '산그늘' 등으로 표현되는 허정虛靜[34]한 순간, 바로 그 순간에 자연은 진상을 드러낸다. 무엇으로 드러내는가? 바로 꽃잎으로. 시인에게 꽃잎은 각별한 의미를 지닌다. 다른 시편에서 그것은 "흰 자갈 위로 흐르는 물 위에/하얀 꽃잎처럼 떠서/나도 이 세상에 귀를 열 수 있다면/눈을 뜰 수 있다면"(「강천산에 갈라네」)처럼 세상으로 향하는 자연의 전언傳言이다. 꽃잎의 이러한 이미지는 어디로부터 왔는가? 놀랍게도 그것은 저 도연명의 「도화원기桃花源記」에서 비롯한 한 의상意象과 닿아 있다.[35] 어느 봄날 한 어부가 고기를 잡으며 상류로 가다가 복사꽃이 흩날리는 아름다운 광경을 본다. 그리고 강이 끝나는 지점에서 배를 버리고 계곡으로 들어갔다가 무릉도원武陵桃源에 이른다. 이 낙원 탐색 설화 속의 복사꽃은 후대 시인들에 의해 낙원의 표지로 회자된다. 예컨대 "도화야 떠지지 마라 어주자漁舟子 알가 하노라"[36]에서처럼 물 위로 떠내려오는 복사꽃잎, 그것은 낙원을 암시하는 징표이다. 시인은 여기에서 꽃잎을 자연의 오의奧義를 간직한 존재로 상념한다. 허정의 숲으로부터 날아온 이 꽃잎이 사뿐히 계류에 뜰 때 시인은 자연의 깊은 이치를 관조한다. 그 이치는 여기에서 범애汎愛적인 '사랑'으로 표현된다. 만물이 함께 살아가는 자연의 이치, 그 생태의 섭리를 시인은 '사랑'으로 보았으리라. 관조의 구경究境은 무엇인가? 시인은 이제

34) "텅 빔이 극에 이르고 고요함을 지킴이 도타와지면 만물이 모두 일어나고 나는 그 모든 것들이 되돌아감을 본다致虛極, 守靜篤. 萬物並作, 吾以觀復."(『노자』 제16장)

35) 우연의 일치일까? 김 시인의 작품 중에는 고전 숙어 즉 전고典故의 활용처럼 보이는 대목들이 있다. 예컨대 「세상의 길가」의 "내 가난함으로/세상의 어딘가에서/누군가가 배부릅니다/내 야윔으로 세상의 어딘가에서/누군가가 살이 찝니다"와 같은 구절들은 『신당서新唐書』「한휴전韓休傳」 중에 보이는 당唐 현종玄宗 고사의 탁월한 운용처럼 보인다. 현종이 현신 한휴의 간언諫言에 시달려 우울해하는 것을 보고 측근이 염려의 말을 올리자 현종이 "짐은 말랐지만 천하는 살쪘다吾雖瘠, 天下肥矣"라고 했다는 유명한 에피소드가 있다.

36) 이황李滉, 「청량가清凉歌」. 전문은 다음과 같다. "清凉山 六六峯을 아나니 나와 白鷗/白鷗야 헌사하랴 못 믿을 손 桃花로다/桃花야 떠지지 마라 漁舟子 알가 하노라."

무릉도원武陵桃源 깊은 산속에 복숭아꽃 핀, 살기 좋은 마을이 있다. 명明 주신周臣의 〈도화원도桃花源圖〉.

'눈감고도 가는/환한 물' 처럼 된 자득自得의 경지를 노래한다. 꽃잎을 띄우고 하염없이 흘러가는 물, 그 물에서 우리는 무릉도원을 발견하지 않았던가?

이 시는 풍격이 청완清婉[37]한 것이 마치 물 속에 잠긴 옥과 같다. 시인은 첫 부분(제1~3행)에서 온전히 경어景語로서 시상을 일으켰고, 점차 경물 속에 정감을 담아 경중정의 국면을 이룩했다가, 마지막(제7~8행)에서 다시 첫 부분과 조응하여 경어로서 시상을 종결했다. 전체적으로는 경물이 정감보다 우세하여 경중정의 의취가 짙다. 이 시의 정조가 담백한 것은 시인의 시선이 비록 내심으로부터 나왔으나 가급적 경물의 입장에서 경물을 보려 하는 자세를 취하고 있기 때문이다. 따라서 이 시는 물아일체에 가까운 의경을 보여준다. 그러나 '가깝다' 고 표현한 것은 앞서 예시했던 왕사정의 시와는 달리 관조하는 주체가 여전히 살아 있기 때문이다. 물론 현실적으로 주체가 완전히 잊혀지는 경우는 작품화의 과정을 거치는 한 불가능하다. 그러나 그 경지를 어느 정도까지 의제擬制해낼 수 있느냐를 두고 정경교융의 정도를 가늠할 수는 있을 것이다. 이러한 의미에서 비록 동양권일지라도 오늘의 시인들의 생태시가 오히려 영국 낭만주의 시인들의 의경과 흡사한 면모를 보이고 있는 것은 흥미로운 일이 아닐 수 없다.[38] 이는 이미 형성된 근대적 자아에 의해 자연과의 깨어진 관계를 회복하고자 한다는 점에서 양자가 문제의식을 공유하고 있기 때문일 것이다.

37) 맑고 아리따움.
38) 이러한 인상은 Karl Kroeber, *Ecological Literary Criticism*, New York, Columbia University Press, 1994에서의 낭만주의 문학에 대한 논의로부터 주로 받았다.

4. 맺는말

지금까지의 논의를 통하여 우리는 중국 전통문학의 생태학적 의의 및 그 예술적 구현방식에 대해 개략적으로 살펴보았다. 특히 정경교융론은 생태론적 관념을 창작과 비평 방면에서 이론화하는 데 지대한 영향을 미쳤다고 말할 수 있다. 인간은 자연과 서로 의사소통하고 융합하는 과정에서 강한 '생명의 연대성'을 확인하고 끊임없는 자연의 생명력을 길어올 수 있다. 이러한 이치의 문예적인 수행을 통해 중국의 시가는 '언어는 다해도 의미가 다하지 않는言盡而意不盡' 무궁한 의미의 함축성을 추구하게 되었으며, 노자의 이른바 '움직일수록 바람이 더욱 쏟아져나오는動之愈出' 풀무와도 같이 풍부한 시적 '자미滋味'를 자아낼 수 있게 되었다. 중국 전통문학의 이같은 성과는 오늘날 현안이 되고 있는 문학생태학의 이론 구축과 관련하여 깊이 음미되어야 할 것이다.

그러나 근대 이후 문학이론의 세계는 다양성을 추구하지 않고 제1세계 이론을 표준으로 획일화의 길을 걸어왔으며, 최근 모든 방면에서 가속화되고 있는 전 지구화의 추세는 기존의 이러한 경향을 오히려 새로운 지배론의 차원에서 심화시킬 가능성이 있다. 따라서 점증하는 문화적 획일주의의 상황에서 다양한 지역문화의 '저항'은 공생적, 호혜적 문화의식의 수립을 위해 필요하고도 자연스러운 현상이라고 말할 수 있다. 동아시아의 전통문학이 고증적 탐구의 대상에 그치지 않고 이제 생동하는 문학현실 속에서 다시 논의되어야 할 이유가 여기에 있다. 향후의 과제는 앞서 살펴본바 동아시아의 전통문학에 내장된 생태학적 사유 및 그 구현방식이 현행의 세계문학에 대해 갖는 치유적, 상호보완적 기능을 보다 면밀히 검토하고 구체적 현실 속에서 그 힘을 예증해나가는 일이라 할 것이다. 이 글은 이러한 구상의 일환으로서 행해진 한 작은 시도에 불과하다.

7

소설문법의 다원화와 전통소설론적 독법

-이문열의 『황제를 위하여』

우리는 이문열 문학을 보다 전면적으로 이해하기 위해 항용의 방식과는 다른 독법을 시도하고 이론을 정립해볼 필요가 있는 것이다. 그것은 이문열의 작품에 담긴 전통성을 그대로 읽어줄 문법을 찾아내는 일이어야 할 것이며 단순한 '얘기꾼'의 솜씨에 그치지 않고 서사가 의미를 구조화한다는 점을 유념, 새로운 문법에 의해 이문열 문학의 세계관, 의미내용 등을 재정의해야 할 것이다. 그렇다면 여기에서의 새로운 문법이란 무엇인가? 그것은 전통적인 방식에 대한 역설적인 표현이다.

꿈은 혼자 꾸면 꿈이지만 여럿이 꾸면 현실이 된다.

—헬더 카마라 대주교

1. 이문열 비평, 무엇이 문제인가?

이문열은 우리 현대문학의 노정에서 중요한 경험이다. 이 사실을 부인할 사람은 아마 거의 없을 것이다. 특히 80년대를 중심으로 한 그의 왕성한 창작활동은 평론가들로 하여금 그를 그 시기가 낳은 최대의 문제작가로 지목하게 하기에 부족함이 없었다. 그에 대한 찬사만 하더라도, 가령 이동하는 그의 소설을 "우리의 정신적, 이념적인 삶 전체를 반성케 하는 거울"[1]로 보았고, 유종호는 그의 유려한 문체를 달성케 한 미덕으로 "능란한 얘기꾼의 솜씨"[2]를 지적했으며, 조남현은 그의 소설이야말로 우리로 하여금 "매너리즘이나 도그마에 빠져드는 것을 끊임없이 일깨워주게 하는 것"[3]으로 평가했다. 그러나 그에 대한 비판은 찬사만큼, 아니 그 이상으로 거세다. 가령 앞서 이동하나 유종호의 찬사도 일정한 비판과 동시에 이루어진 것이지만 성민엽 역시 그의 "개인과 자유를 향한 열망"을 긍정하면서도 그것이 궁극적으로 "미래에의 폐쇄와 전망의 결여"로 귀결됨을 지적한다.[4] 아울러 권성우는 그의 글쓰기에 대해 "방법론의

1) 이동하, 「낭만적 상상력의 세계인식」, 『이문열론』, 삼인행, 1991, 55쪽.
2) 유종호, 「능란한 이야기 솜씨와 관념적 경향」, 같은 책, 75쪽.
3) 조남현, 「소설 공간의 확대와 사상의 실험」, 같은 책, 156쪽.
4) 성민엽, 「개인과 자유를 향한 열망」, 같은 책, 88쪽.

자동화현상"[5]을 경계하며 구모룡은 그의 문학의 비전을 "시대착오적 유토피아니즘"[6]으로 규정한다. 이문열 문학에 대한 가장 엄혹한 비판은 김명인에 의해 주어진다. 다른 비평가들에 비해 유례없이 꼼꼼한 작품읽기를 행한 후 김명인은 이문열을 "체제의 충성스런 수호자"로, 그의 문학을 "탈이념, 탈역사의 전도서"로 낙인찍은 것이다.[7] 훼예毁譽와 포폄褒貶이 엇갈렸다고 하지만, 기실 주로 80년대에 이루어진 그에 대한 평가는 "보수반동적 세계관에다 상업주의적 기량을 적당히 갖춘 천박한 이야기꾼"[8]이라는 극단의 폄하가 가능했듯이 당시의 이념적 주조主潮에 의해 다소 불리했다고 말할 수 있다. 따라서 90년대에 들어와서 이문열 문학에 대한 재평가의 조짐이 인 것은 당연한 이세理勢라고도 할 수 있다. 류철균이 그간의 이문열 문학에 대한 왜곡을 안타까워하면서 "당대 비평의 편협한 현실개념으로부터"[9] 벗어나 이문열 문학의 전통성과 현실주의의 상관성을 논한 것이나, 김욱동이 "시대와의 불화"에 기인한 "비평적 불균형"[10]을 시정하고자 지금까지의 비평방식을 지양하고 보다 객관적인 형식주의 접근방법을 취한 것 등이 그러한 시도의 일환이다.

이 글에서의 논의도 아마 결과적으로는 상술한 시도들과 상관될지 모른다. 그러나 이 글의 출발은 이문열 문학에 대한 찬사와 비판, 그 어느 쪽에 대한 불만으로부터가 아니고 지금까지의 이문열 평론(여기에는 90년 이후의 그것도 포함된다)에서 한 가지 중요한 시각 내지 방법론적 인식이 결락缺落되어왔다는 문

5) 권성우, 「작가에게 보내는 젊은 비평가의 편지」, 같은 책, 26쪽.
6) 구모룡, 「상실과 환멸, 그리고 관념의 문학」, 같은 책, 103쪽.
7) 김명인, 「한 허무주의자의 길찾기」, 같은 책, 191쪽.
8) 김명인, 같은 글, 163쪽.
9) 류철균, 「이문열 문학의 전통성과 현실주의」, 『이문열』, 살림, 1993, 10쪽.
10) 김욱동, 『이문열』, 민음사, 1994, 8~9쪽.

제의식으로부터 비롯한 것이다. 그것은 무엇인가? 그 어떤 비판자일지라도 부정할 수 없는 이문열 문학의 높은 대중성, 아울러 80년대의 그 혹독한 책난責難 속에서도 이문열을 지탱케 해주었던 사실상의 저력이라 할 이 대중성의 비밀에 대해 평론가들은 여러 가지로 설명을 시도해왔다. 유종호의 예의 "능란한 얘기꾼의 솜씨"라는 지적을 비롯, 낭만성, 세련된 교양주의, 유려한 미문 등이 독자를 사로잡는 이문열 문학의 매력으로 흔히 거론되어왔다. 그러나 이러한 사항들이 이문열에 대한 찬사로 곧바로 이어졌는가는 회의적이다. 유종호의 지적은 이문열 자신이 억울하다고 고백했듯이[11] 결코 찬사로서만 기능하지 않았으며, 아닌게 아니라 권성우는 이를 근거로 이문열의 창작을 예의 "방법론의 자동화현상"으로 규정하기까지 했다. 이문열의 대중성, 그리고 그 요인에 대한 평론가들의 긍정적이지 않은 시선은 김명인이 상술한 세목들의 다양한 변주를 이문열 문학의 매력으로 인정하면서도, 결국 그것이 뿜어내는 이념 혐오, 탈현실의 독기를 대중들이 감당치 못할까 걱정하는 데에서 노골적으로 표현된다.

이 글의 문제의식은 바로 우리 평론에서의 이러한 경향과 상관된다. 지금까지 평론가들은 이문열의 광범한 대중성의 요인을 피상적으로 해명하는 데에만 그쳤으며 더더욱 중요한 것은 이문열의 대중성에 대해 그들의 항용의 접근방식에 기인한 모종의 편견이 가해졌다는 사실이다. 이 사실이 이문열 문학 전반에 대한 평가에서도 불리하게 작용하였음은 물론이다. 그렇

11) 이위발, 「작가 이문열에게 듣는다」, 『이문열론』, 194쪽.

다면 평론가들이 일반적으로 갖고 있는 모종의 편견의 실체는 무엇인가? 그것은 다름아닌 그 동안 보편적인 접근방식으로서 누구도 부인하지 않았던 제1세계의 세계관 및 문학이론이다. 제1세계의 근대문학이 제국주의 및 자본주의의 발흥과 긴밀한 상관관계에 있다는 것은 탈식민주의 담론을 통해 익히 알려진 사실이다. 따라서 우리가 무심코 추구해온 제1세계 근대문학 이후의 접근방식 속에 일부라도 여타 세계의 문학에 대한 지배론적, 주변화의 계기가 배태되어 있을 것이라는 가정은 무리한 발상이 아니다. 이때 발생할 수 있는 염려스러운 메커니즘은 비서구적인 것은 대부분 통속적이고 저열한 것이라는 등식관계이다. 그런데 앞서 나열된 이문열의 대중성과 관련된 세목들은 사실상 전통성과 깊은 상관이 있다. 이 전통성은 이동하가 "소멸해가는 과거에 대한 병적인 그리움"[12]으로 규정한 이래 다수의 평론가들이 이문열의 세계관을 보수주의라든가 복고주의 혹은 후향사관後向史觀으로 비판하는 근거가 되고 있어, 실제로 이문열 문학의 중요한 뿌리라 할 수 있다. 따라서 우리가 이문열의 대중성을 논하면서 자신도 모르게 전술한 메커니즘을 발동시켜 이문열 대중성의 실체인 전통성을 '비서구적=통속적' 이라는 등식으로 주변화시켜왔을 가능성을 배제할 수 없다. 그렇다면 이문열의 글쓰기에 대한 권성우의 "방법론의 자동화 현상"이라는 비판은 평론가들 자신의 글읽기에도 그대로 적용되어야 할 것이다. 권성우의 "『황제를 위하여』는 중국 경전이나 비기秘記에서 인용되는 어구들이 눈에 거슬렸지만 비교적 재

12) 이동하, 앞의 글, 32쪽.

미있게 읽었던 것으로 기억합니다"[13] 라는 진술은 이 글에서의 문제의식이 왜 필요한가를 단적으로 보여준다. 그렇다. 우리 평론에서 중국 경전 얘기 따위는 눈에 거슬리는 존재인 것이다. 우리는 과연 '무엇'에 의지하여 글을 읽는가?

이 글에서의 입론의 당위성은 여기에서 분명해진다. 즉 우리는 이문열 문학을 보다 전면적으로 이해하기 위해 항용의 방식과는 다른 독법을 시도하고 이론을 정립해볼 필요가 있는 것이다. 그것은 이문열의 작품에 담긴 전통성을 그대로 읽어줄 문법을 찾아내는 일이어야 할 것이며 단순한 '얘기꾼'의 솜씨에 그치지 않고 서사가 의미를 구조화한다는 점을 유념, 새로운 문법에 의해 이문열 문학의 세계관, 의미내용 등을 재정의해야 할 것이다. 그렇다면 여기에서의 새로운 문법이란 무엇인가? 그것은 전통적인 방식에 대한 역설적인 표현이다. 오래된 것, 잊혀진 것이기에 새삼 새로운 느낌이 드는 것이기도 하고, 적어도 목전의 평론가들에 의해 창발적으로 활용된 적이 없었기에 새로운 문법인 것이다. 소설문법상의 고위금용古爲今用이 과연 가능할 것인가? 그 구체적 적용의 가능성은 어디까지인가?

그러나 이 글에서의 이러한 표명이 과거에 평론가들이 이문열의 전통성에 전혀 긍정적으로 주목하지 않았다거나 종래와는 다른 눈으로 볼 시도를 하지 않았다는 것을 의미하지는 않는다. 가령 전술한 대중성과 관련해 평론가들에 의해 파악된 피상적인 세목들은 물론이거니와 유종호·성민엽 등은 그의 기품 있는 의고문체擬古文體에 대해 상찬한 바 있고, 신동욱은 그의

13) 권성우, 앞의 글, 21쪽.

창작을 "문화주체적 발상을 서사화하는 것"[14]으로까지 고평高評한 바 있다. 아울러 김현·김욱동 등은 그의 소설체재를 연의소설演義小說·장회소설章回小說 등과 관련지어 논의한 바 있다. 무엇보다도 이문열 문학의 전통성에 대한 근래의 타진은 류철균·송성욱·김일렬 등에 의해 이루어진 그의 가학家學 계보·사대부의식·고소설 전통·고전미학 등에 대한 탐구이다.[15] 그간 이문열의 문학세계에 대해 가해졌던 편견과 그로 인한 인색한 평가에도 불구하고 일단 이러한 몇 가지 논의들을 통해 이문열 문학의 전통성의 윤곽은 대체로 그려지는 것 같기도 하다. 그러나 류철균·김욱동 등의 경우를 예외로 할 때 대부분의 논의는 전론專論이 아닌 부수적인 산론散論이었으며, 류철균 등 역시 주로 배경론에 치중하여, 이 글에서 지향할 바와 같은 전통소설문법에 의한 본격적인 독해와는 성격이 다르다 하지 않을 수 없다.

이제 이 글에서는 이문열의 『황제를 위하여』를 대상으로 앞에서 의도한 바와 같은 글읽기를 시도하고자 한다. 이문열 자신이 "쓸 만한 자식 중의 하나"[16]로 기대를 표명했지만 뜻밖에도 이 작품은 평론가들로부터 그다지 주목을 받지 못했다. 후술後述할 바이지만 이 작품은 소수의 평론가들에 의해서는 이문열 문학의 백미白眉로 상찬된 바 있다. 그럼에도 불구하고 다수의 평론가들은 이 작품을 외면했다. 바로 이러한 사실이 오히려 이 글에서 『황제를 위하여』를 선택한 동기일 수도 있다. 왜냐하면 그만큼 이 소설은 다른 방식에 의해 읽힐 여지가 많은 셈이기 때문이다.

14) 신동욱, 「시대의식과 서사적 자아의 실현 문제」, 『이문열론』, 95쪽.
15) 이들의 논의는 류철균 편, 『이문열』(살림, 1993)에 수록되어 있다.
16) 이문열, 「작가의 말」, 『황제를 위하여』, 고려원, 1994, 8쪽. 그러나 중앙일보사 판(1985)의 「작가의 말」에는 이러한 언급이 없다. 이 글에서는 이후 원문 인용시 중앙일보사 판의 쪽수를 인용문 말미에 병기하도록 한다.

2. 작가의 전기적 배경

『황제를 위하여』 혹은 여타 이문열의 작품을 전통적인 관점에서 읽기 위해서는 우선 이문열의 가세家勢 및 신세身世와 관련하여 그의 전통문학에 대한 소양 정도를 추찰推察해볼 필요가 있다. 전기傳記비평이 작자와 작품의 관계를 너무 인과론적으로 볼 가능성이 큰 것은 사실이지만 친족 중심의 강력한 종법사회宗法社會인 동양의 문학전통에서 이러한 비평방식의 의미를 간단히 일축해버릴 수는 없다. 육기陸機, 260~303[17]는 「문부文賦」에서 "고전을 통해 정감을 함양하는 것頤情志於典墳"과 더불어 "선대의 빼어난 업적을 기리는 것咏世德之駿烈"이 창작 동기를 고무하는 행위임을 분명히 했다. 류철균이 이문열의 가학 배경을 모르고서는 그의 문학에 "한 치도 접근할 수 없다"[18]고 선언한 것은 다분히 과장되었으나, 기왕에 이문열 자신의 술회나 연구자에 의해 밝혀진 바대로 이문열이 영남 남인南人 학통學統의 후예로서 농후한 사족적士族的 소양을 지녔을 것이라는 사실은 그의 문학의 전통성을 파악하는 데 일정한 도움이 된다. 그에 관한 전기적 내용에 따르면 그는 고학古學이 잔존해 있는 고향에서 한문을 배우고 고전소설도 읽으면서 성장기를 보냈던 것 같다. 이 과정에서 그는 자연스럽게 한문 혹은 언문 고전문학의 클리셰cliché를 습득하게 되었을 것이다. 특히 고전소설에 대해 우리는 이와

17) 서진西晉 시기의 저명한 시인·문학이론가. 「문부文賦」는 부賦의 형식으로 문학의 창작문제를 전문적으로 논의한 작품이다.
18) 류철균, 「이문열 문학의 전통성과 현실주의」, 『이문열』, 살림, 1993, 13쪽.

관련한 몇 가지 증좌證左를 그의 현대작품 속에서 찾아볼 수 있다. 근래 절찬리에 읽히고 있는 그의 『삼국지三國志』는 평역評譯이라는 이전의 역본譯本과는 다른 형식을 취하고 있다. 그것은 고전소설에서의 원문과 평점評点의 이원二元 체재를 역문譯文 하나 속에 융합시킨 것이다. 이문열의 특이한 소설 「사로잡힌 악령」은 과거의 알 만한 재야명사在野名士를 겨냥하고 쓴 일종의 영사소설影射小說이다. 중국에서 이러한 소설의 전통은 당唐 전기傳奇인 「보강총백원전補江總白猿傳」까지 거슬러올라간다. 이 소설은 당시 서법대가書法大家였던 구양순歐陽詢의 정적이 원숭이의 형모形貌를 한 구양순을 욕보이기 위해 썼다 한다. 소설을 써서 사람을 공격하는 이러한 영사소설의 전통은 근대 초기까지도 지속된다. 복고주의자인 린쉬林紓가 「형생荊生」과 「요몽妖夢」이라는 소설을 써서 후스胡適 · 천두시우陳獨秀 등의 신문학파를 공격했던 사례가 그것이다. 이문열의 근래의 몇몇 작품, 예컨대 『이강에서』나 『홍길동을 찾아서』 등은 환상성, 비완결적 구조 등을 통해 현행 소설문법을 돌파하고자 하는 실험작들이다. 그러나 이들 역시 구비전설이나 『태평광기太平廣記』 『요재지이聊齋誌異』류의 전통소설과 친연성이 강하다. 이문열의 전기

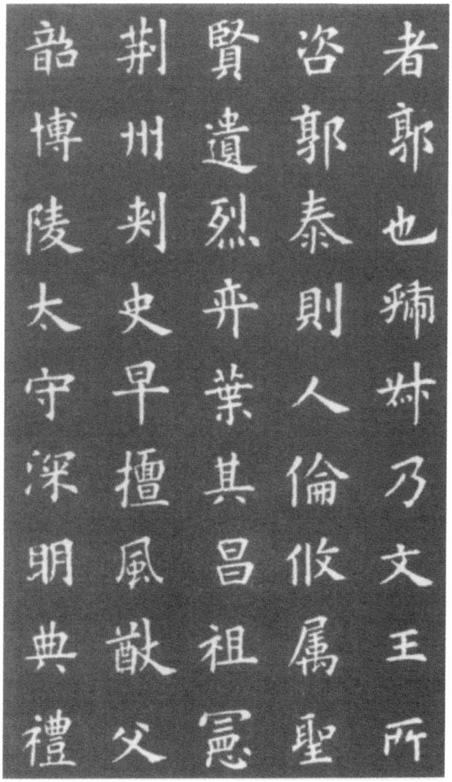

구양순歐陽詢의 글씨 구양순은 명필이었지만 용모가 볼품없었다고 한다.

적 배경과 관련하여 그의 문학에 투영된 전통성의 정도를 이처럼 가늠함으로써 이제 우리는 그의 문학에 대한 탐구를 위한 새로운 독법의 당위성을 보다 실제적인 측면에서 확인할 수 있게 되었다.

3. 작품론의 전개 양상

그렇다면 『황제를 위하여』란 과연 어떠한 소설인가? 이 작품은 본래 1980~82년 사이 2년간에 걸쳐 『문예중앙』에 연재되었던 것을 이후 단행본으로 출간한 것이다. 계룡산에 거주했던 한 유사종교의 교주인 자칭 백성제白聖帝라는 사람의 일대기 격인 이 소설에 대한 80년대식의 비평은 결국 구모룡이 제기한 "시대착오적 유토피아니즘"[19]의 범주를 뛰어넘지 못한다. 김명인도 이러한 인식 선상에서 이 소설이 "근현대사를 점철했던 우리 민족의 모든 노력을 싸잡아 풍자한" "거대한 한 판의 풍자극"[20]일 뿐이라고 그 의도를 불온시한다. 그러나 김현은 일찍이 이 소설에 주목하여 "이문열이 지금까지 쓴 것 중에서 가장 뛰어난 소설이며 한국소설이 오래 기억할 만한 소설"[21]이라고 극찬하고 그 가치를 『돈키호테』의 미덕에 비견하였다. 이들 이후 『황제를 위하여』에 대한 가장 주밀周密한 비평은 근래

19) 구모룡, 「상실과 환멸, 그리고 관념의 문학」, 같은 책, 103쪽.
20) 김명인, 「한 허무주의자의 길찾기」, 같은 책, 182쪽.
21) 김현, 「베끼기의 문학적 의미」, 『이문열론』, 265쪽.

김욱동에 의해 이루어졌다.[22] 이 작품에 대한 가장 긴 평문評文을 쓴 그 역시 『황제를 위하여』에 대해 "한국 현대소설사를 통하여서도 가장 획기적인 작품 가운데 하나"라는 칭찬을 허여許與하고 있다. 김욱동은 특히 포스트모더니즘적 시각에서 이 작품의 "낭만적 이상주의"를 80년대식처럼 비관적, 퇴영적 세계관으로 보지 않고 심오한 형이상학적 가치체계로 보았으며, 이 작품의 전통적 요소들에 대해서도 나름대로 분석과 함께 다양한 의미를 부여하고자 노력하였다. 가령 중국의 여러 고전들과의 상호텍스트적인 관계라든가 장회소설의 형식을 메타픽션적 장치와 관련하여 이해하고자 하는 노력 등이 그것이다. 그리하여 궁극적으로 김욱동은 『황제를 위하여』를 "한국 포스트모더니즘 소설의 효시"로 규정한다. 확실히 김욱동의 평론은 김현 등 이전 논의의 수준을 뛰어넘었을 뿐만 아니라 여러 가지 새로운 해석의 길을 열어놓았다. 그러나 우리는 『황제를 위하여』의 전통성을 신비평 등의 형식주의나 포스트모더니즘의 관점에서 설명하려는 데 목적이 있는 것이 아니라, 이 작품 자체를 전통소설론적 입장에서 온전히 읽어내고자 하는 것이다. 따라서 양 문화권의 이론을 평행 구사, 공통적 관점을 찾아내고자 하는 시도와는 논의의 목적이 달라진다.

22) 김욱동, 『이문열』, 민음사, 1994, 8~9쪽.

4. 동아시아 서사 전통에서 본 『황제를 위하여』

이제 우리는 『황제를 위하여』의 스토리 라인을 따라서 본격적인 읽기의 여정을 떠나고자 한다. 이 소설의 첫 장인 '카프리치오의 서장序章'에서 화자인 '나'는 소설의 주인공인 백성제에 관한 일대기를 쓰게 된 연유를 말하기 시작한다. 잡지사 기자인 '나'는 어느 날 유사종교 취재차 계룡산에 갔다가 길을 잃는다. 산속에서 '나'는 사교邪教의 교주인 듯한 백성제의 묘를 발견하고 능참봉을 자처하는 우발산牛拔山을 만나게 된다. 이 우발산을 통해 '나'는 백성제의 실록을 보게 되고 후일 기억에 의존해 소설을 쓰게 되는 것이다. '카프리치오의 서장'으로 인해 우리는 『황제를 위하여』가 소설 속의 소설, 이른바 액자소설의 형태를 취하고 있음을 알게 된다. 그런데 이러한 형태가 꼭 액자소설의 개념을 빌려야만 설명될 수 있는 것은 아니다. 일인칭 화자가 성립과정을 설명해주거나 은근히 소설 주제를 암시해주기도 하는 이 부분은 넓은 의미에서 전통소설의 정문正文 바로 앞에 붙는 인자引子 혹은 득승두회得勝頭回가 갖는 기능과도 상관된다. 다시 우리는 인자와 같은 형식이 중국문학에서 소설에만 고유한 것이었는지 생각해볼 필요가 있다. 저명한 『홍루몽紅樓夢』 연구가인 앤드루 플락스는 사대기서四大奇書를 문인소설literati novel로 규정하고 형식, 구조상 시·문인희곡literati drama·

23) Andrew H. Plaks, *The Four Masterworks of the Ming Novel*, Princeton, Princeton University Press, 1987, p. 47.

소품문·팔고문八股文 등 고급문학과의 장르적 교융交融을 말하였다.[23] 그의 이러한 주장은 서구 근대소설의 발흥과 중국 문인소설의 성립을 동시성의 원리하에 설명하고자 하는 의도와 상관되는데, 우리는 거기까지 찬동할 수는 없지만[24] 이미 화본話本에서부터 나타나고 있는 인자와 고대의 사부체辭賦體 서사형식에서의 정문 앞 서序 부분과의 상관성을 무조건 도외시할 필요는 없을 것 같다. 이러한 형식이 설화인들의 이야기 방식을 거쳐 루쉰의 「광인일기」『아Q정전』 등에서도 창조적으로 계승되고 있음을 우리는 주목해야 한다. 예컨대 전통소설의 인자에 해당되는 「광인일기」의 머리글을 보자.

계룡산鷄龍山 풍수지리상 한국의 영원한 도읍지이자 토착종교의 성소聖所이다.

> 모군某君 형제는, 지금은 그 이름을 덮어두지만, 모두 나의 중학교 때 친한 친구들이었다. 여러 해 서로 떨어져 있는 동안에 점차 소식마저 끊어져버렸다. 일전에 우연히 그 형제 중 한 친구가 큰 병을 앓는다는 소식을 듣고 마침 귀향하던 참에 길을 돌아 찾아갔었다. 가까스로 친구를 만나긴 했는데, 병을 앓았던 것은 그의 아우라고 했다. 일부러 먼 곳에서 병문안을 와주어 감사하지만 그는 이미 완쾌되어 모지某地에 가서 임관을 기다리는 중이라고 하였다. 그러면서 껄껄 웃더니 일기장 두 권을 꺼내 보이면서 그 무렵의 증세를 잘 알 수 있을 것이리며, 옛 친구에게 주어도 무방한 선물이라고 말했다.
>
> 그것을 가지고 돌아와 읽어보고 그 병이 피해망상증과 유사한 것임을 알았다. 적혀 있는 문장이 어색하고 잡다한데다가 일정한 순서도

24) 플락스는 『삼국연의三國演義』『수호전水滸傳』 등 사대기서를 종전처럼 통속소설로 보지 않고 명대 이학理學의 흥기에 의한 자아 각성, 산문 픽션의 미학적 진보, 자본주의 및 도시경제의 발전 등의 바탕 위에 성립한 고급 문인소설로 간주한다. 그리하여 그는 이들을 서구 근대소설과 비슷한 차원에서 논의할 수 있으리라고 가정한다. 우리는 그가 중국의 전통소설을 서구 소설의 지위에까지 끌어올리고자 한 노력에는 감사하지만 그가 발전의 근거로 삼고 있는 자아니 허구니 자본주의니 하는 개념이 여전히 서구소설의 발전 조건을 표준으로 하고 있음을 지적하지 않을 수 없다. 명대 후기에 자본주의 및 도시경제의 발전이 이루어진 것은 사실이라 할지라도 그것이 상응한 사회제도나 문화현상에서 서구식의 패턴으로 나타나지는 않는다는 점을 인식해야 할 것이다. 이 점에 대해서는 Philip C. C. Huang, "The Paradigmatic Crisis in Chinese Studies", *Modern China* Vol. 17(July, 1991), No. 3 참조.

없었으며 황당한 말도 많았다. 날짜도 씌어 있지 않았지만 먹 색깔과 글씨체가 일정하지 않은 것으로 보아 한꺼번에 쓰지 않은 것임을 알 수 있었다. 그 사이사이에 문맥이 닿는 곳도 있어 여기 몇 편을 뽑아내어 의학자들의 연구자료로 제공하려 한다. 글 중에서 틀린 말이라 해도 한 자도 고치지 않았다. 비록 시골 사람들이고 세상에 알려져 있지도 않으니 어쨌든 상관은 없겠지만, 그래도 인명人名만은 모두 고쳤다. 책 이름은 저자 본인이 완쾌한 후에 스스로 붙인 것이므로 고치지 않고 그대로 두었다.[25]

'카프리치오의 서장'과 「광인일기」의 머리글은 형식과 취지에 있어서 상당한 유사성을 갖는다. 우선 두 글은 모두 남의 '실록'을 화자가 다시 쓴 것이라는 점에서 같다. 「광인일기」에서는 비록 "한 자도 고치지 않았다"고 언명하고 있으나 이는 보르헤스Jorge Luis Borges적으로 말해 삐에르 메나르 식 창작인 셈이다.[26] 아울러 다루고자 하는 대상이 '광인'이라는 점에서도 두 소설은 닮아 있다. 다만 「광인일기」의 경우 정문이 일인칭 독백으로 이루어져 있음에 비해 『황제를 위하여』는 정문에서도 시종일관 전통소설에서의 설화인의 어투를 견지, 전지적 화자의 입장에서 이야기를 이끌어가고 있는 점이 다르다.

이문열의 이러한 이야기 방식은 여타 작품에서도 흔히 보이는 특징으로 평론가들로 하여금 그를 '능란한 애기꾼'으로 규정하게 하였을 뿐만 아니라 리얼리즘에 정면으로 배치되는 "인형조종설적 창작방법"[27]으로 비판하게 하는 근거가 되기도 하

25) 루쉰, 「광인일기」, 『이문열 세계명작산책 9』, 살림, 1997, 187~188쪽.

26) 보르헤스의 소설 『삐에르 메나르, 〈돈키호테〉의 저자』에서 삐에르 메나르는 『돈키호테』를 그대로 베낀다. 그러나 작중화자는 이를 원본보다도 훌륭한 창작이라고 예찬한다.

27) 정호웅, 「관념편향적 창작방법의 한계」, 『이문열론』, 289쪽.

였다. 그러나 현대 리얼리즘소설의 문제를 화자와 청중의 극단적 괴리에 기인한 서사성의 위기로 진단하고 마치 "르네상스 시대의 이야기꾼인 양" 사건에 개입하고 독자에게 말을 거는 쿤데라 Milan Kundera의 소설관점[28]에서 보자면, 이문열의 설화인적 기법은 도리어 긍정적으로 평가될 여지가 많다. 이야기 전통과 글쓰기 전통의 창조적 조우에서 유럽 산문의 위대한 성과가 이룩되었다고 보는 쿤데라의 주장에서 우리는 그러한 시사를 얻는다.

> 유럽에서 이 만남은 보카치오의 『데카메론』에서 이루어졌다. 그 당시에 아직 존속하고 있던, 회중을 즐겁게 해주는 이야기꾼의 풍습이 없었다면, 유럽 산문 최초의 위대한 작품은 결코 씌어질 수가 없었을 것이다. 그때부터 18세기 말까지, 라블레에서 스턴까지, 이야기꾼의 목소리의 반향이 소설에서 울려퍼지지 않은 적이 없었다. 작가는 독자와 이야기하듯이 글을 쓰고, 독자를 향하여 부탁을 하고, 독자를 모욕하고, 독자에게 아첨했다. 독자는 작가가 들려주는 이야기를 듣고 있는 것처럼 소설을 읽었다. 19세기 초에 모든 것이 바뀌게 된다. 내가 소설사의 두번째 휴식 시간이라고 부르는 시기가 시작된 것이다. 즉, 작가의 말은 글쓰기의 뒤편으로 물러나게 되었다.[29]

다음으로 '카프리치오의 서장'의 내용에서 유의해야 할 것은, 마지막 부분에서 '나'가 우연히 계룡산을 다시 찾았다가 우발산 노인의 죽음과 실록의 실종을 알게 된 후 황제의 일생

28) 크베토슬라프 흐바틱, 『밀란 쿤데라의 문학』, 박진곤 옮김, 민음사, 1997, 19쪽.
29) 같은 책, 13~14쪽.

을 기록해두어야 할 필요성을 느끼게 되는 대목이다. '나'는 이렇게 말한다.

> 다만 한 가지 한스러운 것은 내 부족한 기억력 때문에 실록 그대로를 재현하지 못하고 연의演義[30]의 형식을 취하게 된 점이다.(15쪽)

고대 중국소설의 전통에서 실록과 허구서사의 대립적이면서도 상호보완적인 관계는 각기 사실과 수사학, 현실과 주술의 결합양식이었던 사전史傳과 지괴志怪의 성립 이래 끊임없이 이어져온 특성이었다. 마치 파르마콘과도 같은 현실과 허구에 대한 양가적兩價的인 인식은 고대 중국소설에 대해 강한 역사기술적historiographic 성향을 부여하였다. 특별히 연의는 역사의 허구적 재현이라는 측면에서 이러한 성향의 대표물처럼 보인다. 즉 그것은 역사적 소설임과 동시에 소설적 역사인 것이다.[31] 그러나 연의는 역사가 의식의 서사임을 강조할 때 무의식의 서사로서의 위치를 지키게 된다. 따라서 광인이기도 한 백성제의 역사는 연의체 곧 무의식의 서사로서 기술되어야 한다. 그것은 현실에서는 힘을 얻지 못한, 그러나 바야흐로 설화의 세계 속에서나 보상받게 되는 그러한 존재의 역사이다. 마치 『삼국연의三國演義』에서 약체인 촉한蜀漢이 역사의 주역으로 군림하듯이. 이렇게 해서 백성제의 실록은 '나'에 의해 연의로 다시 재현된다. 김현은 이 과정을 중복된 '베끼기'로 표현하며 정통 기사도소설에 대한 패러디인 『돈키호테』에 비교한다. 두 소설은 정전正典

30) 『황제를 위하여』(중앙일보사, 1985) 원문에는 한자 표기만 되어 있으나 여기서는 독자들의 편의를 위해 한글 표기를 병기하기로 한다.

31) 독토로우E. L. Doctorow는 "역사는 우리가 살고 있고 존재하기를 희망하는 소설의 한 종류이며 소설은 일종의 사색적인 역사이다"라고 말한다. Linda Hutcheon, "Historiographic metafiction: the Pastime of Past time", *A Poetics of Postmodernism*, London, Routledge, 1988, p. 112, 재인용.

에 대한 패러디로서 거대한 시대적 풍자를 추구하고 있다는 점에서 공통성을 갖는다. 다만 『돈키호테』가 중세를 풍자함으로써 근대성을 드러내고자 했음에 반해 『황제를 위하여』는 거꾸로 근대를 풍자함으로써 중세적 가치를 일깨우려 한 점에서 큰 차이가 있다. 이 점에서 『황제를 위하여』는 과도히 강조된 근대를 제어하고 반사적으로 중세에 대해 친연성을 갖는 포스트모더니즘적 취지와도 서로 관련된다.

소설의 본 이야기는 첫 장인 권1 '소명召命'에서 황제의 탄생을 다음과 같이 기록하는 것으로부터 시작된다.

> **갑오甲午 사월四月, 황고皇考 고경古鏡을 얻으시다. 시월十月, 산승山僧이 내려와 성탄聖誕을 고誥하다.**(16쪽)

이 간략한 문장을 표제로 삼고 그 아래부터는 다시 이 기사記事에 대한 부연설명을 다는 방식으로 이야기가 진행되고 있는 것으로 보아 이러한 체재는 연의소설에서 상용하는 장회체章回體의 변형으로도 볼 수 있으나, 보다 근원적으로는 편년체編年體 『춘추春秋』의 기사記事에 바탕한 『좌전左傳』의 묘술과도 같은 느낌을 준다. 가령 『좌전』 「은공隱公」 원년元年의 기록을 예로 들어보면 "여름, 5월에 정백鄭伯이 언鄢 땅에서 단段을 이기다夏, 五月, 鄭伯克段于鄢"라는 간결한 경문經文이 먼저 제시되고, 이어서 전문傳文에서 정장공鄭莊公의 어머니 강씨姜氏 및 동생 공숙단公叔段과의 갈등, 동생의 모반과 그를 패배시키고 어머니를 유폐시킨 일, 후일 현신賢臣

영고숙潁考叔의 중재에 의해 어머니와 화해에 이르기까지의 과정 등을 소상히 서사하고, 말미에서 군자君子의 입을 빌려 의의를 귀결짓고 있다. 전통소설에 미친 사전史傳 형식의 영향은 지대하다. 『좌전』 자체를 중국 소설서사의 기원으로 보는 견해도 있지만 역사소설이라 할 수 있는 연의소설의 경우 사전적 성향은 우심尤甚하다 할 것이다. 따라서 『황제를 위하여』에서 사실상의 소설내용이라 할 묘술 부분은 이에 상응하여 다시 두 부분으로 나누어진다. 즉 앞부분은 회목回目 아래의 내용 혹은 『춘추』식의 간략한 기사에 대한 해설의 성격을 띠며, 뒷부분은 이에 대한 논평으로서 전통소설에서의 설화인의 개입어介入語 혹은 독자의 평어評語에 해당된다. 그러나 이 부분의 연원은 앞서 말한 바 있듯이 『좌전』 전문 말미의 "군자왈君子曰……" 혹은 『사기史記』 열전列傳 말미의 "태사공왈太史公曰……"로 시작하는 논찬論贊 형식이다. 예컨대 위에서 예로 든 편년체의 기사 다음의 앞부분에서는 자못 전아典雅한 필치로 왕자王者의 탄생과 관련한 이적異蹟 및 황제의 아버지 정처사鄭處士가 상서로운 고경古鏡을 얻게 되는 과정에 대해 묘사하고 있다. 그러나 뒷부분에서는 혹자或者의 이설異說을 들어 앞 내용의 진위를 논하지만 사실상 이러한 상징이 정처사에 의해 조작되었을 가능성을 암시하고 있는 것이다. 이 같은 사실과 허구에 대한 양가적인 인식을 바탕으로 한 서술체재는 이후의 이야기 전개를 따라 시종일관 유지된다. 전통소설에서의 진가眞假 혹은 진환眞幻의 상호 넘나듦의 인식과 오늘날의 메타픽션적 사유의 조우가 이문열이 구사하는 서사형식 내에서 자연스럽게 구현되고 있음을 알 수 있다.

다음으로 우리는 황제 탄생의 신이담神異譚에 눈길을 돌려보자. 고경古鏡의 습득은 왕권 혹은 주술적인 힘의 획득을 의미한다. 이러한 상징은 본래 위서緯書에서 연원하여 한대漢代 이래의 왕권설화 및 지괴志怪·전기傳奇소설에서의 수용을 거쳐 도교계 설화의 클리셰로 정착하였다.[32] 출생시와 유년기에 황제와 관련되었던 여러 신명神明들, 예컨대 자미대제紫微大帝·북극진군北極眞君·동황태일東皇太一 등은 모두 도교의 신들로, 이러한 세목들은 이 소설이 도교적 세계관과 일정한 관련이 있음을 시사한다. 도교적 세계관은 현실 역사·가치에 대한 회의에서 출발하여 근본적으로 반역사주의이며, 이러한 이념은 『노자』『장자』 등 도가서나 지괴소설의 특징적인 서술처럼 당시의 지배문화에 대한 반언술의 형식으로 표현된다. 『황제를 위하여』는 우리의 근현대사에 대해 바로 이러한 형식을 취하고 있다. 아울러 황제의 거주지이자 통치구역이기도 한 흰돌머리白石里는 『정감록鄭鑑錄』에서 배정配定한 이상세계 남조선南朝鮮의 빛깔로부터 유래하였겠지만, 더 멀리로는 녹림綠林 호걸이었던 임꺽정林巨正의 터전인 청석靑石골에 상응하는 표현일 수도 있으며, 『수호전水滸傳』의 양산박梁山泊

청동거울 왕권의 상징이자 사악한 기운을 쫓는 힘을 지닌 것으로 믿어졌다. 한대漢代의 〈사령삼서경四靈三瑞鏡〉.

32) 「상서제명험尙書帝命驗」에 "걸왕이 그의 옥거울을 잃었다傑失其玉鏡"라는 구절이 나온다. 옥거울은 곧 밝은 다스림의 도를 상징하며 이를 잃었음은 왕권의 상실을 의미한다. 황스黃奭 집輯, 「상서제명험尙書帝命驗」, 『상서위尙書緯』(上海 : 上海古籍出版社, 1993), 17쪽 참조. 반대로 고려 태조 왕건王建의 개국신화는 그의 선조가 얻은 고경古鏡 위에 왕건이 등극하고 삼국통일의 대업을 성취할 것이라는 참문讖文이 새겨져 있었다고 말한다.

신도안 계룡산에 위치한 종교인 집단 거주지. 계룡산을 수도로 새로운 구세주가 출현한다는 믿음을 지닌 수많은 종교인들이 마을을 형성했으나 5·16 이후 새마을운동에 의해 대부분 철거되었다. 사진은 철거 전의 모습.

과 같은 반역사적 혹은 초역사적 공간이기도 하다.

황제는 이후 아버지 정처사의 훈도하에 더욱 제왕의 도를 닦아나간다. 그러나 이는 물론 『정감록』 등의 비기秘記를 맹신한 데서 비롯된 황당한 행위일 뿐이다. 그는 제왕의 도에 맞게 자신을 보좌할 신하들을 맞아들인다. 무녕후武寧侯 우발산牛拔山·모사謀士 방량房亮·마숙아馬叔牙·문창후文昌侯 신기죽申沂竹·김광국金光國·두충杜忠·방사方士 변약유卞若維 등이 그들이다. 이들 중 우발산은 "힘은 산을 뽑고 기운은 세상을 덮은力拔山, 氣蓋世" 초패왕楚霸王 항우項羽로부터, 방량은 한고조漢高祖의 모신謀臣 장량張良 혹은 제갈량諸葛亮으로부터, 마숙아는 관포지교管鮑之交로 유명한 포숙아鮑叔牙로부터 이미지를 차용하였다. 이들은 사실상 당시 사회의 낙오계층에 속하는 인물들로서 마치 전통소설 속의 방외인方外人과 같은 뉘앙스를 풍긴다. 이들의 개성과 직능은 『삼국연의』와 『수호전』 등의 수다數多한 인물상으로부터 비롯하며 황제와 그들의 조우遭遇과정도 전통소설의 상투화된 서술을 따르고 있다. 전통소설을 습용한 서술방식과 관련하여 또 한 가지 주목해야 할 것은 전통소설에서의 양식화된 신체·표정에 대한 묘사이다. 한때 황제를 속이고 달아났던 마숙아를 다시 신하로서 맞아들이는 장면을 예로 들어보자.

"감옥이라니, 어인 일로 왜놈에게 그런 고초를 당하셨소이까? 그

무슨 협행俠行으로 짐승 같은 왜놈들의 감정을 거슬렀소?"

그 말을 듣자 마가馬哥의 얼굴에는 다시 엷은 웃음과 함께 재빠른 계산의 표정이 스쳤다. 그리고 이내 엄숙한 얼굴이 되며 낮은 소리로 말했다.(94쪽)

이러한 묘사가 가능한 데에는 그럴 만한 문화적 이유가 있다. 유교 및 도교 전통에서 몸은 수신修身 혹은 양생養生과 관련하여 중요한 의미를 지니고 있다. 따라서 눈빛 · 낯빛 · 몸짓은 한 사람의 내면적 상태를 드러내주는 기호일 뿐 아니라 발화행위와 마찬가지로 의사소통의 매체가 된다.[33] 맹자는 다음과 같이 말한다.

사람을 살피는 데는 눈동자보다 더 좋은 것이 없다. 눈동자는 자기의 악을 엄폐하지 못한다. 마음속이 올바르면 눈동자가 맑고, 마음속이 올바르지 않으면 눈동자가 어둡다. 그 말을 듣고 그 눈동자를 보면 사람이 어찌 (자기의 본마음을) 감추겠는가?

存乎人者, 莫良於眸子. 眸子不能掩其惡. 胸中正, 則眸子瞭焉. 胸中不正, 則眸子瞭焉. 聽其言也, 觀其眸子, 人焉廋哉?[34]

군자가 본성으로 지니는 인 · 의 · 예 · 지는 마음에 뿌리박고 있으며, 그것이 빛으로 발하면 윤택하게 얼굴에 나타나고, 등에 넘쳐흐르고, 사체에 뻗어나, 사체는 말하지 않으나 그것을 알게 해준다.

君子所性, 仁義禮智根於心. 其生色也, 睟然見於面, 盎於背, 施

33) 이승환, 「눈빛 · 낯빛 · 몸짓」, 『감성의 철학』, 민음사, 1996, 142쪽.
34) 「이루장구離婁章句·상上」, 『맹자孟子 · 상上』, 차주환 옮김, 명문당, 1975, 374쪽.

於四體, 四體不言而喩.[35)]

전통소설에서 신체·표정에 대한 묘사가 양식화될 수 있었던 것은 바로 이러한 감성의 철학 때문이다. 플락스의 주장대로 사대기서가 문인소설의 취향을 지녔다고 긍정할 때 이러한 현상은 더욱 설득력을 갖게 된다. 『삼국연의』에서의 주요 인물들에 대한 양식화된 묘사, 예컨대 큰 귀를 가진 정인군자正人君子 유비, 긴 수염을 한 신의信義의 인물 관우, 관옥冠玉 같은 얼굴에 윤건綸巾을 쓴 충직한 모사謀士 제갈량, 고리눈을 한 용사 장비 등은 이의 구체적인 실례가 될 것이다. 이문열의 「익명의 섬」에서의 인물 '깨철'에 대한 묘사는 이러한 관점에서 새롭게 읽힐 필요가 있다.

나는 좀전의 그 강렬한 빛 같은 것의 정체를 궁금히 여기며 자신도 모르게 그 사내의 얼굴을 살폈다. 검고 깡마른 얼굴에 우뚝 솟은 코와 광대뼈—그런데 그때였다. 나는 다시 피부를 찔러오는 것 같은 그 빛을 느꼈다. 이내 몽롱한 광기狂氣 속으로 숨어들어버렸지만 분명 그의 두 눈에서 쏘아져나온 빛이었다.[36)]

다시 황제는 일본 순사한테 혼이 난 후 세상을 배우기 위해 전국을 주유周遊하고 나중에는 만주까지 가서 비적匪賊 두목인 척대인戚大人의 지우知遇를 받는다. 척대인으로부터 동장東莊의 관리 책임자가 된 황제는 그곳에서 토지를 개간하고 백성을 모으는

35) 「진심장구盡心章句·상上」, 같은 책, 121쪽.
36) 이문열, 「익명의 섬」, 『이 강에서』, 청아출판사, 1996, 293쪽.

등 기반을 다진다. 이 무렵 황제는 문창후인 신기죽과 더불어 고담준론高談峻論을 즐기고 공산주의자인 이현웅李鉉雄을 격론 끝에 축출한다. 황제와 신기죽의 담론 장면을 비롯, 소설 곳곳에서는 황제와 신하들 간의 역사·사상·제도 등에 대한 쟁론의 정황을 상세히 묘사하고 있다. 쟁론에는 상당한 수준의 고전학적인 지식이 동원되고 있어 우리는 이 소설이 이른바 재학소설才學小說적인 성격도 띠고 있음을 알 수 있다. 재학소설이란 루쉰이 그의 『중국소설사략』에서 청말淸末 이여진李汝珍의 『경화연鏡花緣』 등 현학주의적 성향이 짙은 일군의 소설들에 대해 붙인 이름이다. 재학소설의 조짐은 이미 한대의 사부나 당 전기에서 나타난 바 있는데, 그것은 이들 양식이 각기 그 시대에서 구사求仕의 수단이었으므로 가능한 한 자신의 학식을 글로 드러내 보일 필요가 있기 때문이었다. 이문열의 다음과 같은 언명은 그의 재학소설적 경향에 대한 스스로의 시인이라 할 만한 것이다.

> 나는 아직 서적과 관념에 의존하고 있다. 좀더 공격적인 표현으로 고치자면 현학적이란 뜻이 되겠는데 그러나 나는 앞으로도 버틸 수 있을 때까지는 이대로 버티겠다. 나는 믿는다. 현학으로 그 문학을 출발한 사람은 감각적이란 도피처를 갖고 있다.[37]

이문열의 여타 소설에서도 드러나고 있는 비평적 에세이 등 세련된 교양주의적 요소는 바로 이러한 취지와 관련된다. 「금시조」의 다음과 같은 내용을 예로 들어보자.

37) 이문열, 『그해 겨울』, 민음사, 281~282쪽.

동양에서의 미적 성취, 이른바 예술은 어떤 의미로 보면 통상 경향적傾向的이었다. 애초부터 통치수단의 일부로 출발한 그것은 그뒤로도 끝내 정치권력의 그늘을 벗어나지 못했으며, 때로는 학문적인 성취나 종교적 각성에 의해서까지도 침해를 입었다. 충성이나 지조 따위가 가장 흔한 주제가 되고, 문자향이니 서권기니 하는 말과 마찬가지로 도골선풍道骨仙風이니 선미禪味니 하는 말이 일쑤 그 높은 품격을 나타내는 말로 쓰이는 것이 그 예일 것이다.

물론 서양에 있어서도 근세까지는 사정이 이와 별반 다르지 않았다. 오랜 기간 예술은 제왕이나 영주領主들의 궁성을 꾸미거나 권력이며 부富에 기생하였고, 또는 신의 영광을 찬양하는 데 바쳐지기도 했다. 그러나 시민사회의 형성과 더불어 그들의 예술은 주체성을 획득하고 팔방미인격인 동양의 예술가와는 다른 그 특유의 인간성을 승인받았다. 다시 말해 그들은 예술을 강력한 인접가치로부터 독립시키고, 예민한 감수성이나 풍부한 상상력 같은 이른바 예술적 재능도 하나의 사회적 가치로 가하게 된 것이다.[38)]

그러나 소설의 이러한 부분들은 사실 사건event의 진행과 직접적으로 연관이 되지 않는 비사건non event의 상황 묘사로도 볼 수 있다. 이러한 사건과 비사건의 교합적 서술구조는 목적론적, 직선적인 진행방식을 취하지 않는 전통소설의 서사 특징이다. 이중 비사건은 나름대로 이야기 진행 속도를 조절하는 역할을 하기도 하는데, 궁극적으로 그것은 이 세계가 주요 사건들의 인과적 관계에 의해서만 움직여지는 것이 아니라는 또다른 이

38) 이문열, 「금시조」, 『이문열 문학앨범』, 웅진출판사, 1994, 257쪽.

치를 함축한다. 고담준론 등 재학적인 문장의 특징으로 가장 현저한 것은 대구對句적 표현이다. 황제와 신기죽 간에 오간 다음의 대화를 예로 들어본다.

"내 비록 귀하에게 내린 천명을 의심하지는 않습니다만, 이 몸은 이미 이씨李氏를 임군으로 정하고 섬기기 여러 해였습니다. 열녀는 두 지아비를 받지 않고 충신은 두 임군을 섬기지 않는다 하였으니 비록 귀하의 지우知遇가 두텁다 한들 차마 어찌 하겠습니까? 두 임군을 섬겨 선비의 지조를 잃느니보다는 차라리 이씨의 이름없는 귀신이 되고자 합니다."

"옥이 흙 속에 묻혀 있고자 하나 사람들이 가만두지 않고, 무거운 추는 주머니 속에 숨어도 마침내는 드러나는 법입니다. (……) 이제 선생께서 굳이 제 청을 마다하시는 것은 비싼 값을 주겠다는데도 가진 옥을 궤 속에서 썩히는 어리석은 장사꾼과 같습니다. 깊이 통찰해주십시오."(120쪽)

대구는 상반되는 개념들을 한 쌍으로 병렬시킴으로써 이원교체二元交替의 리드미컬한 음악성을 추구하는 것이다. 그것은 음양의 양극성과 상호보완성이라는 우주론이 문장 속에 구현된 장치로서 고대 중국문학에서 일찍이 계발되었다. 육조六朝시대의 사륙변려문四六騈儷文에서 미문의 극치로 추구되었던 이 장치는 이후 산문·운문을 막론하고 중국문학의 기본 절주節奏가 되었다. 유려한 의고擬古문체로 상찬되는 이문열 소설의 특징으로 지적되는 것 중 하나가 바로 이 대구적 리듬이다.

일본의 패망으로 인해 전쟁이 끝나 만주 동장東莊에서의 생활을 청산한 황제는 천신만고 끝에 계룡산 흰돌머리로 돌아온다. 그는 백성들의 추대를 고대했으나 이승만 정권이 들어서매 실망한다. 갈수록 국세는 약화되고 황제는 마침내 도가의 깨달음 속에서 임종을 맞는다. 소설의 말미 「에필로그」에서 이야기는 다시 '나'로 돌아온다. 여기에서 대학교수와의 대화를 통해 '나'는 황제에 대한 연민의 정을 확인하며 소설은 끝난다. 황제는 현실 국토에 대한 통치이상을 지녔으나 전 생애의 역정을 통해 그것이 불가능한 것임을 깨닫는다. 그의 앞에는 이제 정신적인 세계의 영토가 펼쳐지고 흔연히 그는 이 새롭고 지고한 세계로 귀입歸入한다. 그러므로 황제의 일생은 영웅의 일대기와 흡사한 면모를 갖는다. 그러나 그 종국은 서구의 영웅처럼 보물과 미녀를 얻고 귀환하거나 종말론적 비극을 맞는 것이 아니라 무한한 총체성 속으로 사라져가는 것이다. 이러한 결말 처리는 "부지소지不知所之" "부지소종不知所終" 등과 같은 전통소설 말미의 의례적인 묘술과 상관된다. 신선전기류神仙傳記類 등의 도교계 소설에서는 흔히 초인적 주인공이 입산하거나 종적을 모르게 되는 것으로 결말을 맺는데, 역학易學적으로 미제未濟에 상응하는 이러한 결말구조는 완결성을 추구하는 서구소설의 그것과 크게 다르다. 그것은 불가해하고 미정형인 실재에 대한 서사적 대응으로서 『홍루몽』 등 후대 소설의 결말 처리에서도 그대로 원용된다.[39] 네덜란드 계 중국학자 이데마W. L. Idema는 이와 같은 중국 전통소설의 형식적 특성에 대해 "혼돈처럼 보이는

39) 졸고, 「신선설화연구神仙說話硏究」, 서울대 중문과 박사학위논문, 1988, 185쪽.

인간의 경험을 묘사하고 그 속에 존재하는 패턴을 감지해내고자 하는, 서구와는 다르지만 똑같이 창조적인 일련의 독립적인 시도"[40] 라고 평가한다.

5. 맺는말

지금까지 살펴본 바 『황제를 위하여』에서 시도되고 있는 다양한 서사전략은 전통소설기법으로부터의 도출이 두드러지며, 이들은 소설에서 추구하고자 하는 의미내용을 차질 없이 구조화하고 있음을 알 수 있다. 다시 말해 전통소설상의 중요한 양식인 연의의 이념 및 그것의 현실태인 허실병존虛實並存적 서술기법은 근대를 지우기 위한 황제의 상대주의적 역사관점과 그대로 상응하고 있는 것이다. 따라서 황제의 그 황당한 도정途程은 서구문명으로 대표되는 근대, 혹은 그 이데올로기를 내용으로 삼은 거대서사에 대한 반항이자 내면적 초극과정으로서의 의미를 지닌다고도 말할 수 있다. 우리는 『황제를 위하여』에서 수행된 다양한 전통소설의 기법 및 장치들이 이미 의고적 입장을 천명한 이 작품에 그치지 않고 사실상 이문열 작품 전반을 관류하는 창작기제로 기능해왔으며, 이를 통해 이문열 문학의 고유한 풍격風格이 형성되었음을 추찰推察해볼 수 있다. 중요한

40) W. L. Idema, *Chinese Vernacular Fiction*, Leiden, E. J. Brill, 1974, pp. 125~126.

것은 이러한 창작기제 및 작품 풍격이 독자들에게 내재된 전통 소설의 대중적 감득성을 크게 일깨웠으리라는 사실이다. 적어도 형식적인 차원에서 이문열 문학의 대중성의 요체要諦는 여기에 있다.

일찍이 이문열은 "리얼리즘을 등에 업지 않아도 소설은 얼마든지 씌어질 수 있다"고 항변한 바 있다. 우연하게도 앞서의 이데마 역시 중국 전통소설에 대해 "서구의 방식이 예술작품을 창작하는 유일한 길이고 그것만이 인간 존재에 의미 있는 일이라고 말할 수 없다"고 단언한다. 이제 우리가 말해야 할 차례이다. 과연 우리는 제1세계 이론을 등에 업지 않아도 소설을 읽어낼 수 있는가? 이 소박한 물음이 편협한 문화민족주의의 차원에서 이해돼서는 안 될 것이다. 물론 제1세계 이론은 그간 우리 문학의 발전을 위해 많은 기여를 해왔고 앞으로도 그럴 것임에 틀림없다. 다만 생물다양성이 자연생태상으로 바람직한 것일진대 이론의 다양성도 문학생태적인 견지에서 추구해야 할 과제가 아니겠는가?

제3부

상상력의 제국주의를 넘어서

8

중국 환상문학의 역사와 이론

–판타지 소설의 흥기와 관련하여

중국에서의 환상성에 대한 인식은 환기론과 허실론의 논의에서 보이듯이 불가해한 세계에 대한 심미적 표현 혹은 소망스럽지 못한 현실에 대한 우의적 진술의 두 가지 측면에서 주로 주어졌다. 그러나 문학사에서, 시대마다 존재하는 환상성에 대한 인식의 편차를 마치 환상성이 근대의 소설적 허구를 향해 진군한 것처럼 발전론적으로 기술하고 있는 것은 큰 잘못이 아닐 수 없다. 왜냐하면 우리는 어느 때든 어떤 종류의 환상에도 사로잡힐 수 있기 때문이다.

1. 중국 환상문학의 의미범주

문학에서 환상성은 오랫동안 지배적인 지위를 누려왔었다. 그것은 근대 이후 잠시 퇴위의 비운을 맞았다가 이제 다시 복권의 조짐을 보이고 있다. 오늘날 굴기崛起하고 있는 판타지 문학이 가상현실의 토대인 사이버 공간에서 성장하고 있다는 사실은 흥미롭다. 이 사실은 환상성이 과거의 주술적 현실과 오늘의 가상현실과의 모종의 친연성을 바탕으로 길이 번영할 것을 암시하는 듯하다. 여기에서 우리가 생각해야 할 점은 과거의 환상문학과 오늘의 판타지 문학과의 계승적 관계이다. 서구 판타지의 경우 개조開祖인 톨킨J. R. R. Tolkien의 『반지의 제왕』을 비롯 대부분의 작품이 서구의 신화와 전설·로맨스·신비주의로부터 힘을 입고 있듯이, 동아시아 판타지의 경우도 이들로부터의 영향은 물론 자신들의 신화·도교·불교·환상문학 등으로부터 많은 소재를 취하고 있다.

그렇다면 우리가 문학적인 차원에서 동아시아 판타지의 역사적 유래를 탐색해본다고 할 때 과거의 고전문학 중에서 어떠한 종류의 작품들이 선구적 의의를 지닌다고 할 수 있을까? 우리는 이 문제에 들어가기에 앞서 동아시아에서의 환상문학이라는 것이 과연 어떠한 의미범주를 지니고 있는지 검토해볼 필요가 있다.

환상문학의 정의와 관련하여 거의 고전적인 참고서가 되고 있는 것은 토도로프Tzvetan Todorov의 『환상문학서설Introduction à la litterature fantastique』[1] 이다. '주저감'을 특징으로 하면서 미스터리 문학the uncanny · 경이문학the marvelous과 변별되는 특성을 지니는 것으로 요약되는 토도로프의 환상문학에 대한 규정은 서구권에서도 적지 않은 쟁론을 불러일으켰지만[2] 여전히 권위 있는 전거典據로 빈번히 인용되고 있다. 그러나 토도로프의 정의를 세계관과 서사적 토양이 다른 동아시아의 문학에 그대로 적용할 경우 마치 '프로크루스테스Procrustes의 침대'처럼 환상성의 다른 여지를 삭약削弱시킬 위험성이 있다. 서구 학자들도 토도로프의 정의가 구조주의와 특정 양식(고딕소설)에 기대어 내려진 편견일 수 있음을 지적하는 터에, 동아시아 문학의 경우 보다 큰 상위감相違感을 예상하지 않을 수 없는 것이다. 따라서 환상문학의 의미를 먼저 규정하지 말고 일단 제재적인 차원에서 다양한 용어들을 귀납하여 의미범주를 생각해보고 그에 상응한 문학양식 및 작품들을 살펴보는 것이 방법상 무리가 없을 듯하다.

중국문학의 경우 환상성과 관련하여 빈번하게 출현하는 글자들로는 '환幻' '현玄' '괴怪' '기奇' '비秘' '이異' '신神' '선仙' '영靈' '귀鬼' '요妖' '마魔' '묘妙' 등을 뽑아볼 수 있다. 이들 중 '환' '현' '기' '이' '묘'는 주로 형용어로 쓰였고 '괴' '신' '영' '요'는 형용어와 환상적인 존재에 대한 지칭 양면으로 쓰였으며 '선' '귀' '마'는 지칭으로 주로 쓰였는데, 다시 이들 간의 합용合用에 의해 '환기' '괴기' '괴이' '기괴' '기이' '신괴' '신기' '신

1) 이 책은 우리에게는 영역본 *The Fantastic: A Structural Approach to a Literary Genre*, Ithaca, Cornell University press, 1975로 더 잘 알려져 있다.

2) 쟁론의 양상에 대해서는 황병하, 「환상문학과 한국문학」(『세계의 문학』 1997년 여름호)에서 잘 설명하고 있다.

비' '신이' '신선' '신령' '신귀' '신마' '영괴' '영이' '귀신' '요괴' '요귀' '요마' '마환' '마귀' '현묘' '기묘' '신묘' '영묘' 등의 다양한 형용어 및 지칭이 생겨났다. 결국 이들 어휘군이 중국 환상문학의 의미망을 이룩하고 있는 셈인데, 다시 빈도수를 따져보면 '신' '기' '이' '묘' 등의 글자가 가장 많이 출현함을 알 수 있다. 이 점으로 미루어 중국의 환상문학은 토도로프가 환상문학의 유사 장르로 규정한 경이문학에 오히려 가깝지 않은가 싶다. 토도로프에 의하면 경이문학이란 신비한 사건이 초자연적인 논리로 귀결되는 내용의 문학인데,[3] 주술적 세계관을 비교적 거부감 없이 수용하였던 고대 중국에서 자연적인 것과 초자연적인 것 사이의 갈등이 상대적으로 적었으리라고 판단되기 때문이다.

중국문학사에서는 앞서의 어휘군과 상관된 술어가 등장한다. 유선시遊仙詩·현언시玄言詩·지괴소설志怪小說·전기소설傳奇小說·신마소설神魔小說·신선도화극神仙道化劇·환기론幻奇論 등이 그것으로, 이들은 결국 각기 모종의 환상성을 주조主調로 한 중국문학의 장르나 양식을 지칭하고 있는 것이다. 이 글에서는 이들 중 환상소설과 관련된 항목들을 중심으로 중국 환상문학의 역사와 이론에 관해 개략적으로 고찰하게 될 것이다.

3) Tzvetan Todorov, 앞의 책, p. 41.

2. 중국 환상문학의 역사적 전개

중국 환상문학의 기원을 살피는 데 가장 중요한 작품은 중국 신화의 보고寶庫라고 일컬어지는 『산해경山海經』이다. 지리박물지地理博物誌의 체재로서 중국과 주변 이방세계에 대한 상상적 탐색을 시도한 이 책은 후대의 학자들에 의해 "환상적인 것에 대한 기록의 원조語怪之祖"[4]라고 평가될 만큼 이후의 환상문학에 지대한 영향을 미쳤다. 여자국女子國·저인국氐人國·우민국羽民國·일목국一目國·삼수국三首國·관흉국貫胸國 등은 『산해경』 작자의 상상력에 의해 창조된 별세계別世界이다. 이렇게 볼 때 『산해경』은 중국 중심의 지리관을 돌파한 인식의 소산으로 여겨지지만, 다른 한편 별세계의 인간들을 기형적으로 묘사함으로써 여전히 주변문화에 대한 종족적 편견을 드러내고 있다.[5]

『산해경』 등의 신화를 이어 소설서사의 형태로서 최초로 출현한 것이 지괴소설이다. 위진남북조魏晋南北朝, 221~589시대에는 유교가 쇠퇴하고 도교·불교 등 종교사조가 크게 유행하였는데, 지괴소설은 당시의 신비주의와 불안정한 정치현실의 토양 위에서 대량으로 창작되었다. 전한前漢의 동방삭東方朔이 지은 것으로 전해지는 『신이경神異經』은 『산해경』의 지리박물지적 체재를 계승하여 중국 밖 별세계의 기괴한 풍물에 대해 묘사하고 있고, 동진東晋의 간보干寶, 317 전후가 지은 『수신기搜神記』는 당시 각 지역

4) 호응린胡應麟, 『소실산방필총少室山房筆叢·사부정와四部正訛·하下』.
5) 이에 대해서는 졸고, 「산해경 다시 읽기의 전략」(『동양적인 것의 슬픔』, 살림, 1996) 참조.

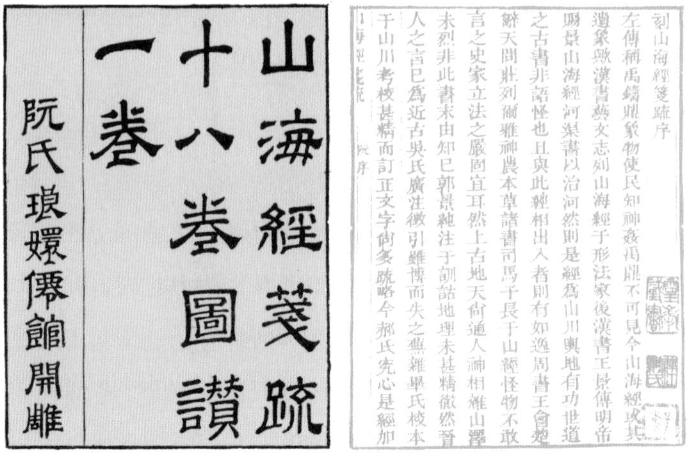

『산해경山海經』 중국의 대표적 신화서이자 동아시아 상상력의 원천이다. 청淸 학의행郝懿行의 『산해경전소山海經箋疏』 속표지와 서문.

에서 벌어진 변신·징조·재앙·변괴 등의 초자연적 현상과 이를 해결하는 도술사들의 활약 등을 내용으로 담고 있다. 이밖에도 후한後漢의 반고班固, 32~92가 지은 것으로 전해지는 「한무제내전漢武帝內傳」은 한무제가 신선이 되기 위해 서왕모西王母를 만나는 과정을 환상적으로 그렸는데 이는 당시 상청파上淸派 도교 제의의 서사적 상관물로 간주되고 있다.[6] 위진남북조 지괴소설의 환상성은 흔히 난세의식의 산물로서 현실도피적인 성향이 짙은 것으로 평가되지만, 근엄한 유교 이데올로기의 지배에 대한 반항의식의 표출이라는 적극적 의미를 부여해볼 수 있다.

지괴소설의 뒤를 이어 당대唐代, 618~907에는 보다 "의식적으로 기이한 것을 추구한作意好奇"[7] 새로운 소설양식이 등장하는데 이것이 곧 전기소설이다. 전기소설의 제재는 지괴의 경우처럼 초자연적인 것에 국한되지 않고 연애·의협義俠·정치 등 인간의 제반 행위에까지 미치고 있다. 그러나 당대에는 도교가 국교로

6) 이에 대해서는 Thomas Eric Smith, *Ritual and the Shaping of Narrative : The Legend of the Han Emperor Wu*, The University of Michigan, Ph. D Dissertation, 1992 참조.
7) 호응린, 앞의 책, 권卷36.

신봉되었으므로 거의 모든 소설에 신선·귀신·도술 등 도교적 환상의 색조가 깔려 있다고 해도 과언이 아니다. 아울러 불교적 환상 역시 위진남북조 때와 마찬가지로 소설적 상상력의 중요한 부분을 차지하고 있었다. 초기 전기소설인 왕도王度의 「고경기古鏡記」는 마법의 거울을 가지고 각지를 여행하면서 괴물을 퇴치하는 내용으로 도교의 법구法具인 청동거울의 신통력을 모티프로 삼은 것이다. 이공좌李公佐, 770~850의 「남가태수전南柯太守傳」은 꿈속에서 어느 왕국의 부마가 되어 부귀공명을 성취하고 죽기까지의 일대기인데, 꿈속의 그 나라란 주인공이 낮잠을 잤던 나무 둥치 아래 땅 속의 개미굴이었다. 소설에서 개미굴은 완전히 독립된 하나의 세계로 상상되고 있다. 「남가태수전」과 비슷하게 몽환夢幻을 다룬 작품으로는 심기제沈旣濟, 750~800의 「침중기枕中記」가 있는데, 이들은 번잡한 인생사에 대한 회의, 출세지향의 세태에 대한 풍자로 읽힌다. 전기소설에는 이 밖에도 두광정杜光庭, 850~933의 「규염객전虯髥客傳」, 배형裵鉶의 「섭은랑聶隱娘」 등 의협을 주제로 한 작품들이 있다. 무술과 도술이 소재적으로 결합되어 있는 이들 작품은 후세의 무협소설에 많은 영향을 미쳤다.

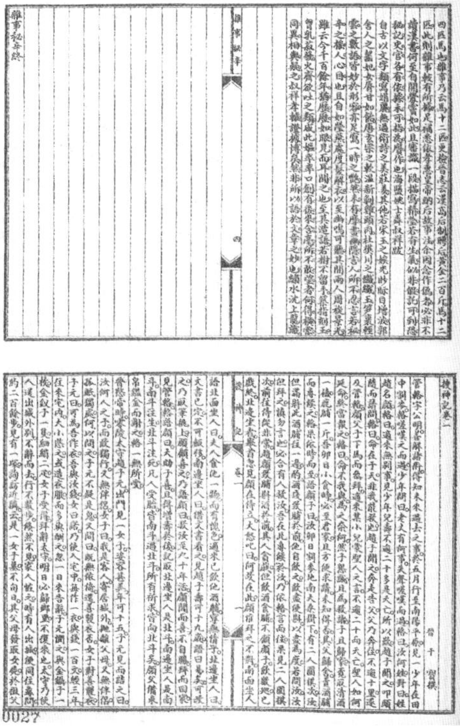

「수신기搜神記」 위진남북조魏晋南北朝시대의 대표적 괴담집. 한국의 설화문학에도 많은 영향을 미쳤다. 『설고說庫』 본本.

손오공孫悟空 삼장법사三藏法師에게 복종을 맹세하고 있는 장면. 명대明代의 『이탁오비평서유기李卓吾批評西遊記』 삽화.

명대明代, 1368~1662에 이르러 유·불·도 3교가 혼융, 합일되는 분위기에서 신마소설이라고 부르는, 전적으로 환상적인 내용만을 다루는 새로운 창작 경향이 일어났는데, 이중 대표적인 작품이 오승은吳承恩, 1500~1582의 『서유기西遊記』이다. 『서유기』는 그 이전 시기의 모든 신화, 종교적 상상력을 집대성하여 예술적으로 가장 높게 체현한 중국 환상문학의 걸작으로 손꼽힌다. 당대唐代의 승려 현장玄奘이 불경을 얻기 위해 인도까지 여행했던 역사적 사실을, 삼장법사三藏法師와 손오공孫悟空 일행이 여로에서 온갖 마귀들과의 투쟁을 극복하고 불경을 획득한다는 내용의 완전한 환상으로 재구성하였다. 이러한 의미에서 이 책은 고대 중국의 환상문학작품 중 오늘의 판타지에 가장 가깝다고 볼 수 있다. 『서유기』와 아울러 신마소설 중 저명한 것으로는 허중림許仲琳이 지었다고 전해지는 『봉신연의封神演義』를 들 수 있다. 강태공姜太公이 은殷의 폭군 주왕紂王을 토벌하는 전쟁 상황을 그린 이 소설은 인간들의 싸움이 아니라 신들의 싸움으로 각색되어 있다. 이들 신마소설은 당시의 현실 세태에 대한 풍자, 인간의 본성에 대한 성찰, 구도의 내면과정의 묘사 등 다양한 의미로 읽히고 있다.

끝으로 중국 환상소설의 중요한 한 갈래로 무협소설이 있다. 무협소설의 근원은 『사기史記』의 「유협遊俠」 열전이나 「자객刺客」 열전 등에서 찾을 수 있으며 지괴·전기소설 속에서의 협객담을 거쳐 청대淸代, 1616~1912 후기에 이르러 번성했다가 6, 70년대 이후 크게 일어나 현재에 이르고 있다. 현대 무협소설의 대가인 진융金庸의 작품은 과거의 선악 이분법적 인물묘사에서 벗어나 선인 속의 악, 악인 속의 선이라는 상호침투적 인물관점을 추구하고 있다.[8] 무협소설에서의 작품 구성방식, 그리고 환상적인 무예·도술 등의 내용은 오늘의 판타지에도 직접적인 영향을 미치고 있다. 사실상 무협소설은 내적으로 별개의 환상적 세계를 완전하게 구성하고 있으므로 그 자체 현대 중국 판타지의 일종으로 볼 여지도 없지 않다.

3. 중국문학에서의 환상성에 대한 논의

중국에서 환상적인 것은 일찍이 공자에 의해 배척되었다. 공자는 "괴상하고 신비스런 일들에 대해 말씀하지 않으셨다不語怪力亂神"[9]고 하였는데 이러한 언급은 후세에 유교에서 환상성을 이단시하는 근거가 되었다. 공자뿐만 아니라 사마천司馬遷, B.C. 145~B.C. 86과 같은 탁월한 역사가도 『산해경』의 상상세계에 대해 "감히 말할 수 없다不敢言之也"[10]며 논평을 회피하였다. 따라서 중국문학은 공리성과 사실성을 강조하는 유교 이론가들에 의해 항상 이념적인 견제를 받았다. 지괴소설이 흥기한 위진남북조시대에 이르러서야 환상성을 옹호하는 환기론幻奇論이 출현하여 소설의 허구성에 대한 긍정적 인식이 생겨나고, 명대에는 허구와 사실

8) 마메이신馬美信, 「무협소설 연원변석武俠小說淵源辨析」, 한국 중국소설학회 제39회 정기학술발표회 발표논문, 1999. 6. 26, 11쪽.
9) 『논어』 「술이述而」.
10) 『사기』 「대완전大宛傳」.

에 대한 본격적 논의인 허실론虛實論이 일어나면서 환상성에 대한 이론적 탐색도 심화된 국면을 맞는다.[11] 이제 환기론과 허실론을 중심으로 중국문학에서의 환상성에 대한 논의의 일단을 엿보기로 한다.

환기론幻奇論

환상성을 옹호하는 논의인 환기론은 크게 두 가지 입장으로 나뉜다. 한 가지는 환상을 허구적인 것으로 보지 않고 나름의 진실성을 담보한 별개의 지식체계로 보는 입장으로, 위진남북조 혹은 그 이전의 신비주의적 성향의 문인들이 이러한 주장을 펼친다. 예컨대 전한前漢의 유흠劉歆, B.C. 53~A.D. 23은 『산해경』의 환상이 입증될 수 있는 지식이며 학습해야 할 필요가 있는 초자연적 원리임을 역설하고,[12] 동진東晋의 곽박郭璞, 276~324은 나아가 환상이 인식능력 한계의 소산일 뿐 그 자체로서는 정상적인 것임을 주장한다. 곽박의 진술을 들어보기로 하자.

> 『산해경』을 읽은 세상 사람이면 누구든지 그 책이 황당무계하며 기괴하고 유별난 말이 많기 때문에 의혹을 품지 않는 이가 없다. 나는 이 점에 대해 한번 논의해보고자 한다. 장자莊子는 이런 말을 한 적이 있다. "사람이 아는 것은 그가 알지 못하는 것에 미치지 못한다"고. 나는 『산해경』에서 그 실례를 발견할 수 있다. (……) 세상의 이른바 이상하다는 것도 그것을 이상하다고 단언할 수 없고 세상의 이른바 이상하

11) 여기에서의 환기론·허실론 그리고 후술할 실록론實錄論 등의 중국소설 비평용어 및 그 개념은 주로 팡정야오方正耀, 『중국소설비평사략中國小說批評史略』(홍상훈 옮김, 을유문화사, 1994)의 관점을 따랐다.
12) 유흠, 「상산해경표上山海經表」의 취지.

지 않다는 것도 그것을 이상하지 않다고 단언할 수 없다. 왜냐하면 사물은 그 자체가 이상한 것이 아니고 나의 생각을 거쳐서야 이상해지는 것이기에 이상함은 결국 나에게 있는 것이지 사물이 이상한 것은 아니기 때문이다.

世之覽山海經者, 皆以其閎誕迂誇, 多奇怪俶儻之言, 莫不疑焉. 嘗試論之曰, 莊生有云, 人之所知, 莫若其所不知. (……) 世之所謂異, 未知其所以異, 世之所謂不異, 未知其所以不異. 何者? 物不自異, 待我而後異, 異果在我, 非物異也.[13]

곽박의 언급은 진리의 상대성에 대한 확신의 표명으로도 읽히며 이는 당시 유교 보편이념의 독선에 대한 주변부 서사지식의 도전처럼 들린다. 곽박과 동시대인으로서 저명한 소설가인 간보가 "신비주의가 거짓이 아님을 밝혀내겠다發明神道之不誣"[14]고 공언한 것은 대체로 위와 같은 맥락에서이다.

환기론의 다른 한 가지 입장은 전자보다 후대인 송대宋代에 이르러 성립된 것으로, 환상을 나름의 진리체계로 옹호하지 않고 그야말로 환상 곧 허구로 인식하면서 그것을 소설서사가 당연히 지녀야 할 특성으로 인정하는 것이다. 이러한 견해를 대표하는 인물인 홍매洪邁, 1123~1202는 지괴소설인 『이견지夷堅志』의 작자이기도 한데 그는 "패관이나 소설가의 말을 꼭 신뢰할 필요가 없는 것은 당연하다稗官小說家言不必信, 固也"[15]고 단언하면서 지괴소설의 특징이 '괴기怪奇'하고 '거짓스러움譎詭'에 있음을 확인하였다. 그러나 그는 지괴소설이 명백한 허구이지만 그러한 이유로 종

13) 곽박, 「주산해경서注山海經敍」.
14) 간보, 「수신기搜神記 · 서序」.
15) 홍매, 「이견지夷堅志 · 정丁 · 서序」.

래의 유교주의자처럼 그것의 가치성을 부정하지 않고 "간보의 『수신기』, 우승유牛僧孺의 『현괴록』 (……) 등은 모두 그 안에 의미가 깃들지 않음이 없다干寶之搜神, 奇章公之玄怪, (……) 皆不能無寓言於其間"[16] 고 하여 환상이 갖는 우의寓意적 기능을 긍정하였다.

이상과 같은 환기론의 두 가지 입장을 중국소설사에서는 발전관계로 서술한다.[17] 즉 사회의 진보, 인식능력의 제고 등으로 인해 전자에서 후자로 발전해나갔다는 것이다. 그러나 후자의 출현으로 전자가 졸연히 폐기된 것처럼 이해하는 것은 근대 이후 소설사가의 그렇게 읽고 싶은 욕망일 뿐이다. 실제로 곽박 등의 주장과 같은 생각은 홍매 또는 그 이후의 시대에도 여전히 살아 공존해온 것으로 보아야 할 것이다.

허실론虛實論

위진남북조 이후 환기론은 다양한 전개과정에서, 소설은 사실의 기록이어야 한다는 정통 문인들의 당위론적인 견해—실록론實錄論과의 쟁론을 피할 수 없었다. 명대에는 이에 따라 진眞과 환幻, 진眞과 가假, 정正과 기奇 즉 사실과 허구의 관계에 대한 진지한 탐색이 시도되었다. 특히 이 시기에는 『서유기』를 위시한 신마소설이 크게 흥성하였고, 이들 작품에 대한 비평과 관련하여 논의가 많이 진행되었다. 우리는 이러한 논의들을 통하여 환상성에 대한 인식이 다시 어떻게 변모하였는지를 알아볼 수 있다. 우선 환기론적인 입장에서 환상의 문학적 의의를 극

16) 홍매, 「이견지夷堅志 · 을乙 · 서序」.
17) 팡정야오의 『중국소설비평사략』도 예외는 아니다.

도로 밀고 나간 문인으로는 원우령袁于令, 1592~1674이 있다. 그는 다음과 같이 주장한다.

> 글은 환상적인 것이 아니면 글이 아니고 환상적인 것이 극도에 이르지 않으면 환상적인 것이 아니다. 이로써 천하의 극히 환상적인 일이 바로 극히 참된 일임을, 극히 환상적인 이치가 극히 참된 이치임을 알 수 있다. 그러므로 참된 것을 말하는 것은 환상적인 것을 말함만 못하고 부처를 말하는 것은 마귀를 말함만 못하다.
>
> 文不幻不文, 幻不極不幻. 是知天下極幻之事, 乃極眞之事. 極幻之理, 乃極眞之理. 故言眞不如言幻, 言佛不如言魔.[18)]

원우령은 홍매의 뒤를 이어 환상을 창작상의 허구로 긍정하는 입장을 강화시켰다. 그가 말하는 '극도의 환상極幻'이란 『서유기』처럼 소설적 세계가 온전히 환상으로 창조된 것을 의미하고, 이것이 '극도의 진리極眞'일 수 있다는 이야기는 허구화된 예술세계에 반영된 삶의 진리를 웅변한 것이다. 원우령의 이같은 주장은 톨킨의 환상문학 정의에 대해 선구적인 의의를 갖는다. 톨킨에 의하면 성공적인 환상이 이루어지려면 2차세계의 성공적인 창조가 이루어져야 하고, 그 2차세계는 나름의 내적 리얼리티를 지니고 있어야 하기 때문이다.[19)]

이 시기에 원우령과는 달리 사조제謝肇淛는 사실과 허구를 상호보완적으로 통합하려는 입장에서 환상을 파악한다. 그는 "소설이나 통속적인 책들은 (……) 비록 매우 환상적이어서 타당

18) 원우령, 『서유기西遊記 · 제사題辭』.

19) 톨킨의 취지는 황병하, 앞의 논문, 138~139쪽에서 재인용.

성은 없지만 그래도 거기에는 지극한 이치가 담겨 있다小說野俚諸書, (……) 雖極幻無當, 然亦有至里存焉"[20] 고 말하며 일단 원우령과 비슷한 입장에서 출발하나, "무릇 소설이나 희곡을 지을 때에는 모름지기 허구와 사실을 반씩 섞어야 비로소 즐거움이 지극한 글이 될 수 있다凡爲小說及雜劇戲文, 須是虛實相半, 方爲遊戲三昧之筆"[21] 며 '극도의 환상'이 갖는 예술효과에 대해서는 전적으로 긍정하지 않는다. 사조제의 이같은 허실상반론虛實相半論은 장무구張無咎의 "인간과 귀신의 모습을 다 갖추어서 사실과 환상의 장점을 겸비해야 한다備人鬼之態, 兼眞幻之長"[22] 는 진환병겸론眞幻幷兼論으로 계승된다. 당시의 평론가들은 극환론極幻論의 견지에서는 『서유기』를, 허실상반론의 견지에서는 『수호전水滸傳』을 가장 모범적인 작품으로 손꼽았다.

4. 맺는말

지금까지 중국 환상문학의 역사와 이론의 대략적인 면모를 살펴보았다. 『산해경』에서 기원한 중국의 환상문학은 무협소설에 이르기까지 다양한 양식으로 꽃을 피웠다. 『서유기』는 그 중 최고의 걸작으로 손꼽힌다. 중국에서의 환상성에 대한 인식은 환기론과 허실론의 논의에서 보이듯이 불가해한 세계에 대한 심미적 표현 혹은 소망스럽지 못한 현실에 대한 우의적 진

20) 사조제, 『오잡조五雜組』 권卷15 「사부事部」.
21) 같은 책.
22) 장무구, 「북송삼수평요전北宋三遂平妖傳 · 서序」.

술의 두 가지 측면에서 주로 주어졌다. 그러나 문학사에서, 시대마다 존재하는 환상성에 대한 인식의 편차를 마치 환상성이 근대의 소설적 허구를 향해 진군한 것처럼 발전론적으로 기술하고 있는 것은 큰 잘못이 아닐 수 없다. 왜냐하면 우리는 어느 때든 어떤 종류의 환상에도 사로잡힐 수 있기 때문이다.

우리는 세계관과 서사적 토양의 차이로 인해 동아시아의 환상문학이 결코 토도로프류의 서구적 정의에 귀속될 수 없음을 잘 알고 있다. 그럼에도 불구하고 우리는 동아시아의 환상문학과 오늘의 판타지가 리오타르J. F. Lyotard의 이른바 서사지식[23]과도 같이 제도문학의 새외塞外에서 다 함께 흥기했던 점에서 창조적 조우의 가능성을 생각해볼 수 있다. 이미 개관했듯이 동아시아문학으로부터 길어올 수 있는 환상문학의 무궁한 자양을 고위금용의 취지에 입각하여 오늘의 판타지에 응용, 어떻게 그 정신을 새롭게 하고 그 내용을 풍요롭게 할 수 있을 것인가가 앞으로의 중요한 과제가 될 것이다.

23) 현실권력의 주변에 있는 서사지식은 자신의 정당화 문제에 특별한 가치를 부여하지 않으며 논증에 의존하지 않고 전달의 화용론에 의해 스스로 신뢰를 회복한다. 장-프랑수아 리오타르, 『포스트모던적 조건』, 이현복 옮김, 서광사, 1992, 59, 66~68쪽 참조.

9

신화 속의 몸, 몸 속의 신화

-중국신화 이미지의 삶

동아시아의 경우 도교의 신체관은 한의학으로 계승되었고 그것이 잠재적으로 현재 우리의 신체관에도 영향을 미친다고 생각할 때, 우리는 정신과 신체의 이원 구분에 의해 신체를 욕망의 주체로만 인식하는 근래의 담론으로 우리의 신체를 이해하고자 하는 시도가 얼마나 표피적인 접근인지를 깨달아야 할 것이다. 동아시아의 신체, 그것은 자연과 사물에 대한 이미지의 재구성의 소산으로서, 주술적 감수성에 의해 읽혀질 것을 요구하는 섬세하고 착종된 형상인 것이다.

형천刑天이 이곳에서 천제와 신의 지위를 다투었는데
천제가 그의 머리를 잘라 상양산常羊山에 묻자 곧 젖으로 눈을 삼고
배꼽으로 입을 삼아 방패와 도끼를 들고 춤추었다.
—『산해경』「해외서경」

1. 이미지의 영원회귀

머리가 없는 형천이 방패와 도끼를 들고 춤추는 모습에서 우리는 이미지의 갱신적인 힘, 그 힘이 강력히 웅변되고 있음을 본다. 고대의 이미지가 죽음이라는 영원한 부재에 대항하여 태어난 것으로 볼 때 머리가 잘려 죽은 형천은 이미지에 의해 재구성되어 거듭난 불멸의 존재이다. 중국의 가장 오래된 신화서인 『산해경山海經』은 본래 그림이 먼저 있었고 그 그림에 대한 해설서였다는 설이 유력하다. 『산해경』의 이러한 성격은 한자의 기원형태인 갑골문甲骨文이 신으로부터의 비전을 보충 대리하기 위해 고안된 것과 상응한다. 전설적인 우禹임금이 주조하고 새겨넣었다는 청동 솥의 그림들에 대한 이야기는 문자 이전의 시대, 이미지에 사로잡힌 고대인들의 상황을 짐작케 한다.

옛날, 우임금이 훌륭한 덕으로 다스리고 있을 때에 먼 곳에 있는 나

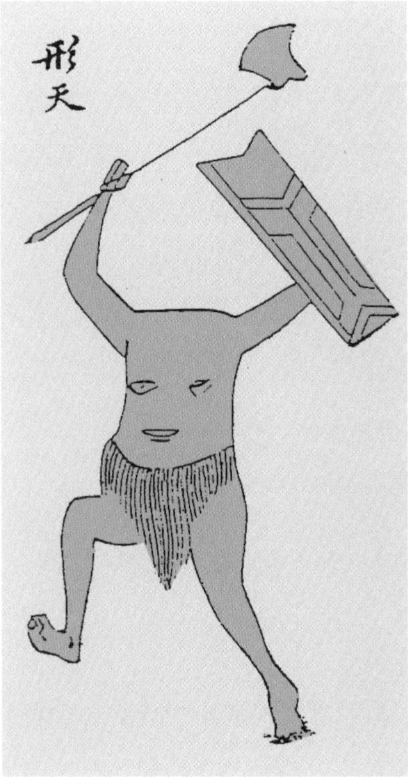

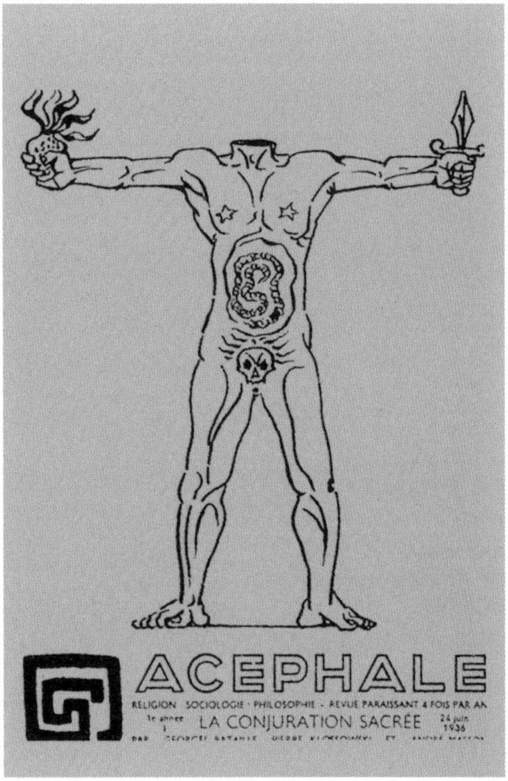

형천刑天 목이 잘린 채 방패와 도끼를 들고 춤추고 있다. 청淸 필원畢沅의 『산해경山海經』.
무두인無頭人 목이 잘린 채 폭탄과 칼을 들고 있다. 조르주 바타유와 발터 벤야민 등이 창간한 잡지 『무두인Acephale』의 표지 그림.

라들로 하여금 그곳의 사물의 형상을 그려서 바치고 구주九州의 쇠를 바치게 하였다. 그것으로 솥을 주조하여 그 위에 각지의 풍물을 새겨 온갖 사물의 형태를 갖추어 백성들로 하여금 신령스러운 것과 요사스러운 것을 파악하게 하였다. 그리하여 백성들은 강이나 호수, 산림에 들어가도 괴물을 만나지 않게 되었으며 도깨비를 만나도 그 해를 입지 않았다. 이로써 상하가 서로 화합하여 하늘의 도움을 받았던 것이다.

昔夏之方有德也, 遠方圖物, 貢金九牧, 鑄鼎象物, 百物而爲之

과보夸父 태양과 경주를 한 거인. 명明 장응호蔣應鎬의 『산해경회도山海經繪圖』.

備, 使民知神姦. 故民入川澤山林, 不逢不若, 螭魅罔兩, 莫能逢之. 用能協于上下, 以承天休.[1)]

청동 솥에 새겨진 이미지, 그것은 사물의 진상을 드러내는 적극적인 힘을 지닌 이미지로서 이 힘을 매개로 인간은 자연을 조절하고 절대자인 천天과 화해로운 관계를 유지한다. 다시 거인 과보夸父의 모험담을 읽을 때 우리는 앞서 형천의 경우와 마찬가지로 이미지의 존재론적인 특성을 확인하게 된다.

과보夸父가 태양과 경주를 하였는데 해 질 무렵이 되었다. 목이 말라 물을 마시고 싶어 황하黃河와 위수渭水의 물을 마셨다. (그러나) 황하와 위수로는 부족하여 북쪽으로 대택大澤의 물을 마시러 갔다가 도착하기도 전에 목이 말라 죽었다. 그 지팡이를 버렸는데 그것이 변하여 등림鄧林이

1) 『좌전』 「선공宣公」 3년.

되었다.

夸父與日逐走, 入日. 渴欲得飮, 飮于河渭, 河渭不足, 北飮大澤. 未至, 道渴而死. 棄其杖, 化爲鄧林.[2)]

과보는 과연 죽은 것일까? 태양과의 경주에서 패배한, 다시 말해 의식의 세계에서 지워진 과보의 존재성은 그러나 상상계, 곧 이미지의 세계에서 부활한다. 그리하여 그는 분신인 지팡이를 통해 울창한 숲으로 화하여 물을 빨아들이는 행위를 지속하는 것이다. 죽음을 삶으로 되돌리는 이미지의 이 원환적圓環的 성격에 유념하면서 이제 우리는 중국신화 이미지의 삶에 대해 살펴볼 시점에 이르렀다.

2. 신화 속의 몸

중국의 창조신화를 보면 태초에 천지는 혼돈상태로 마치 달걀 속과 같았고 그 속에서 반고盤古라는 큰 거인이 태어났다고 한다. 이때 밝고 맑은 기운은 하늘이 되었고 어둡고 탁한 기운은 땅이 되었다. 반고는 일만 팔천 세를 살다 죽었는데 그의 죽음 이후를 옛 책은 이렇게 전한다.

2) 『산해경』「해외북경」.

태초에 반고가 태어났다가 죽음에 이르러 그 몸을 변화시켰다. 즉 기운은 바람과 구름이, 소리는 우레가, 왼쪽 눈은 해가, 오른쪽 눈은 달이, 사지와 오체는 사방과 오악이, 혈액은 강이, 근육과 힘줄은 지형이, 살은 토지가, 머리칼은 별이, 몸의 털은 초목이, 이빨과 뼈는 금과 옥이, 골수는 보석이, 땀은 비와 못이 되었고, 몸속의 여러 벌레들은 바람에 감응하여 백성으로 변하였다.

首生盤古, 垂死化身, 氣成風雲, 聲爲雷霆, 左眼爲日, 右眼爲月, 四肢五體爲四極五岳, 血液爲江河, 筋脈爲地理, 肌肉爲田土, 髮髭爲星辰, 皮毛爲草木, 齒骨爲金玉, 精髓爲珠石, 汗流爲雨澤, 身之諸虫, 因風所感, 化爲黎民.[3]

태초의 우주적 거인이 있고, 이 거인이 죽어서 천지만물을 창조한다는 이야기는 세계 각국의 신화에 보편적으로 존재한다. 인도의 푸루사Purusha, 북유럽의 이미르Ymir, 바빌론의 티아마트Tiamat 등이 모두 반고와 같은 성격의 거인들이다. 다만 다른 거인들의 죽음이 대부분 '최초의 살해'의 방식에 의한 것인데 비하여 반고는 스스로 몸을 변화시켰다는 것이 다를 뿐이다.[4] 여기에서 우리가 주목할 것은 원시 인류에게 우주는 한 사람의 거인으로 상상되었고 이 거인의 신체가 분화되면서 삼라만상 곧 지구의 모든 자연현상이 비롯하였다는, 인간과 우주 자연을 일체로 간주하는 천인합일天人合一의 관념이다. 메리 더글러스는 고대인에게 있어서 완벽한 신체는 이상적인 신정神政을 상징하였다고 지적한 바 있는데[5] 이는 천인합일관의 또다른

3) 마숙馬驌, 『역사繹史』에 인용된 서정徐整의 『오운역년기五運曆年記』.

4) 학자들에 따라서는 이 차이를 창조신화에서 중국과 여타 세계의 결정적인 구별점으로 보아 상당히 중시하기도 한다. 이 글의 주제가 아니기 때문에 자세한 논급은 생략하지만 필자는 반고의 죽음이 후대의 문헌기록자들에 의한 '은폐된 살해'일 가능성도 있다고 본다. 왜냐하면 반고신화에 대한 도가의 전유專有라 할 『장자莊子』의 '혼돈混沌' 우화를 보면 그는 분명 '숙儵'과 '홀忽'에 의해 살해당하기 때문이다.

5) Mary Douglas, *Purity and Danger*, New York, Routledge & Kegan Paul Ltd., 1988, p. 4.

반고盤古 태극을 들고 있는 것은 그가 우주의 근원적 존재임을 상징한다. 『천지인귀신도감天地人鬼神圖鑑』.

표현이라 할 것이다. 근래 제기된 바 있는 러블록James Lovelock의 '가이아Gaia 설'에 의하면 지구는 단순한 물리적 대상이 아니라 피와 살을 지닌 신체처럼 활동하고 반응하는 유기적 총체이다. 다시 말해 지구는 하나의 거대한 신체인 셈이다. 우리는 러블록의 이러한 관념을 전술한 창조신화적 감수성의 소산으로 보아도 좋을 것이다.

거인 반고의 사체화생死體化生에 의해 창조된 대지 위에는 어떠한 신화적 존재들이 살고 있었을까? 그 존재들은 크게 신과 인간, 동물·식물·광물 등의 범주로 나누어지지만 중국신화의 세계에서 그들 각각의 정체성은 분명치 않다. 다시 말해서 그들은 존재 이면을 관류하는 공통의 생명력으로 인해 필요에 따라 자리바꿈을 한다. 이것이 변형metamorphosis이다. 가령 과보가 울창한 숲으로 변했던 것처럼. 아울러 그들은 존재가 겹쳐지기도 한다. 이 역시 신화에서 흔히 일어나는 일로 그들은 변종mutant·잡종hybrid 등의 복합형상을 취하게 된다. 이러한 신화적 존재들은 『산해경』에 충만해 있다. 가령 「서산경西山經」 유차산羭次山에는 다음과 같은 이상한 새가 있다.

이곳의 어떤 새는 생김새가 올빼미 같은데 사람과 같은 얼굴에 외다리이다. 이름을 탁비橐非라고 하며 겨울에 나타났다가 여름에는 숨어산다. 그 깃털을 차면 천둥을 두려워하지 않게 된다.

有鳥焉, 其狀如梟, 人面而一足, 曰橐非, 冬見夏蟄, 服之不畏雷.

탁비橐非 천둥을 두려워하지 않게 해주는 새. 명明 호문환胡文煥의 『산해경도山海經圖』.

촉음燭陰 낮과 밤, 여름과 겨울을 지어내는 기이한 뱀. 명 호문환의 『산해경도』.

승황乘黃 타는 사람을 장수하게 하는 신통한 동물. 일본 에도江戶 시대의 『가이키조주즈겐怪奇鳥獸圖卷』.

『산해경』에는 이와 같은 조인일체鳥人一體의 신체 이미지를 지닌 존재들이 많이 출현하는데 이들은 후대의 비상하는 존재인 우인羽人 곧 신선의 전신이다. 『산해경』에는 파충류의 이미지도 조류의 그것 못지않게 풍부하게 나타난다. 「해외북경」 종산鍾山의 신 촉음燭陰에 대한 묘사를 보자.

> 이 신이 눈을 뜨면 낮이 되고 눈을 감으면 밤이 된다. 입김을 세게 내불면 겨울이 되고 천천히 내쉬면 여름이 된다. (……) 길이가 천리이고 (……) 그 생김새는 사람의 얼굴에 뱀의 몸을 하고 붉은빛이며 종산鍾山의 기슭에 산다.
>
> 視爲晝, 瞑爲夜, 吹爲冬, 呼爲夏 (……) 身長千里, (……) 其爲物, 人面, 蛇身, 赤色, 居鍾山下.

촉음은 연금술적 동물 우로보로스uroboros와 같이 한 몸에 양면의 무한한 능력을 지닌 창조신적 존재이다. 연금술적 의미와 관련하여 「해외서경」 백민국白民國의 승황乘黃이라는 동물은 "생김새가 여우 같은데 등 위에 뿔이 있고 그것을 타면 이천 살까지 살 수 있다其狀如狐, 其背上有角, 乘之壽二千歲"는 점에서 카를 융이 즐겨 말한 유니콘unicorn과 비교된다.

『산해경』에는 이 밖에도 수많은 잡종 동물들과 변방 혹은 상상적 지경地境의 기형 인간들이 등장한다. 가령 대인국大人國·소인국小人國 사람을 비롯, 머리가 셋인 삼수국三首國, 팔이 유난히 긴 장비국長臂國, 하반신이 물고기인 저인국氐人國 사람 등이 출현

삼수국三首國 사람 머리가 셋인 사람. 명明 장응호蔣應鎬의 『산해경회도山海經繪圖』.

장비국長臂國 사람 팔이 긴 사람. 명 장응호의 『산해경회도』.

저인국氐人國 사람 인어 아저씨. 명 장응호의 『산해경회도』.

하여 정상인의 신체 이미지에 도전하고 그 경계를 무너뜨린다. 이 수많은 변종, 잡종적 이미지의 제국 『산해경』 안에서 그들은 어느 하나도 배제되지 않은 채 화해롭게 공존하고 있다.

우리는 이미 반고신화를 통해 고대인의 대자연과 신체의 합일관념에 대해 살펴보았다. 다음으로 『산해경』을 통해 확인할 수 있는 것은 존재 간의 융합을 지향하는 강렬한 정서이다. 그것은 특히 조인일체 등 인간과 동물의 잡종화된 신체 이미지를 통해 집중적으로 표현되어 있다. 후대에 이르면 신화는 사라지고 신체만이 남게 된다. 그때 과거의 이미지들은 어떻게 되었을까? 이것이 다음 장에서 탐구하게 될 주제이다.

3. 몸 속의 신화

서구에서 신화는 장편 서사시의 단계로 변천해감에 비해 중국에서는 서사시가 그리 발달하지 않고 단편적인 철학우화나 신선설화가 신화의 뒤를 이어 성행하게 된다. 이들은 대부분 도가 및 도교 계통의 설화로 중국의 서사학에서 신화와 소설 사이를 잇는 중요한 교량 역할을 담당한다. 즉 반고신화에 보였던 세계창조론·천인합일관은 초기 도가의 자연관 및 우주론을 구성하는 중요한 내용이 된다.[6] 가령 반고의 신체분화를 장자는 '숙儵'과 '홀忽'에 의한 '혼돈混沌'의 살해로 각색하여 인위적인 것과 자연적인 것과의 대립을 우화적으로 표현하였으며, 노자는 "하나가 둘을 낳고 둘이 셋을 낳으며 셋이 만물을 낳는다一生二, 二生三, 三生萬物"는 간결한 논리로 추상화시켰다. 여기에서 하나는 도를, 둘은 음양 혹은 천지의 이원분화를 의미한다. 그러면서 노자는 또한 "사람은 땅을 법칙으로 삼고 땅은 하늘을 법칙으로 삼으며 하늘은 도를 법칙으로 삼고 도는 자연을 법칙으로 삼는다人法地, 地法天, 天法道, 道法自然"고 거슬러 인식하여,[7] 결국 사람은 자연과 닮은꼴임을 설파하였다. 초기 도가의 철학자들에 의해 자연과 인간의 관계는 이같이 추상적, 논리적으로 정리되지만 중국 최대의 신체 담론이라 할 신선·도교 계통의 양생養生 이론에 이르면 보다 이미지화된 설명방식으로 그 관계를 풀어

6) 여기에 대해서는 반고신화가 후대의 자료집에 실려 있고 남방 소수민족신화이기 때문에 초기 도가와 내용상 연계성이 없다는 반론이 있을 수 있으나 근래 장광즈張光直, 지라도트 N. J. Giradot 등의 정밀한 논구에 의해 그러한 견해는 불식되고 있다. 이 문제와 관련한 자세한 내용은 Giradot, "The Problem of Creation Mythology in the Study of Chinese Religion", *History of Religions* Vol. 15(May 1976), No. 4 참조.

7) 『노자』 제25장. 이 부분에서 해석상 주의해야 할 점이 있다. '道法自然'의 '自然'은 현상으로서의 자연이 아니라 속성, 본질로서의 자연의 의미로 이해해야 한다.

나간다. 즉 인간이 자연과 닮은꼴이며 따라서 자연의 형상과 구조를 그대로 반복하고 있다는 관념은 자연과 인간을 대우주 대 소우주의 프랙털fractal 구조로 인식하는 것인데 이 관계는 다음과 같이 구체적, 형상적으로 묘사된다.

> 머리가 둥근 것은 하늘을 본뜬 것이고, 발이 네모진 것은 땅을 본뜬 것이다. 하늘에 사계·오행·아홉 지점·366일이 있듯이 사람에게도 사지·오장·아홉 개의 구멍·366개의 골절이 있다. 하늘에 비·바람·춥고 더움이 있듯이 사람에게도 빼앗고 줌·기쁘고 슬픔이 있다.
>
> 故頭之圓也, 象天. 足之方也, 象地. 天有四時五行九解三百六十六日, 人亦有四支五臟九竅三百六十六節. 天有風雨寒暑, 人亦有取與喜怒.[8)]

도교의 신체 담론을 치료에 적용한 후대의 의서醫書 속에서 소우주로서의 인간 존재는 더욱 분명하게 표현된다. 조선 전기 도교 내단학內丹學의 기본 입장을 계승한 허준許浚의 『동의보감東醫寶鑑』에도 다음과 같은 언급이 있다.

> 하늘과 땅 사이에 사람이 가장 귀하니 머리가 둥근 것은 하늘을 본뜬 것이며, 발이 네모진 것은 땅을 본뜬 것이다. 하늘에 사시四時가 있듯이 사람에게는 사지四肢가 있다. 하늘에 오행五行이 있듯이 사람에게는 오장五臟이 있다. 하늘에 육극六極이 있듯이 사람에게는 육부六腑가 있다. 하늘에 팔풍八風이 있듯이 사람에게는 팔절八節이 있다. 하늘에 구성九星이

8) 유안劉安, 『회남자淮南子』 「정신훈精神訓」.

있듯이 사람에게는 아홉 구멍九竅이 있다. 하늘에 12시時가 있듯이 사람에게는 12경맥經脈이 있다. 하늘에 24절기節氣가 있듯이 사람에게는 24유兪가 있다. 하늘에 365도수度數가 있듯이 사람에게는 365골절骨節이 있다. 하늘에 해와 달이 있듯이 사람에게는 눈이 있다. (……) 땅에 지하수가 있듯이 사람에게는 혈맥이 있다. 땅에 초목이 있듯이 사람에게는 모발이 있다. 땅에 돌과 쇠가 있듯이 사람에게는 이빨이 있다. 이 모든 것들이 천지와 오행의 기운을 받아 합쳐져 형체를 이루게 된다.

天地之內以人爲貴, 頭圓象天, 足方象地. 天有四時, 人有四肢, 天有五行, 人有五臟, 天有六極, 人有六腑, 天有八風, 人有八節, 天有九星, 人有九竅, 天有十二時, 人有十二經脈, 天有二十四氣, 人有二十四兪, 天有三百六十五度, 人有三百六十五骨節, 天有日月, 人有眼目, (……) 地有泉水, 人有血脈, 地有草木, 人有毛髮, 地有金石, 人有牙齒, 皆稟四大五常假合成形.

이렇게 본다면 자연 속에는 신체가, 다시 신체 속에는 자연이 투영되어 있는 셈이다. 특히 신체의 혈액을 지하수에, 모발을 초목에, 이빨을 쇠와 돌에 비유한 마지막 부분의 언급은 맨 처음에 예를 든 반고신화의 사유를 재현한 듯하여 흥미롭다. 청대淸代에 작성된 것으로 추정되는 도교의 신체수련과정을 이미지화한 〈내경도內經圖〉를 보면 신체는 강과 숲·들·바위·산 등의 자연 경물景物에 의해 표현되고 있다. 신체는 마치 지형도와 같다. 도교의 신체관을 그대로 계승한 한의학에서도 경혈經穴의 명명命名에 신체와 자연을 상응시키는 관념이 잘 드러나 있다.

자연을 닮은 인간 신체 각 기관을 자연의 모습으로 표현했다. 청대 淸代의 〈내경도內經圖〉.

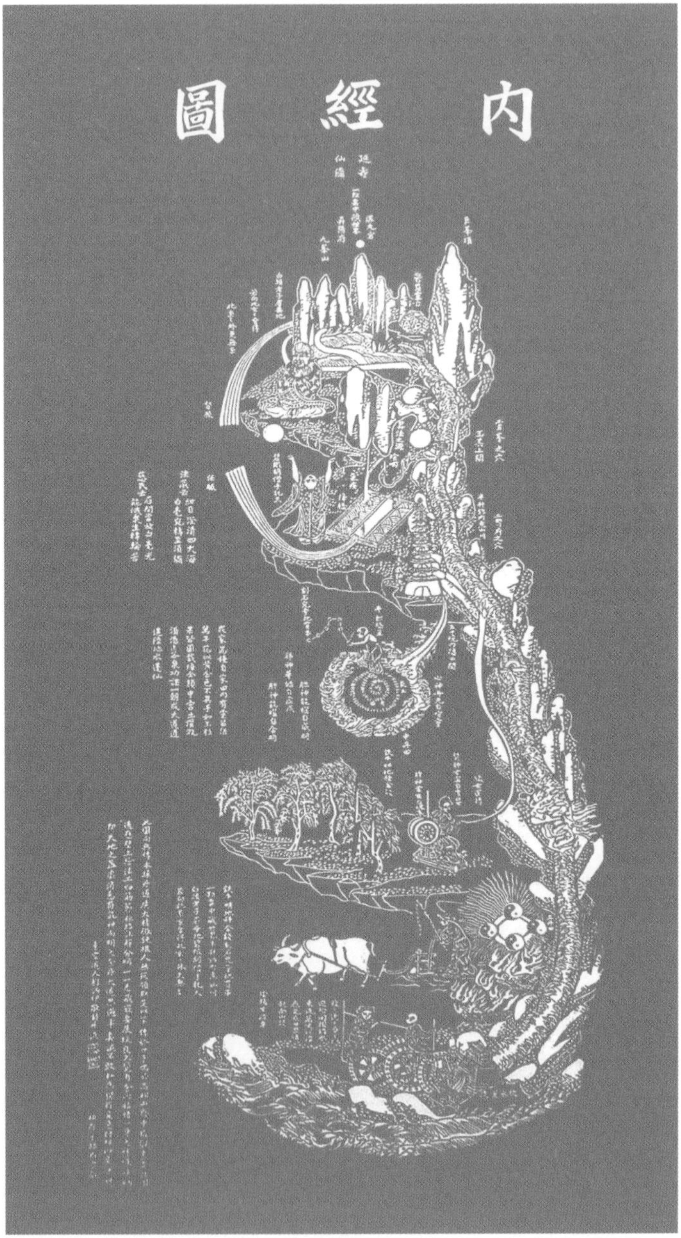

자연 속의 성 뽕나무 숲속에서 두 남녀가 정사를 벌이고 있다. 한대漢代의 기와에 새겨진 〈상림야합도桑林野合圖〉.

예컨대 태을太乙 · 자궁紫宮 · 풍부風府 · 운문雲門 등은 천체나 기상현상으로부터, 곤륜崑崙 · 상구商丘 · 양곡陽谷 · 합곡合谷 등은 산악으로부터, 수구水溝 · 곡지曲池 · 용천涌泉 · 견정肩井 등은 강과 물로부터 유래한 경혈명이다. 흥미로운 것은 중국의 춘화春畵에 자주 자연 풍경이 수반되고 있는 점이다.[9)] 춘화는 신체의 가장 역동적이고 자연스러운 운동의 순간을 포착한 그림이다. 고대 중국인들은 그러한 극적인 순간에도 자연과의 합일을 추구하고자 했다. 한대漢代의 벽돌에 그려진 뽕밭에서 교접하는 장면에서부터 명대明代의 대표적 염정소설艶情小說인 『금병매金瓶梅』의 정사 장면을 그린 삽화들에 이르기까지, 자연은 신체와 결코 떨어져 존재하지 아니한다.

이상의 고찰을 통해 우리는 후대의 신체 속에 신화 속의 자연이 이미지로 각인되어 있음을 알게 되었다. 이제 우리는 그토록 신체적 융합을 지향했던 신화적 존재들의 이미지의 운명

9) 구리야마 시게히사는 일본의 우키요에浮世繪와의 비교하에 중국의 춘화는 대자연을 실내에 불러들이고 있다고 지적한다. 자세한 내용은 구리야마 시게히사栗山茂久, 「신체관과 신체감身體觀與身體感 : 도교도해와 중국의학의 시각道敎圖解和中國醫學的目光」(『道敎と東アシア文化』, 京都: 國際日本文化硏究センター 學術會議發表論文集, 1999) 참조.

춘화春畵 1 멀리서 조감하듯이 정사 장면을 그려냈다. 『금병매金甁梅』 삽화.

춘화 2 실내의 정사 장면에도 자연이 배치되어 있다. 명청明淸 시대의 춘궁화春宮畵 〈교환交歡〉.

에 대해 살펴볼 필요가 있다. 앞서 말한 바 있듯이 중국에서 신화는 후대로 가면 도교에 의해 전유專有된다. 그리하여 우리는 다시 도교의 신체 담론 즉 양생養生·수선修仙이론 속에서 신화적 존재들의 문제를 검토해야 한다. 도교는 잘 알려져 있다시피 육체의 불사를 추구한다. 이를 위해 약물 복용服藥·신체 단련導引·호흡 수련調息·성적 기교房中術 등 여러 가지 신체적 역량을 강화시키는 방법들을 동원하는 한편 명상·선행 등 정신적 방면의 노력들도 병행한다. 무속적 성향이 농후한 도교 상청파上淸派 계통에서 중시하는 명상 수련법으로 존사법存思法이 있는데 이 법은 신체 내의 각 기관에 거하고 있다고 믿어지는 체내신體內神

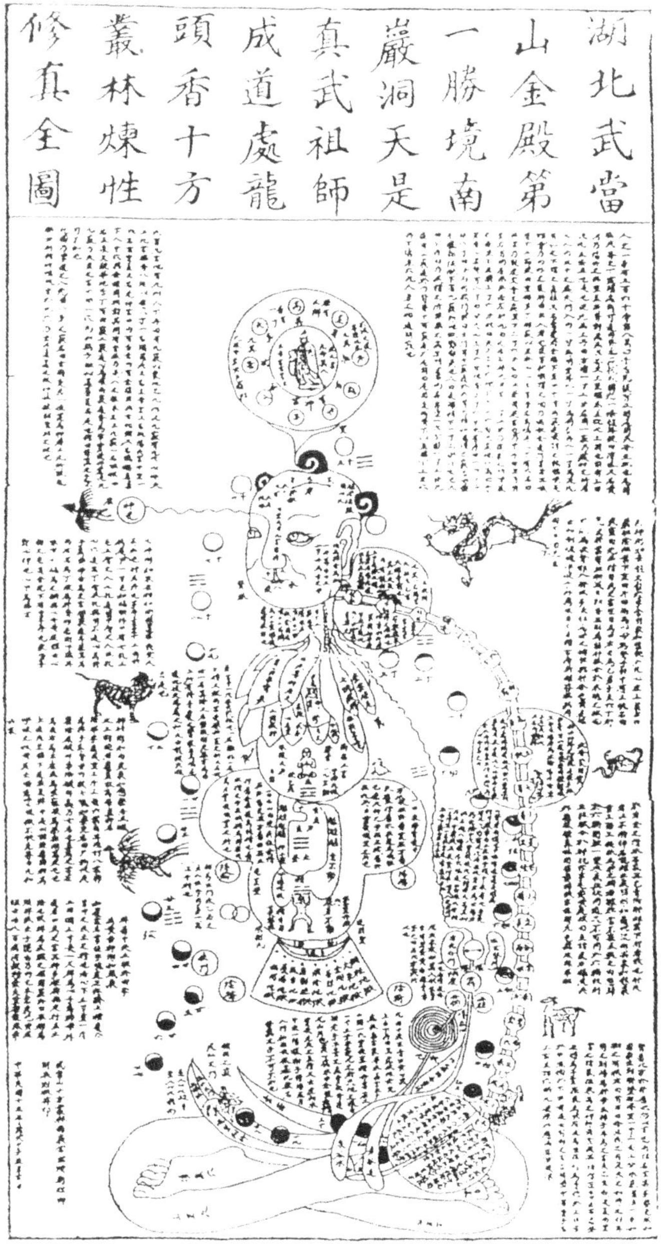

수련하는 몸 체내신들의 형상, 신체 수련의 경로와 각 단계의 현상이 표현되어 있다. 북경北京 백운관白雲觀 소장 〈수진도修眞圖〉.

들을 상념하는 것이다. 원시도교 경전인 『태평경太平經』에는 일찍이 체내신의 존재에 대한 기록이 있다.

사계절과 오행의 정신이 사람의 몸에 들어가면 오장신五藏神이 되고, 나가면 사계절과 오행의 신의 성분이 된다.

此四時五行精神, 入爲人五藏神. 出爲四時五行神精.[10]

체내신體內神 신장腎臟에 거주하는 체내신 현록玄鹿의 모습. 『도장道藏』「황정내경오장육부도黃庭內景五臟六腑圖」.

체내신이란 다름아닌 자연에 상응한 신체 내부 각 기관의 근원적 기운을 신격화한 것으로, 존사란 이 신들이 제자리를 지키도록 정신을 집중하는 일이다. 체내신이 자리를 떠나면 그 부위에 병이 들게 되고, 체내신 모두가 안정되어 있으면 불로장생을 달성할 수 있게 된다. 상청파의 대표적 경전인 『황정내경경黃庭內景經』에서는 존사의 방법 및 체내신의 형상에 대해 자세히 언급하고 있는데, 중요한 것은 이들 체내신이 앞서의 신화적 존재들로부터 유래하고 있다는 사실이다. 가령 간신肝神인 청룡青龍, 심신心神인 주작朱雀, 폐신肺神인 백호白虎, 담신膽神인 현무玄武, 신신腎神인 현록玄鹿, 비신脾神인 봉鳳 등의 형상은 기원적으로 『산해경』에서의 잡종화된 신화적 동물들의 이미지와 관련이 깊다. 수도자는 상념중에 이들 체내신의 이미지를 하나하나 떠올려 그들을 신체 내에 진좌鎭坐시켜 자신의 근원적 기운이 잘 보전되도록 노력한다. 체내신으로 정착한 중국신화의 이미지는 이렇게 도교의 신체에서 극대의 효용을 발휘한다. 이미지는 여기에서 죽음의 해체에 맞설 뿐 아니라 개체를 우주적 질서에 통

10) 『태평경』 권72 「재계사신구사결齋戒思神救死訣」.

합시키는, 실질적 영생의 수단이 되고 있는 것이다.[11]

4. 맺는말

지금까지 우리는 반고신화와 『산해경』 신화를 대상으로 중국신화 속의 신체 이미지를 탐색하였고, 다시 후대의 도교 문헌을 바탕으로 중국인의 신체 속 신화 이미지를 고찰해보았다. 그 결과 신화 속에서 신체는 자연 및 사물과 긴밀한 상응관계에 있었으며, 이러한 관계성은 후대에 이르러 신화의 겉옷이 벗겨졌음에도 신체 속에서 이미지의 재현 기능에 의해 강하게 남아 있음을 확인할 수 있었다. 동아시아의 경우 도교의 신체관은 한의학으로 계승되었고 그것이 잠재적으로 현재 우리의 신체관에도 영향을 미친다고 생각할 때, 우리는 정신과 신체의 이원 구분에 의해 신체를 욕망의 주체로만 인식하는 근래의 담론으로 우리의 신체를 이해하고자 하는 시도가 얼마나 표피적인 접근인지를 깨달아야 할 것이다. 동아시아의 신체, 그것은 자연과 사물에 대한 이미지의 재구성의 소산으로서, 주술적 감수성에 의해 읽혀질 것을 요구하는 섬세하고 착종錯綜된 형상인 것이다.

11) 레지스 드브레, 『이미지의 삶과 죽음』, 정진국 옮김, 시각과언어, 1994, 31, 35쪽.

10

사이보그 서사의 기원, 역사 그리고 비교학적 성찰

최근 사이버네틱스·유전공학·인공지능 등의 급격한 발달로 인해, SF소설 및 영화에서 표현된 사이보그 서사는 점차 현실화되어가고 있다. 물론 이들 작품은 대부분 테크놀로지의 미래에 대해 비판적, 디스토피아적 전망을 내리고 있다. 그러나 오늘의 현실은 테크놀로지를 싫어하는 것이 인간 자체를 싫어하는 것에 다름아닐 정도로 테크놀로지적이다. 진정 인간은 "우리의 형상을 따라 우리의 모양대로" 또다른 종류의 인간을 만들어내어 "땅을 정복하라"고 명할 셈인가? 아우라가 사라진 그 시대에 도처에서 명멸하는 것은 기계의 아름다움뿐일 것이다.

처음 인형을 만든 자는 아마 후손이 없을 것이다.

—공자

하나님이 가라사대 우리의 형상을 따라
우리의 모양대로 우리가 사람을 만들고

—『구약』「창세기」

1.『산해경山海經』에서 내단법內丹法까지

사이보그cyborg는 잘 알려져 있다시피 기계와 유기체의 복합물로서 합성인간 혹은 인조인간을 지칭한다. 여기에서 우리가 사이보그의 개념을 인간과 이류異類적인 것의 결합이라는 관점으로 보다 넓게 생각해서[1] 그 기원을 추리해보면 신화적 상상력과 어렵지 않게 만나게 된다. 다름아닌 중국의 신화집『산해경』에는 인간과 동물의 복합형상이 무수히 출현한다. 원시상태에서는 토테미즘, 애니미즘적 사고로 인하여 동물성animality에 대해 상당한 우월성을 부여했기 때문에 이러한 인수동체적人獸同體的 존재는 대개 신성神性을 지녔거나 비범한 능력을 보유한 것으로 표현된다. 가령 화산和山의 신 태봉泰逢은 사람의 모습에 호랑이의 꼬리가 있는데 비·구름을 일으키며,[2] 영구산令丘山의 옹顒이라는

1) 사실상 이 글에서 논의하고 있는 사이보그 인간학의 범주에는 협의의 사이보그 개념을 넘어서 유전학적 복제인간인 안드로이드, 완전한 기계인간인 로봇, 사이버 공간의 가상인물 등 인간과의 경계를 넘나드는 모든 인공적 인간 존재들이 포괄되고 있음을 밝혀둔다.

2) "又東二十里, 曰和山, (……) 吉神泰逢司之, 其狀如人而虎尾, 是好居于萯山之陽, 出入有光. 泰逢神動天地氣也."(『산해경』「중차삼경中次三經」)

태봉泰逢 비 · 구름을 일으키는 산신. 명明 호문환胡文煥의 『산해경도山海經圖』.

옹顒 가뭄을 미리 알려주는 새. 명 호문환의 『산해경도』.

새는 사람의 얼굴에 네 개의 눈이 있는데 천하의 가뭄의 전조前兆가 된다.[3] 이렇게 보면 현대인이 사이보그에 투사하고 있는 무한한 힘에 대한 욕망 역시 원초적으로는 신화적 복합형상에 대한 신뢰감과 무관하지 않음을 알 수 있다. 그러나 사이보그는 기본상 인간의 도구라는 관점에서 '제작' 된 것으로 신화상의 자발적 존재들과는 태생이 다르다.[4] 여기에서 우리는 동아시아의 기술 전통이라는 다른 차원에서 사이보그에 대한 기원적 인식을 살펴볼 필요가 있다.

이러한 취지에 입각하여 다시 『산해경』을 보면 기굉국奇肱國이라는 이상한 나라의 사람들에 대한 기록이 눈에 띈다.

> 기굉국奇肱國이 그 북쪽에 있다. 그 사람들은 팔이 하나에 눈이 셋이며 암수한몸이고 무늬 있는 말을 탄다.
>
> 奇肱之國在其北, 其人一臂三目, 有陰有陽, 乘文馬.[5]

보다 중요한 것은 이 짤막한 원문에 대한 주석이다. 4세기경

3) "又東四百里, 曰令丘之山, (……) 有鳥焉, 其狀如梟, 人面四目而有耳, 其名曰顒, 其鳴自號也, 見則天下大旱."(『산해경』「남차삼경南次三經」)
4) 신화적 존재도 인간 상상력의 소산所産으로 보아 '제작' 된 것으로 간주할 수 있을지 모른다. 그러나 그들은 '도구성' 보다 '목적성' 을 표현한다.
5) 『산해경』「해외서경海外西經」.

기굉국奇肱國 사람 외팔이인데 손재간이 좋다고 한다. 청淸 왕불汪紱의 『산해경존山海經存』.

동진東晋의 곽박郭璞은 기굉국 사람들에 대해 다음과 같은 부연설명을 달았다.

> 그 사람들은 기계장치를 잘 만들어 그것으로 온갖 짐승을 잡기도 하고 나는 수레를 만들 줄 알아 바람을 타고 멀리 다니기도 한다. 탕湯임금 때 그것을 예주豫州 땅에서 얻었는데 곧 부수고 백성들에게 보여주지 아니하였다. 십 년 후 서풍이 불었을 때 다시 만들어서 보내주었다.
>
> 其人善爲機巧, 以取百禽, 能作飛車, 從風遠行. 湯時得之於豫州界中, 卽壞之, 不以示人. 後十年西風至, 復作遣之.

곽박의 주석을 참조하면 우리는 기굉국을 신화상에 등장한, 테크놀로지를 추구한 최초의 집단으로 가정해볼 수 있다. 이러한 가정하에 기굉국 사람들을 묘사한 원문을 다시 읽어보자. 현대의 주석가인 위앤커袁珂는 기굉국奇肱國의 팔 '굉肱' 자가 다리 '고股' 자의 잘못된 표기일 것으로 추정하였다.[6] 그렇다면 기굉국 사람들은 외다리인 셈인데, 외다리는 그리스 신화에서 야장신冶匠神이자 절름발이인 헤파이스토스를 연상케 한다. 이들이 암수한몸이라는 표현은 기계의 무성無性적, 중성적 특징을 암시하는 듯하다. 마지막으로 '무늬 있는 말文馬'을 타고 다닌다 했는데, 문마는 눈이 황금빛인, 그것을 타면 천 살까지 살 수 있다는 신비한 말[7]로서 이 역시 기계의 불후함을 상징하는 듯하다. 이렇게 볼 때 장인匠人 집단인 기굉국 사람들의 모습에는 테크놀로지의 화신인 사이보그의 이미지가 중첩되어 있음을 느

6) "珂案, 淮南地形篇作奇股. 高誘注云, 奇隻也. 股, 脚也. 則是獨脚人矣. 以較獨臂, 似獨脚於義爲長."(위앤커袁珂, 『산해경교주山海經校注』, 臺北: 里仁書局, 1982, 213쪽)

7) "犬封國曰犬戎國, 狀如犬. 有一女子, 方跪進杯食. 有文馬, 縞身朱鬣, 目若黃金, 名曰吉量, 乘之壽千歲."(『산해경』「해내북경海內北經」)

낄 수 있다. 외팔 혹은 외다리인 그들의 모습은 멀리 설치미술가 이불이 제작한 우레탄 재질의 사이보그 형상과 일맥상통하는 듯하다.

기형 사이보그 외팔과 외다리로 불완전한 기계문명을 상징한다. 이불의 〈사이보그 W2〉.

그러나 손재간이 뛰어난 기굉국 사람들은 중국의 서쪽 변방에 거주하는 이방인들이었다. 전설적 성군 중 하나인 탕 임금이 우연히 이들의 기계를 접하였으나 부숴버리고 백성들에게 보여주지 않았다는 일화는 고대 동아시아에서의 테크놀로지에 대한 강한 불신을 표명한다. 성군이란 우주의 법칙을 체득하여 그것을 인간과 만물에 대해 조화롭게 베풀 능력을 지닌 영웅적 존재이다. 기굉국의 기계가 이러한 성군에 의해 거부된 것은 기계가 정상적인 도리에서 어긋난, 자연의 법칙성을 위배한 그릇된 사물이라는, 뿐만 아니라 그것이 인간을 심각하게 그르칠 수도 있는 위험한 사물이라는 인식에서 비롯된 것이다.

어쨌든 신화시대 이후 고대 중국에서의 테크놀로지에 대한 지식은 이방인이나 변방의 이탈자들, 정치적으로 추방된 무리들 속에서 보존되었고, 과학사가인 니덤Joseph Needham이 적절히 파악했듯이 주로 도교 전통 속에서 성장하였다.[8] 이는 도교가 발생적으로 주변문화와 긴밀한 관련을 맺고 있기 때문이었다. 초기 도교의 사제인 방사方士는 어의語義 자체가 '변방의 지식인'이기도 하지만 주술 및 고대의 기예技藝를 보유한 존재였다. 따

8) 니덤J. Needham은 도교 경전에서 신격화되어 있는 전설적 역적逆賊들과 각종 고대 기술과의 관련성에 주목한다. 조셉 니덤, 『중국의 과학과 문명 2』, 이석호 외 옮김, 을유문화사, 1986, 169~175쪽.

라서 우리는 『산해경』 이후 테크놀로지에 대한 기록을 도교 관계 문헌에서 찾아볼 필요가 있다. 대략 기원전 3, 4세기 전국戰國시대 무렵 혹은 그후에 지어진 것으로 추정되는 『열자列子』에는 다음과 같이 길지만 흥미로운 이야기가 실려 있다.

> 주목왕周穆王이 서쪽으로 시찰을 떠나 곤륜산崑崙山을 넘어 엄산弇山에 이르렀다. 돌아올 적에 아직 중국에 못 미쳤는데 도중의 한 나라에서 언사偃師라고 하는 공인工人을 바쳤다. 목왕이 그를 들어오라 하고 물었다. "그대는 무슨 일을 잘 하는가?" 언사가 대답하였다. "신은 명하시는 대로 다 해볼 수 있습니다. 그러나 신이 이미 만들어놓은 것이 있는데, 바라옵건대 먼저 보셨으면 합니다." 목왕이 말하였다. "다른 날 가지고 와서 함께 보도록 하자." 그 다음날 언사가 임금을 뵙고자 하여 들어오게 하고 임금이 말했다. "너와 함께 온 자가 누구냐?" 언사가 대답했다. "신이 만든 배우입니다." 목왕이 놀라서 보니 뛰었다 걸었다 굽혔다 일으켰다 하는 것이 실로 사람이었다. 희한하게도 그것의 턱을 건드려보니 음률에 맞춰 노래를 부르고 그것의 손을 어루만졌더니 장단에 맞춰 춤을 추었다. 온갖 행동을 시키는 대로 다 하였다. 왕이 진짜 사람인가 여기고 총애하는 성희盛姬 및 시첩侍妾들과 더불어 보았다. 연기가 막 끝나려 할 즈음에 배우가 눈짓으로 임금의 곁에 있는 여인들을 불렀다. 임금이 대로하여 즉시 언사를 베려 하였다. 언사가 크게 두려워하여 곧 배우를 해체해서 임금에게 보이니 모두가 가죽·나무·아교·물감 등을 합성하여 이루어진 것이었다. 임금이 자세히 살펴본즉 안에 있는 간·쓸개·심장·허파·지라·콩팥·창자·밥통 등과

밖의 근육·뼈·관절·피부·터럭·이빨·머리카락 등이 진짜는 아니지만 어느 하나도 없는 것이 없었다. 이것들을 합쳐놓으니 다시 처음 볼 때와 같았다. 임금이 시험 삼아 그 심장을 없애니 말을 못하고, 간을 없애니 눈을 뜨지 못하고, 콩팥을 없애니 걷지를 못하였다. 목왕이 이에 비로소 기뻐하며 감탄해 말하였다. "사람의 솜씨가 조물주와 같을 수 있다니!" 왕명으로 따로 수레를 내어 그들을 싣고 돌아갔다. 대저 반수班輸의 구름사다리와 묵적墨翟의 나는 나무솔개는 스스로들 최고의 수준이라 여겼던 것들이지만 제자 동문가東門賈와 금골리禽滑釐가 언사의 솜씨에 대해 듣고 두 사람에게 얘기했더니 두 사람은 평생토록 감히 기술에 대해 말하지 못하고 이따금 자와 그림쇠를 잡을 뿐이었다.

周穆王西巡狩, 越崑崙, 至弇山. 反還, 未及中國, 道有獻工人名偃師, 穆王薦之, 問曰, 若有何能? 偃師曰, 臣唯命所試, 然臣已有所造, 願王先觀之. 穆王曰, 日以俱來, 吾與若俱觀之. 越日偃師謁見王, 王薦之, 曰, 若與偕來者何人邪? 對曰, 臣之所造能倡者. 穆王驚視之, 趣步俯仰, 信人也. 巧夫 顉其頤, 則歌合律, 捧其手, 則舞應節. 千變萬化, 惟意所適. 王以爲實人也, 與盛姬內御並觀之. 技將終, 倡者瞬其目而招王之左右侍妾, 王大怒, 立欲誅偃師, 偃師大慴, 立剖散倡者以示王, 皆傅會革·木·膠·漆·白·黑·丹·青之所爲, 王諦料之, 內則肝·膽·心·肺·脾·腎·腸·胃, 外則筋·骨·支·節·皮·毛·齒·髮, 皆假物也, 而無不畢具者, 合會復如初見. 王試廢其心, 則口不能言, 廢其肝, 則目不能視, 廢其腎, 則足不能步, 穆王始悅而歎曰, 人之巧乃可與造化者同功乎? 詔貳車載之以歸. 夫班輸之雲梯, 墨翟之飛鳶, 自謂能之極也. 弟子東門賈禽

滑釐聞偃師之巧以告二子, 二子終身不敢語藝, 而時執規矩.[9]

공인工人 언사가 주목왕에게 진상한 인형은 완벽하게 인간을 닮은 로봇인 셈이다. 그것은 인간의 신체구조를 그대로 모방하고 음양오행의 원리에 의해 내장이 기능하도록 설계되어 있지만 재료는 나무·가죽·아교·물감 등의 생명 없는 물질이다. 재질만 금속이 아닐 뿐 인공지능의 수준에서는 현대의 로봇을 능가하는 이 인형은 스스로 노래 부르고 춤출 뿐만 아니라 참람僭濫하게도 황제의 애첩들을 유혹하려 한다. 바로 이 점이 흥미 있는 대목이다. 왜 이 설화의 작자는 인형이 자발적으로 사람을 유혹할 수 있다고 생각했을까? 정교하게 만들어진 인형이 의식을 지닐 수 있다는 이러한 발상의 배후에는 형신形神관계론에서 형 즉 신체성에 우위를 부여하는 도교적 사유가 깔려 있고, 다시 더 원인을 추구해보면 형체 있는 모든 것에 영혼이 깃든다는 만물유령론萬物有靈論 곧 애니미즘적 관념이 근저에 자리 잡고 있음을 알 수 있다. 그러나 설화의 작자는 인형의 의식에 분별력마저 부여하지는 않았다. 인형이 인형으로서의 단순한 기능을 넘어 인간 고유의 의식의 영역으로 들어왔을 때 그것은 분별력의 결여로 인해 필연적으로 제작자의 생명을 위협하는 상황에 이르게 되었다. 인형의 방자한 행동에 격분한 주목왕이 언사를 죽이려 했기 때문이다. 표면적으로는 공인 언사의 비범한 재능을 상찬賞讚하고 있는 이 설화는, 그러나 인조인간이 제작자인 인간 자신을 파멸시킬 수도 있다는 언외言外의 경고를 함

9) 『열자』「탕문湯問」.

축하고 있다. 앞서 『산해경』에서의 기계에 대한 불신에 이어 『열자』에서는 인조인간의 위험성에 대해 암시하고 있는 것이다. 사실 이러한 종류의 우려는 도교뿐만 아니라 유교 인문주의자인 공자에 의해서도 이미 강력하게 표명된 바 있다. 『맹자』에는 공자의 언급을 두고 다음과 같은 논의가 있다.

> 공자께서 말씀하시길 "처음 인형을 만든 자는 아마 후손이 없을 것이다"라고 하셨는데 이는 그자가 사람의 형상을 본떠 인형을 만들어 순장물殉葬物로 삼았기 때문입니다. 어떻게 이 백성들을 굶주려 죽게 만들 수 있단 말입니까?
>
> 仲尼曰, 始作俑者, 其無後乎! 爲其象人而用之也. 如之何其使斯民飢而死也?[10]

고대에는 순장물로 나무인형을 죽은 자와 함께 묻는 풍습이 있었는데 이때 인형이 산 사람처럼 보이도록 움직일 수 있게 만들었다고 한다. 인간의 존엄성을 강조하는 공자의 입장에서 이러한 행위는 참을 수 없는 만행이었던 듯, 중국인에게는 가장 심한 욕인 '후손이 없을 것'[11]이라는 극렬한 언사로 질타하고 있다. 인형을 만드는 일이 인간의 형상을 본뜨는 것이기 때문에 후손이 없을 것이라는 맹자의 해석은 이미지의 실재를 대신하는 힘에 대한 두려움에 근거한 것이다. 맹자는 공자의 인문주의적 언설을 인용하여 전국시대의 전제군주가 민생에 관심을 가져줄 것을 호소한 것이었지만 후세에 진시황秦始皇과 같

10) 『맹자』「양혜왕梁惠王 · 상上」

11) 가령 루쉰의 『아Q정전阿Q正傳』에서도 아큐에게 희롱당한 여승이 분개해서 퍼붓는 욕이 "이 자손 끊길 아큐놈아!這斷子絶孫的阿Q!"였다. 공자 이래 루쉰 시대에 이르기까지 유구한 전통을 지닌 욕설이 아닐 수 없다.

병마용兵馬俑 진시황秦始皇의 무덤 세계를 지키기 위해 제작된 테라코타 병정들.

은 권력자는 이러한 호소를 대수롭지 않게 여겼다. 오늘날 진시황릉에서 발굴된 다량의 병마용兵馬俑은 살아 있는 듯한 역동적인 모습으로 우리를 놀라게 한다. 그럼에도 불구하고 사이보그 시대에 접어들고 있는 우리에게 공자의 경구警句는 마치 인류의 종말을 예고하는 묵시록처럼 들린다. 인형에 의한 산 사람의 대체와 사이보그에 의한 현존 인류의 대체, 인형·사이보그의 무생식無生殖과 '무후無後'는 그럴듯하게 서로 반향하지 않는가?

진시황 이후에도 중국에서는 죽은 자를 위한 다양한 종류의 인형과 무덤을 지키는 진묘수鎭墓獸 등이 지속적으로 제작되었다.[12] 그러나 이러한 풍조가 당대唐代를 고비로 급격히 쇠락하는 것은 송대 이후 성리학이 지배하면서 전술한 공자의 언설이 힘을 얻게 되었기 때문일 것이다. 한 가지 흥미로운 사실은 후한後漢 말기에 저 유명한 전략가인 제갈량諸葛亮이 동물 로봇을 제작한 일이다. 제갈량 역시 인문주의자이다. 그는 인두人頭를 바치던 남방의 희생제의를 소, 돼지고기를 속으로 다져넣은 만두饅頭의 의식으로 대체시킨 적이 있다. 그리하여 그는 인조인간 대신 동물 로봇을 만든다. 『삼국연의三國演義』 제102회를 보면 그가 기산岐山에서 위장魏將 사마의司馬懿와 대치하고 있는 와중에 목우木牛와 유마流馬라는 군량 운반용의 소와 말을 제작하는 장면이 나온다.

그러던 어느 날, 장사 양의가 들어와서 말했다. "지금 양초가 모두 검각에 있는데 인부나 우마로는 운반하기가 어려우니 어찌하면 좋겠습니까?" 공명이 웃으며 말했다. "내 이미 생각한 지 오래요. 전에 쌓아두었던 목재와 서천에서 사들인 목재를 이용하여 지금 목우·유마를 만들게 하고 있으니, 그것이 완성되면 군량미를 운반하기가 아주 편리할 것이오. 목우와 유마는 모두 먹이를 주지 않아도 되니 밤낮을 가리지 않고 운반할 수가 있소." 모든 사람이 다 놀라며 물었다. "예로부터 목우와 유마가 있다는 말은 들어본 일도 없는데, 승상께서는 어떤 묘한 방법으로 그런 기이한 물건을 만드셨습니까?" 공명이 대답했다.

12) 중국의 인형 제작 역사 및 그 예술적 특징에 대해서는 차오저즈曹者祉·순빙건孫秉根 주편主篇, 『중국 고대의 인형中國古代俑』(上海: 上海文化出版社, 1998) 참조.

"내 이미 사람을 시켜서 제작하도록 했으나 아직 완성하지는 못했소. 내가 우선 목우·유마를 만드는 법이며 그 치수와 둘레, 길이, 너비를 써줄 테니 눈여겨보도록 하오." 여러 장수들이 모두 다 기뻐하니 공명은 곧 종이에 도면을 그려 여러 사람이 보게 했다. (……) 도면을 살펴본 여러 장수들은 매우 감복하여 모두 땅에 엎드려 공명에게 말했다. "승상은 참으로 신인이십니다." 그로부터 며칠 뒤 목우·유마가 모두 만들어졌는데 완연히 살아 있는 것과 같았다. 산으로 올라가기도 하고 내려가기도 하니 편리하기가 그만이었다. 모두들 그것을 보고 기뻐하지 않는 자가 없었다. 공명은 우장군 고상高翔으로 하여금 군사 일천을 거느리고 목우·유마를 몰아 검각에서 기산 대채 사이를 왕래하며 군량과 마초를 운반하여 군중에 공급하도록 했다.[13)]

목우·유마가 어떠한 동력으로 움직였는지, 과연 이 설화가 어느 정도의 사실에 근거한 것인지는 알 길이 없다. 다만 고대 중국의 인문주의자들의 사이보그에 대한 관심이, 공자가 경고한 바 '후손이 없'어질 수도 있는 인조인간의 위험성으로부터 동물 로봇의 실용성을 지향하는 취지로 안착한 것은 아닐까 하는 생각이 들지만 이 역시 논증된 견해는 아니다.

그러나 유교보다 신체성에 강한 집착을 보여온 도교는 인문주의자와 길을 달리하게 된다. 도교도 인조인간의 위험성은 인지하지만 그것이 갖고 있는 신체적 내구성, 무한한 능력에 대해서는 매력을 느낀다. 그리하여 도교는 그러한 완벽한 신체의 꿈을 인간 밖에서 실현하고자 했던 것을 인간 내부로 방향 전

13) 나관중, 『삼국지』, 김광렬 외 옮김, 삼성출판사, 1994, 47~49쪽.

환하여 스스로의 몸속에서 별도의 완전한 몸을 이룩하고자 한다.[14] 아니, 이러한 견해는 보기에 따라 도교 본래의 불사 추구의 취지에 인조인간에 대한 욕망이 통합된 것이라고 말할 수도 있을 것이다. 도교에서 추구하는 금강불괴金剛不壞의 신체, 자유자재의 능력은 실상 사이보그가 구유具有하고 있는 장점과 어떤 면에서 일치한다. 단지 신체성의 견지에서 말이다.

초기의 도교는 자신 속의 완전한 개체의 실현을 외부 약물의 힘에 의존하였다. 사물의 에센스 특히 광물질의 정기精氣를 주입함으로써 새로운 개체를 탄생시킬 수 있다는 이른바 외단법外丹法은 후한의 위백양魏伯陽을 거쳐 동진東晋의 갈홍葛洪에 이르러 이론적으로 집대성을 기하게 된다. 그러나 외단법은 약물중독 등의 폐해를 노정露呈하였고, 이에 따라 당대唐代 이후 도교 수련은 호흡과 명상을 통해 신체 내부에서 정기를 취하는 내단법內丹法으로 점차 방향을 바꾸게 된다.

그렇다면 외단법이든 내단법이든 도교에서 신체 내부에 이룩한 별도의 완전한 개체는 어떠한 과정을 거쳐 어떠한 모습을 취하게 되는가? 호흡과 명상 등의 수련을 통해 신체 내부에는 결태結胎라는 현상이 처음 일어나는데 이것은 마치 수태受胎와 같이 완전한 개체가 형성되는 시초의 상황이다. 이후 지속적인 수련에 의해 이 새로운 개체의 태아胎兒를 잘 길러 영아嬰兒상태로부터 자신의 몸 크기만큼 키운다. 이 과정을 양신養神이라 하고, 이렇게 해서 이룩된 몸속의 완전한 몸을 원신元神이라 부른다. 원신은 불사신不死身으로서 시간과 공간을 초월한다. 그것은

14) 시빈은 도교도가 짧은 시간 내에 제한된 공간에서 우주의 주기적인 힘의 재생산을 시도했다고 말한다. Nathan Sivin, "Chinese Alchemy and the Manipulation of Time", *Science and Technology in East Asia*, New York, Science History Publication, 1977, ed. Nathan Sivin, p. 119.

개체 창조 수련 끝에 정수리에서 완전한 개체인 원신元神이 출현하고 있다. 당唐 여동빈呂洞賓, 『태을금화종지太乙金華宗旨』 중의 〈단공명심도端拱冥心圖〉.

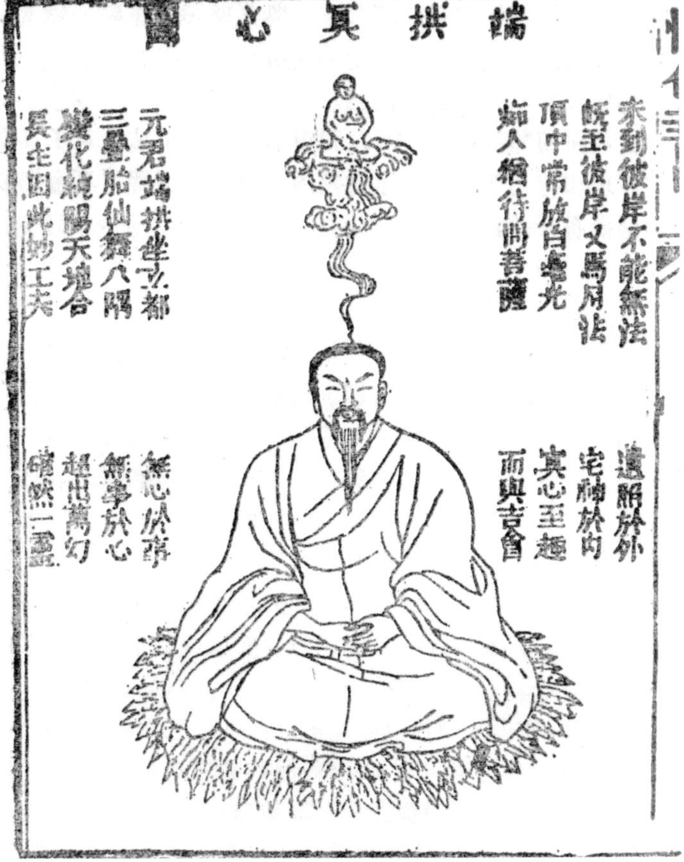

명상중에 분신이 되어 몸 밖으로 나다니기도 하고 자신이 죽게 되면 본래의 몸을 허물 벗듯이 벗어버리고 영생한다. 이것이 시해尸解이다. 당대唐代의 전설적인 도인 여동빈呂洞賓이 지었다는 『태을금화종지太乙金華宗旨』에 실린 〈단공명심도端拱冥心圖〉와 명대明代부터 도관道觀에서 전해오는 〈수진도修眞圖〉 등에서는 이러한 신체 내면의 개체 창조의 과정을 그림으로 잘 설명하고 있다.

2.『변신 이야기』에서 하이테크까지

서구에서의 사이보그에 대한 기원적 인식을, 우리는 앞서 중국에서의 경우와 마찬가지로 신화를 통해 살펴볼 수 있다. 그리스 신화에서 복합형상의 존재는 오비디우스Ovidius의『변신 이야기Metamorphoses』에서 많이 표현되고 있다. 가령 크레타의 미노스 대왕의 왕비 파시파이가 황소와 교접하여 낳은 인신우수人身牛首의 괴인 미노타우로스를 비롯, 오디세우스를 노래로 유혹한 인면조人面鳥인 세이렌, 사자의 몸에 여인의 얼굴을 한 스핑크스, 반인반마半人半馬인 켄타우로스 등을 들 수 있다. 그러나 이들은『산해경』의 반인반수半人半獸적 존재에 비해 덜 신성시되었다. 그리스 신화에서는 신들의 형상이 이미 인간을 표준으로 자리잡혔기 때문이다.

그리스 신화 중 이카로스 이야기는 오늘날 좁은 의미의 사이보그 개념에 가장 접근해 있다. 크레타의 명공名工 다이달로스는 아들 이카로스와 함께 미노스의 왕궁에서 탈출하기 위해 새 깃털로 날개를 만들었다. 이들 부자는 양 어깨에 날개를 달고 순조롭게 날아올랐다. 그러나 하늘을 나는 데 재미를 붙인 아들 이카로스는 무리하게 태양 가까이 치솟았다가 새 깃털을 이어 붙인 밀랍이 녹아 그만 추락사하고 말았다. 이카로스는 기계와 인간의 결합이라는 측면에서 서구신화에 나타난 최초의 사이보그라 할 만하다. 이 신화로부터 유래한 이른바 '이카로스 패러독스'는 이利·해害의 양면성을 말하는 것이지만 테크놀로지에 대한 교훈적인 시사로 읽힐 수도 있다. 즉 기계는 적절히 사용하면 득이 되지만 과도히 남용하면 인간을 파멸시킬 수도 있다는 취지를 함축하고 있는 것이다. 그러나 헤파이스토스가 신들의 시중을 들게 하기 위해 만든 황금 시녀나 피그말리온이 자신의 배우자로서 조각한 상아 처녀의 예에서 보듯이 오로지 긍정적인 인식도 없지 않다. 그렇다면 그리스 전통의 뒤를 이어 이후 서구문화의 주류를 형성하게 될 헤브라이 전통에서는 사이보그와 관련된 문제를 어떻게 사유할까? 우리에게도 이미 익숙해진 「창세기」의 다음과 같은 내용을 보자.

> 하나님이 가라사대 우리의 형상을 따라 우리의 모양대로 우리가 사람을 만들고 그로 바다의 고기와 공중의 새와 육축과 온 땅과 땅에 기는 모든 것을 다스리게 하자 하시고 하나님이 자기 형상 곧 하나님의 형상대로 사람을 창조하시되 남자와 여자를 창조하시고 하나님이 그들에게 복을 주시며 그들에게 이르시되 생육하고 번성하여 땅에 충만하라, 땅을 정복하라, 바다의 고기와 공중의 새와 땅에 움직이는 모든 생물을 다스리라 하시니라.[15)]

이 글은 특히 생태주의자들에 의해 오늘의 환경문제를 야기한 기독교의 인간중심주의 및 오만한 자연관의 전거典據로 비판의 초점이 되어왔다. 인간중심의 사고라는 점에서는 그리스 전

15) 『구약』 「창세기」 제1장.

켄타우로스 하반신이 말인 인간 종족. 피디아스의 작품(기원전 430년경).

이카로스 아버지 다이달로스와 함께 날다 추락하는 장면. 카를로 사라체니, 〈이카로스의 추락〉, 이탈리아 나폴리의 카포디몬테 국립미술관.

통과 별반 달라진 점이 없다. 그러나 "우리의 형상을 따라 우리의 모양대로 우리가 사람을 만들고"라는 대목이 눈길을 끈다. 신이 자신의 형상을 본떠 인간을 빚어낸다는 모티프는 세계 각지의 창조신화에서 보편적으로 찾아볼 수 있는 것이지만 자연에 대한 인간의 지배가 확고해진, 이후의 서구 전통에서 이 모티프는 다른 방향으로 확충된다. 즉 「창세기」에서의 신들에 의한 형상 모방이 인간에 의한 형상 모방으로 전이轉移되는, 일종의 미메시스의 프랙털 구조화가 그것이다. 다시 말해 신이 인간의 주인이었듯이 이제 자연에 대해 주인이 된 인간은 신이 그들을 만들어냈던 방식과 똑같이 "우리의 형상을 따라 우리의 모양대로" 인간을 재현해낼 긍정적인 소지素地를 갖게 된 것이다. 여기에 「창세기」에는 "땅에 충만하라, 땅을 정복하라"는 인간의 무한한 공간 지배를 고무하는 발언이 있다. 이러한 발언 역시 인간 능력의 외재적 확대 곧 테크놀로지의 번영을 길이

연금술 상징 연금술에서는 남녀 간의 결합으로 황금의 합성을 상징했다. 서양 중세의 연금술 그림.

암시하는 듯하다. 결국 이러한 의미에서 "우리의 형상을 따라 우리의 모양대로 우리가 사람을 만들고"라는 언명은 "처음 인형을 만든 자는 아마 후손이 없을 것이다"라는 공자의 경고와 출발점에서부터 상당히 다른 인식을 보여준다 하겠다.

중세 이후 서구 전통에서 사이보그와 관련하여 언급할 필요가 있는 것은 연금술이다. 연금술의 기원에 대해서는 자생설과 중국 기원설 등 아직 정론定論이 나 있는 상태는 아니지만 그 본질 및 취지는 도교의 외단법外丹法과 큰 차이가 없다. 즉 수은을 매개로 약물을 합성하여 비금속卑金屬을 황금으로 변환시키는 엘릭시르elixir를 만들고, 이를 복용하여 불사신의 완전한 인간으로 다시 태어나는 것이다. 연금술의 사상적 기반으로는 아리스토텔레스의 4원소설, 아랍의 과학과 철학, 기독교 신비주의 등 여러 요소를 들 수 있는데, 이중 기독교 신비주의 즉 그노시즘gnosticism의 영향이 가장 크다. 이단적 경향의 그노시즘에서는 인간 내부에 존재하는 우주적 본질을 영靈 혹은 뉴마pneuma라고 부르는데 육체 속에 갇힌 이 영을 일깨워 절대의 세계로 돌아가는 것이 곧 구원이다.[16] 연금술사들은 자연 속의 수은이 영의 속성을 지닌 것으로 보고 각종 약물의 합성과정을 통해 원

16) 세르주 위탱, 『신비의 지식, 그노시즘』, 황준성 옮김, 문학동네, 1996, 196~197쪽.

초적 인간인 아담을 재현한 제2의 아담을 빚어낼 수 있다고 확신했던 것이다.[17] 이렇게 본다면 연금술의 취지 역시 본래는 중국의 도교와 마찬가지로 영·육이 완전한 인간을 창조해내는 데 있다고 보아야 할 것이다. 그러나 서구의 인문주의적 전통에서 이러한 연금술 본연의 취지는 점차 기술적이고 합리적인 방향으로 조정되어갔다. 이에 따라 생겨난 연금술적 합성인간의 불완전성에 대한 인식은 골렘golem 전설에 잘 표현되어 있다. 유대교의 랍비가 만들었다고 하는 진흙인형인 골렘은 처음에는 인간의 충실한 하인이었으나 나중에는 제어할 수 없는 괴물로 변하고 만다. 이러한 골렘 모티프는 1818년 메리 셸리Mary Shelly가 발표한 SF소설의 고전 『프랑켄슈타인Frankenstein』에서 재현된다.

서구의 연금술은 중국의 내단법처럼 내면화의 길을 걷지 않은 채 외단법의 경지에만 머물렀으며 현세적인 이익 즉 황금 합성이라는 외재적 목표의 달성에 치중하는 경향을 보였다. 결국 이 과정에서 연금술이 테크놀로지의 성숙을 촉진하고 근대과학으로 연계되었다는 것은 이미 과학사가들에 의해 지적된 바이다.[18] 근대과학의 성립 이후 오늘에 이르기까지는 주지하다시피 인간 욕망의 구현을 위해 테크놀로지가 복무해온 시기이다. 서구에서는 이제 더이상 연금술에서의 제2의 아담과 같은 전일全一적 존재로서의 사이보그를 추구하지 않으며 신체 기능의 도구적 확장을 통해 완벽한 합성인간을 생산해내는 데 진력하고 있다. 이러한 추세에서 인간과 사이보그는 밀접한 상호

17) C. G. Jung, *Psychology and Religion : West and East*, London, Routledge & Kegan Paul Ltd., 1977, trans. R. F. C. Hull, pp. 101~102.

18) 그러나 이러한 표현을 연금술이 폐기되면서 화학으로 발전했다는 식의 진화론적 언술로 이해해서는 안 될 것이다. 연금술적 인식은 우리의 내부에 여전히 살아 있다.

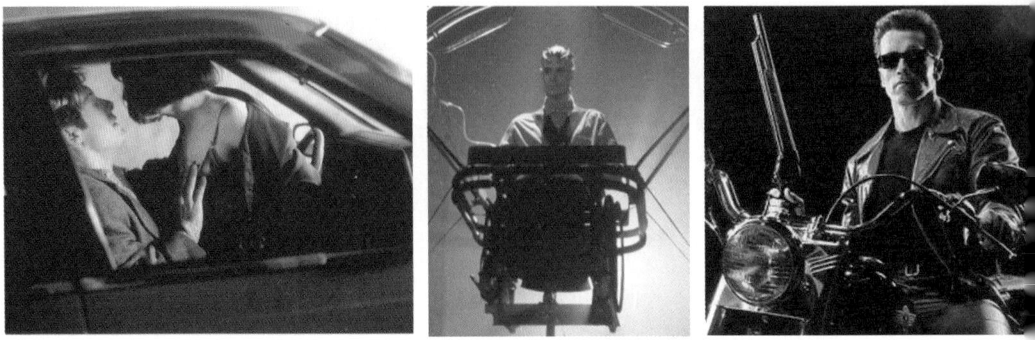

왼쪽부터 영화 〈크래쉬〉 〈론머 맨〉 〈터미네이터 2〉의 한 장면.

의존적 관계에 놓이게 되고, 그러한 관계는 흔히 영화 속에서 인간의 사이보그 지향과 사이보그의 인간 지향이라는 두 가지 방면으로 표현된다.

첫째 방면의 경우, 기계에 대한 인간의 의존도가 높아지면서 인간은 기계와의 교감 없이는 스스로의 존재성을 실감할 수 없게 된다. 데이비드 크로넨버그David Cronenberg 감독의 〈크래쉬Crash〉에서 주인공 제임스 발라드는 상대와의 어떤 섹스에서도 쾌감을 얻지 못한다. 섹스는 정체성 상실의 이 시대에, 그나마 서로의 존재성을 확인시켜주는 유효한 소통방식으로 소설 및 공상과학영화에서 자주 거론된다. 그러나 영화 〈크래쉬〉에서 섹스는 그 정도의 의미조차 지니지 못한다. 결국 제임스 발라드는 자동차의 충돌 장면을 보고 쾌감을 경험하게 되고 이후 기계와의 강렬한 접촉을 통해 자신의 존재성을 확인해나가다 파멸에 이르게 된다. 브렛 레너드Brett Leonard 감독의 〈론머 맨The Lawnmower Man〉은 기계와의 이러한 교감이 극단적으로 추구될 때 인간이 기계로 체화體化되는 경지를 보여준다. 로렌스 엔젤로 박사가

영화 〈바이센테니얼 맨〉 〈블레이드 러너〉의 한 장면.

인위적으로 지능을 고양시켰던 잔디깎이 소년 조브는 가상현실 속에 몸을 던져 컴퓨터 회로를 지배하는 절대적 존재가 되고자 한다.

둘째 방면의 경우, 피노키오 이야기 이래 기계는 끊임없이 인간을 닮고자 노력해왔다. 제임스 캐머런James Cameron 감독의 〈터미네이터 2Terminator II〉에서 사이보그 T-101(아널드 슈워제네거 분)이 암살자 T-1000을 제거하고 스스로 용광로에 뛰어들기 전, 그는 소년 존 코너에게 눈물의 의미를 알 것 같다고 감동 깊게 고백한다. 바야흐로 사이보그에게 인성人性이 부여되는 순간인 것이다. 기계의 인간으로의 완벽한 전환은 크리스 콜럼버스Chris Columbus 감독의 〈바이센테니얼 맨Bicentennial Man〉에서 행복하게 이루어진다. 안드로이드인 앤드루 마린은 주인의 손녀딸 포샤와 사랑을 느끼고 영원한 기계로 사느니 인간으로 죽고 싶다는 소망을 피력한다. 결국 그는 포샤와의 결혼을 법원에 청원하고 인간의 몸으로 변환하여 그녀와 함께 늙어 죽는 길을 택한다.

결국 인간과 사이보그 간의 두 가지 방면에서의 접근은 리들리 스콧Ridley Scott 감독의 〈블레이드 러너Blade Runner〉에서처럼 양자의 구분이 어려워지는 지경에까지 이르게 된다. 안드로이드를 생산하는 타이렐 사社의 모토는 "인간보다 더 인간답게"이다. 그리하여 과거와 추억까지 프로그램화된 복제인간은 자신이 복제인간이라는 사실조차 인식하지 못한다. 이 영화의 흥미로운 점은 인간이 기계화되어 마비된 인성人性을 보이는 데 반해 복제인간은 오히려 인간적인 고뇌에 빠져 있는 모습을 보인다는 것이다. 인간과 복제인간의 이같은 전도된 모습이야말로 인간 정체성의 위기상황을 극명하게 표현하는 것이 아닐 수 없다.

최근 사이버네틱스·유전공학·인공지능 등의 급격한 발달로 인해, SF소설 및 영화에서 표현된 사이보그 서사는 점차 현실화되어가고 있다. 물론 이들 작품은 대부분 테크놀로지의 미래에 대해 비판적, 디스토피아적 전망을 내리고 있다. 그러나 오늘의 현실은 테크놀로지를 싫어하는 것이 인간 자체를 싫어하는 것에 다름아닐[19] 정도로 테크놀로지적이다. 진정 인간은 "우리의 형상을 따라 우리의 모양대로" 또다른 종류의 인간을 만들어내어 "땅을 정복하라"고 명할 셈인가? 아우라Aura가 사라진 그 시대에 도처에서 명멸하는 것은 기계의 아름다움뿐일 것이다.

19) 데이비드 겔런터, 『기계의 아름다움』, 현준만 옮김, 해냄, 1999, 203쪽.

3. 맺는말

인류학자 타일러E. B. Tyler는 동서양이 추구해온 시간의 극복방식이 서로 달랐음을 지적한다. 그에 따르면 동양은 내면세계의 확충을, 서구는 외부공간의 확대를 통해 시간을 극복하고자 했다.[20] 사이보그의 중요한 특성이 신체적 내구성 곧 시간의 극복에 있음을 생각할 때 인간 만들기에 있어서 전술한 바, 내단법과 하이테크라는 동서양의 상이한 방향으로의 전개는 이러한 지적과 상응하는 듯하다. 그러나 분립된 두 가지 방향이 통합되지 아니하고 근대 이후 오히려 한 가지 방향 곧 외적 확대의 길만을 걸어온 것은 주지의 사실이다.

문제는 다음일 것이다. 일방으로의 전개가 초래한 폐단 그리고 그 폐단이 빚어낼 금후의 인간존재론적 위기는 과연 극복될 수 있을 것인가? 정신과 육체의 이원 구분, 그 구분의 한쪽을 극단까지 밀어붙여온 오늘의 과학은 결국 "시각視覺은 있되 시각視角이 없는" 인간존재를 생산해내고야 말 것이다. 익히 알려져 있듯이 해러웨이Donna Haraway의 「사이보그 선언문」은 사이보그에 대한 디스토피아적 통념을 거부하고 그것의 내구성·무성성이 갖는 해방적 의미를 고양한다.[21] 그러나 그녀 역시 남녀양성 문제의 심연에 있는 인간 존재론의 문제를 피해갈 수는 없다. 결국 우리에게 절실히 요청되는 것은 인간의 정체성에 대한

20) Stephen A. Tyler, *The Unspeakable : Discourse, Dialogue, and Rhetoric in the Postmodern World*, Madison, The University of Wisconsin Press, Ltd., 1987, p. 4.

21) Donna Haraway, "A Cyborg Manifesto : Science, Technology, and Socialist-Feminism in the Late Twentieth Century", *Simians, Cyborgs and Women : The Reinvention of Nature*, New York, Routledge, 1991, pp. 149~181.

영화 〈매트릭스〉의 한 장면.

새로운 자각일 터인데, 그것은 정신과 육체의 이원 구분을 철폐한 통합적 사유로부터 비롯되고 그 현실화는 과학과 내면세계의 유기적 결합에 의해 이루어질 수 있을 것이다.

워쇼스키 형제Andy & Larry Wachowski 감독의 〈매트릭스Matrix〉에서 우리는 이러한 사유의 단초를 보게 된다. 미래의 세계에서 인간은 자신이 창조했던 사이보그에 의해 지배된다. 인간은 태어나서 죽을 때까지 완전히 사이보그에 의해 입력되고 통제된 삶을 살고 있다. 이러한 가상현실의 일상으로부터 깨어나 인간 존재성을 자각한 네오는 결국 소수의 추종자들과 함께 사이보그에 대한 투쟁을 벌여 그들의 시스템을 파괴하고 세계를 원상회복시킨다. 그런데 여기에서 주목해야 할 것은 범용凡庸한 네오가 강력한 사이보그를 제압할 능력을 어떻게 함양했는가 하는 점이다. 영화는 네오가 명상·기공 등의 내면수행을 통해 초인으로 거듭나는 과정을 보여준다. 네오는 마치 앞의 〈단공명심도〉의 도교수행자가 분신을 띄우듯이 아바타Avatar를 가상현실 속에 진입시켜 사이보그와 투쟁한다. 기계장치와 결합된 그의 초인적인 정신능력은 결국 사이보그를 궤멸시킨다. 기독교 메시아니즘의 취지가 농후한 이 영화는, 그러나 정신수행의 실제 내용을 거의 동양의 선불교와 도교·무술 등으로 채우고 있다.

아마도 우리는 이러한 정신과 육체, 영혼과 물질이 통합된 이상적인 사회의 풍경을 근대 여명기 중국의 유토피아 소설에서 재발견하게 될지도 모른다. 청말淸末의 거유巨儒 강유위康有爲의 『대동서大同書』는 앞으로 도래할 이상사회를 다음과 같이 그리고 있다.

> 대동세에는 단지 공공의 집과 여관이 있을 뿐, 개인의 집은 없다. 그러므로 함께 줄지어 앉아 식사를 한다. 날마다 큰 연회가 열리며, 또한 기계가 발달하여 개인 방으로 음식을 들여보내 먹는 것을 즐거움으로 여긴다. (……) 대동세에는 의복에 구별이 없다. 귀천이 없고 남녀를 구별짓지 않으며 단지 귀중한 사람이 있을 뿐이다. 모두 같은 옷을 입되, 단지 어진 자와 지혜로운 자만은 구별을 두어서 발전을 장려할 뿐이다. (……) 대동세에는 사람들이 걱정하는 바가 없어서 편안함과 즐거움이 극에 달해 오직 오래 살기만을 생각한다. (……) 마침내 사람은 태어나지도 죽지도 않고 더하지도 덜하지도 않은 경지에 이르게 될 것이다. 신선학이 융성한 다음에는 불교가 흥하게 될 것이다. 마지막 단계에서는 빛과 전기를 타고 기를 조절해서 지구를 벗어나 다른 별로 가게도 된다. 이것은 대동세의 극치이며 인류의 지혜가 또 한번 새로

워지는 때이다.[22]

강유위가 꿈꾼 대동사회는 앞에서 예를 든 대부분의 SF영화의 종국終局처럼 우울한 디스토피아로 전락하지 않는다. 강유위의 대동사회는 "빛과 전기를 타고 기를 조절해서 지구를 벗어나 다른 별로 가게도 된다"는 언급이 시사하듯이 궁극적으로 정신과 육체, 영혼과 물질의 대립을 초월한 새로운 세계로의 진입을 꿈꾸고 있다.

과연 인류는 이처럼 도약할 수 있을 것인가? 그러나 어찌하랴! 우리는 이제껏 한 번도 유토피아를 실현한 적이 없었음을. 유토피아는 역사적으로 이데올로기에 불과했을 뿐 서사적 진리로서만 존재해왔던 것이 아니었던가?

22) 강유위康有爲, 『대동서大同書』, 이성애 옮김, 민음사, 1991, 609~616쪽.

11

중국 상상력의 시각에서 본 일본 문화산업 속의 요괴 모티프

오늘날 대중문화의 유력한 소재적 기반이 되고 있는 것은 다름아닌 신화적 상상력이다. 일본은 소위 현인신인 천황을 숭배하고 수많은 신사를 근거로 민간신앙이 살아 있는 신화의 나라이다. 현대국가에서 이처럼 신화가 생동하는 나라도 드물 것이다. 일본의 이와 같은 신화의 힘은 한때 정치적으로 오용되어 전체주의의 광기로 변질된 적도 있었으나 오늘날에는 방향을 전환하여 문화산업의 이면에서 막강한 잠재력을 과시하고 있다. 일본의 대중문화에서 만화와 애니메이션이 중요한 비중을 차지하고 있는 것은 일본이 신화적 성향이 강한 나라라는 표징이다.

1. 동아시아 근대의 고향, 일본

일본에 처음 발을 디뎠을 때 우리는 일말의 곤혹스러운 감정에 사로잡힌다. 마치 낯익은 고향에 돌아온 듯한 느낌이 그것인데, 일본에 대한 뿌리 깊은 적의를 배반하는 그 느낌은 아마 탈식민주의자의 원조라 할 파농Frantz Fanon의 심중에 내재하였다고 여겨지는 양가성ambivalance과 같은 것이리라. 동아시아 근대의 고향이라는, 인정하지 않을 수 없는 일본의 지위 때문에 우리는 아이로니컬하게도 유년기의 기억을 오늘 일본의 사물과 풍경으로부터 끄집어낸다. 모순된 심사는 이뿐만이 아니다. 백제로부터 이식된 문화, 모방만 있고 창조가 없는 문화라는 등, 우리의 일반화된, 심지어 근거가 애매하기까지 한 속견은 유서 깊고 독특한 그들의 문화유산을 접하면서 한동안 혼란스러워진다. 한 가지 더 의외의 느낌을 불러일으키는 일은, 가장 산업화가 잘 된 이 나라에 전통이 결코 훼손되지 않고 강력히 살아남아 있다는 사실이다. "초가집도 없애고……",[1] 한때 우리는 이 노랫말을 당연한 듯이 되뇌고 다니지 않았던가? 근대를 향한 도정에서 전통은 필연적으로 지위를 상실하기 마련이지만 일본의 경우는 양자가 조화롭게 공존하고 있어 부러움마저 느끼게 한다.

물론 필자는 일본문화의 전공자도 아니고 현지에 체류한 기

1) 박정희 정권 당시 전국적으로 불렸던 〈새마을 노래〉의 가사에 이러한 부분이 있었다.

간도 길지 않다.[2] 따라서 일본에 대한 인식에 근본적인 한계가 있을 것이다. 다만 필자는 중국신화와 도교 등 동아시아 상상력을 연구하는 입장에서 일본문화를 관찰하였고 최근 유행했던 〈센과 치히로의 행방불명千と千尋の神隠し〉 및 〈음양사陰陽師〉와 관련하여 일본의 문화전통과 학술 그리고 문화산업 간의 관련성에 대해 나름의 소감을 갖게 되었다. 일본의 문화산업에 대한 기존의 탐구는 작품에 대한 비평적 접근으로부터 문화산업의 통계적 현황, 제도 및 정책 등에 이르기까지 다방면에서 이루어져왔다. 그러나 일본 문화산업의 흥성을 낳은 배경 중 하나로서 문화전통 및 학술과의 관련성은 그다지 주목되지 않았던 듯하다.

이 글에서는 먼저 일본의 문화전통과 문화산업 간의 관련성에 대해 개괄한 다음,[3] 문화산업의 중요한 소재인 요괴 모티프를 대상으로 중국 상상력의 관점에서 그 공통점과 차이점을 살펴보고자 한다. 이 글에서의 논의가 동아시아 제국諸國의 상상력에 대한 비교, 검토를 통하여 지역적, 문화적 근사성 속에서의 차이를 확인하는 계기가 된다면 다행이겠다. 동아시아 지역연대의 기운이 무르익어가는 이즈음, 그것의 확인이야말로 오히려 진정한 상호이해의 선결 조건이기 때문이다.

2) 필자는 2002년 7월 1일부터 2003년 6월 30일까지 1년간 객원교수로 교토京都의 국제일본문화연구센터에 체류한 바 있다.

3) 일본의 문화원형 전반에 대해서는 박전열, 「일본의 문화원형」(한국문화콘텐츠진흥원 제출자료, 2003)으로부터 많은 시사를 받았다.

2. 신화의 나라, 이미지의 제국 일본

오늘날 대중문화의 유력한 소재적 기반이 되고 있는 것은 다름아닌 신화적 상상력이다. 일본은 소위 현인신現人神인 천황을 숭배하고 수많은 신사神社를 근거로 민간신앙이 살아 있는 신화의 나라이다. 현대국가에서 이처럼 신화가 생동하는 나라도 드물 것이다. 일본의 이와 같은 신화의 힘은 한때 정치적으로 오용誤用되어 전체주의의 광기로 변질된 적도 있었으나 오늘날에는 방향을 전환하여 문화산업의 이면에서 막강한 잠재력을 과시하고 있다.[4] 일본의 대중문화에서 만화와 애니메이션이 중요한 비중을 차지하고 있는 것은 일본이 신화적 성향이 강한 나라라는 표징이다.

아울러 일본의 전통문화 유산에는 이미지 자료가 풍부하다. 한국·중국과 비교해보았을 때 우리는 한눈에 그 차이를 실감할 수 있다. 이미지와 상상력을 억압했던 유교 전통이 강한 한국에 비해 불교와 민간신앙의 전통이 강한 일본에는 이미지 자료가 차고 넘친다. 동아시아 이미지의 원천자료로는 중국의 신화서인 『산해경』을 꼽을 수 있다. 그러나 일본은 백제로부터 전래된 이 책을 단순히 계승함에 그치지 않고 이미지의 종류와 내용을 더욱 확장하여 자기식의 이미지의 제국을 이루었다. 〈포켓몬스터〉를 비롯, 〈센과 치히로의 행방불명〉과 〈음양사〉 등

4) 미야자키 하야오宮崎駿의 작품에서 제국주의의 냄새를 맡게 되는 것은 이런 연유에서 일 것이다. 이와 관련된 논의는 김윤아, 「제국주의자 미야자키 하야오?」(『내러티브』 제7호, 2003, 229~249쪽) 참조.

에 등장하는 수많은 캐릭터들은 일시적으로 고안된 것들이 아니라 에마키繪巻·판화·설화집 등에 실린 전통 이미지에 근거한 것들이다. 가령 요괴 이미지 자료로는 중세에 성립된 『오에야마에마키大江山繪巻』『쓰치구모소시土蜘蛛草紙』『후토리에키엔키不動利益緣起』(『나키후토엔키泣不動緣起』)『덴구소시天狗草紙』『제가이보에마키是害坊繪巻』『쓰쿠모가미에마키付喪神繪巻』『햑키야교에마키百鬼夜行繪巻』『유즈넨부쓰엔키融通念佛緣起』『다마모노마에소시玉藻前草紙』『겐가쿠소시賢學草紙』 등이 있으며 유령 이미지 자료로는 『마쓰자키텐진엔키松崎天神緣起』『마쓰카제무라사메松風村雨』 등이 있다.[5)]

야스쿠니신사靖國神社 태평양전쟁의 전몰자에 전범戰犯을 합사合祀하여 외교문제를 일으켜온 신사. 신화의 정치적 오용의 현장이다.

3. 일본 문화산업의 학문적 배경 : 요괴학과 도교학

일본 문화산업의 성공의 이면에는 풍부한 전통자료의 유산 이외에 심후한 학문적 기반이라는 훌륭한 여건이 있다. 유교전통이 강한 한국과 중국에서는 이미지와 상상력 분야의 학문이 제대로 대접받지 못하였다. 이에 반해 일본에서는 일찍부터 이

5) 스와 하루오諏訪春雄, 「유령·요괴의 도상학幽靈妖怪の圖像學」, 『일본요괴학대전日本妖怪學大全』, 고마쓰 가즈히코小松和彦 주편主編, 小學館, 2003, 211~217쪽.

등잔 밑의 유령 일본에는 유령을 전문적으로 그리는 화가들이 있었다. 일본, 『유령명화집幽靈名畵集』.

분야의 학문이 발달하였다. 요괴 모티프와 관련된 대표적인 학문으로는 요괴학과 도교학을 들 수 있다.

요괴학은 메이지明治 시기부터 성립되어 근 백 년의 역사를 지닌 학문으로 도깨비·유령·정령·괴물 등을 민속학·인류학·사회학·문학 등의 측면에서 전문적, 학제적으로 연구해 오고 있다. 이 분야에서는 민속학자 야나기타 구니오柳田國男에서부터 인류학자 고마쓰 가즈히코小松和彦에 이르기까지 뛰어난 학자들이 많은 업적을 남기고 있다.[6] 최근 국제일본문화연구센터에서는 전국의 학자들이 참여하여 요괴학 다년차 프로젝트를 수행하였으며 공동연구의 결과물로 『일본요괴학대전日本妖怪學大全』(小學館, 2003)이 출간된 바 있다.

일본에 도교가 전래된 역사는 유구하다. 고대 일본에는 6세기경 백제로부터 천문天文·역법曆法·방술方術 등의 학문이 전래되어 이후 음양오행설의 이론을 바탕으로 풍수風水·점복占卜·벽사辟邪 등의 도술을 행하는 음양도陰陽道가 성립되었다. 일본 도교라 할 음양도에 대해 도교학자들은 일찍이 주목하여 대표적 음양사인 아베노 세이메이安部晴明를 중심으로 음양도의 본질·

역사·특징 등에 대해 연구를 축적해왔다. 그 외에도 불교와 도교·토착신앙이 결합된 수험도修驗道에도 도교적 성분이 농후하다. 50년대에 성립된 일본의 도교학은 이러한 일본의 도교현상뿐만 아니라 중국 도교에 대한 연구에서도 세계적으로 높은 학문적 수준을 자랑한다.

특기할 만한 일은 요괴학과 도교학의 연구가 단순히 고대문화를 탐색하는 데 그치지 않는다는 점이다. 반드시 이들 주제와 관련된 현대의 문화현상까지 함께 다루며 이 과정에서 산업화된 작품을 분석, 평가하고 만화가·소설가·감독 등도 참여하여 학자들과 함께 토론하는 등, 산학협동의 모범적인 사례를 보여주고 있다. 이러한 피드백의 작용을 거쳐 더 성공적인 다음의 산업화를 기약할 수 있다 할 것이다.[7]

요괴학의 집대성 최근 일본 요괴학 방면의 중요한 업적이다. 고마쓰 가즈히코小松和彦 주편主編, 『일본요괴학대전日本妖怪學大全』, 小學館, 2003년.

4. 중국 상상력과 일본 문화산업 속의 요괴 모티프

애니메이션 〈센과 치히로의 행방불명〉의 경우

미야자키 하야오宮崎駿 감독의 2001년 작품. 소녀 치히로가 부모와 함께 이사 가던 중 길을 잘못 들어 이상한 놀이공원에 가

6) 요괴학의 연구사에 대해서는 고마쓰 가즈히코小松和彦, 『요괴학신고妖怪學新考』(小學館, 2000, 9~35쪽) 참조.
7) 한국의 경우 요괴학이라는 학문 분과는 존재하지 않으며 도교학이 독자적인 학문분과로 성립된 것은 80년대 말에 이르러서이다. 이는 단순히 문화의 차이만으로 설명할 수 없다.

일본의 요괴 1 온천장에 모여든 요괴들. 애니메이션 〈센과 치히로의 행방불명〉.

일본의 요괴 2 한밤중 요괴들의 행진. 일본 에도江戶 시대의 『햑키야교에마키百鬼夜行繪卷』.

서 겪는 모험적인 이야기를 다루었다. 놀이공원은 알고 보니 일본의 모든 신들의 온천 휴양소였고 이곳에서 치히로는 마녀 유바바의 하인이 되나, 용 하쿠의 도움을 받아 오물 범벅이 된 강의 신을 깨끗이 목욕시키고 돼지로 변해버린 부모를 구하여 탈출한다. 자아탐색, 생태주의적인 취지를 담은 작품으로 2002년 베를린 영화제에서 최우수작품상(금곰상)을 수상했고 상업적으로도 큰 성공을 거두었다

〈센과 치히로의 행방불명〉에는 많은 요괴들이 등장한다. 일본 전국에서 온천으로 몰려든 요괴들의 행렬은 마치 『햑키야교에마키百鬼夜行繪卷』에서의 요괴들의 행진하는 모습을 재현한 듯하다.

중국의 요괴 1 천지 사방의 요괴들. 기남沂南의 한대漢代 화상석畫像石.

중국의 요괴 2 요괴의 우두머리 종규鍾馗의 행차. 남송南宋 공개龔開의 〈중산출유도中山出遊圖〉.

그런데 이러한 요괴들의 행렬을 다룬 그림으로는 중국의 경우 일찍이 한대漢代에 기남沂南의 화상석畵像石이 있었고 남송대南宋代에 〈중산출유도中山出遊圖〉가 있었다. 중국과 일본의 요괴 행렬도를 비교해보면 양자의 특색이 확연히 드러난다. 중국의 경우 인간과 동물의 합체 즉 하이브리드hybrid가 많은 데 비해 일본은 인간 혹은 사물의 변종 형태 즉 뮤턴트mutant가 많은 것이 특징이다.

동아시아 요괴 이미지의 근원은 중국신화의 고전 『산해경』에 있다는 것이 정론이다. 『산해경』에는 요괴들에 대한 그림이 있는데 일본에는 이들 그림을 모사摸寫한 별도의 『산해경』 그림책이 있다. 명대明代 사람 호문환胡文煥의 『산해경도山海經圖』를 바탕으로 에도江戶 시대에 그려진 것으로 추정되는 『가이키조주즈겐怪奇鳥獸圖卷』(文唱堂, 2001)이 그것이다. 그러나 모사임에도 불구하고 양자간에는 현격한 차이가 있다. 우선 일본의 『산해경』 그림은 독자적으로 채색을 하였다. 그리고 중국의 원본대로 그리지 않고 변형을 가하였다. 예컨대 혼돈의 신인 제강帝江의 그림을 보

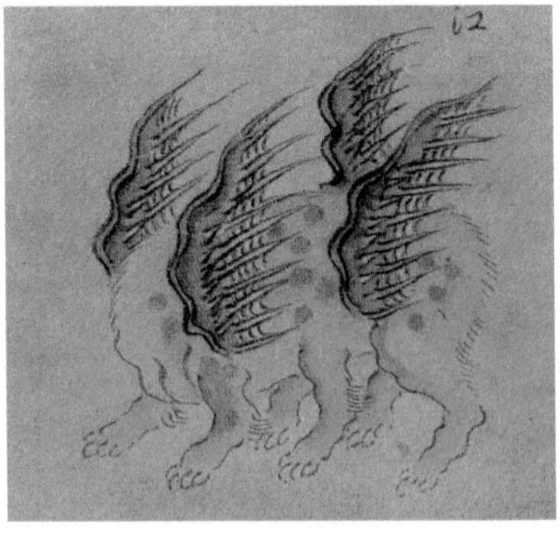

혼돈의 신 제강帝江 1 명明 호문환胡文煥의 『산해경도山海經圖』.

혼돈의 신 제강 2 일본 에도 시대의 『가이키조주즈겐怪奇鳥獸圖卷』.

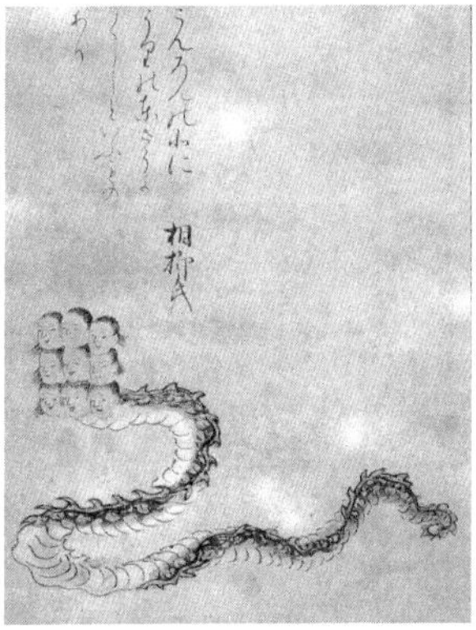

괴물 상류相柳 1 명 호문환의 『산해경도』.

괴물 상류 2 일본 에도 시대의 『가이키조주즈겐』.

괴물 상류 3 아홉 개의 머리 부분을 확대한 것. 일본 에도 시대의 『가이키조주즈겐』.

면 일본 것은 날개의 선을 동적으로 처리해 생동적인 느낌을 준다. 아홉 개의 머리를 지닌 괴물 상류相柳의 경우 얼굴 하나하나의 표정을 다르게 해 이 괴물의 다중적인 성격을 표현하고자 했다. 이 괴물은 성질이 탐욕스러워 아홉 개의 머리가 제각기 아홉 개의 산에서 나는 음식물을 먹어치운다고 했다.[8] 이러한 사례들로 미루어 일본인들은 중국의 요괴를 그대로 받아들이지 않고 일단 충실한 이해 위에서 자신들의 정서와 풍토에 맞게 적절히 변형시켜 수용했음을 알 수 있다.

영화 〈음양사〉의 경우

타키타 요지로龍田 洋二郎 감독의 2001년 작품. 헤이안 시대의 저명한 도술사였던 아베노 세이메이가 황실을 수호하기 위해 요괴·원령怨靈 등과 투쟁하는 이야기를 다루었다. 영화가 있기 전에 원래 유메마쿠라 바쿠夢枕摸의 베스트셀러 소설 『음양사』(文藝

8) "共工之臣曰相柳氏, 九首, 以食于九山."(『산해경』「해외북경海外北經」)

春秋, 1988)가 있었고, 이를 저본으로 삼은 오카노 레이코岡野玲子의 만화 『음양사』(白泉社, 2002)도 만들어졌으며, TV 드라마로도 제작되어 인기리에 연속 방영된 바 있다. 이른바 원소스 멀티유즈의 전범으로서 소설·만화·TV 드라마·영화 등 모든 방면에서 성공을 거둔 일본 최고의 판타지물이라 할 만하다.

〈음양사〉에는 변신·점술·부적·축귀·환혼 등의 갖가지 도교 방술方術이 등장하고 있다. 요괴와 관련해서는 나비가 시녀로 둔갑하는 장면이 눈에 띈다. 이러한 모티프는 오가와 미메이小川未明의 동화 작품에서도 엿보인다. 「달밤」이라는 작품의 줄거리는 다음과 같다.

> 어느 달 밝은 봄밤 홀로 된 할머니가 바느질을 하고 있었다. 그때 안경 파는 사람이 찾아와 돋보기안경을 살 것을 권유했다. 할머니는 그러잖아도 눈이 침침하던 차라 안경을 사서 옆에다 두었다. 얼마 후 낯모르는 예쁜 소녀가 울면서 다가왔다. 할머니가 보니 손가락을 다쳐서 피가 나오고 있었다. 할머니가 치료를 해주려고 자세히 살피기 위해 안경을 쓰고 보니 소녀가 아니라 발을 다친 나비였다. 할머니는 나비를 고이 들어 꽃밭에 데려다주었다. 바야흐로 달빛이 흐드러진 봄밤이었다.

아베노 세이메이 1 중세 일본의 대표적 도술사이다. 〈아베노 세이메이 신상安倍晴明公御神像〉, 1898, 세이메이신사晴明神社 소장.

아베노 세이메이 2 시녀로 변신한 나비를 부리는 아베노 세이메이. 영화 〈음양사陰陽師〉의 한 장면.

청동거울 사람으로 변신한 요괴의 정체를 밝혀내는 기능이 있다고 믿어졌다. 백제百濟 무령왕릉武寧王陵 출토 〈방격규구신수문경方格規矩神獸紋鏡〉.

〈음양사〉와 마찬가지로 이 작품에는 중국 도교 설화의 두 가지 흥미로운 모티프가 출현한다. 하나는 동물의 인간으로의 변형 즉 정괴精怪 변화 모티프로서 특히 위진남북조魏晉南北朝 지괴志怪소설에서 자주 보이는 것이다. 또하나는 소위 마법의 거울 모티프로서 청동거울을 비춰 변신한 요괴의 정체를 파악, 퇴치한다는 내용이다. 도교 방술에서 거울은 주구呪具로서 벽사축귀辟邪逐鬼의 힘을 지닌 것으로 간주되었다. 당대唐代 전기傳奇소설인 『고경기古鏡記』는 거울의 이러한 능력과 관련된 모험담이다.[9] 「달밤」에서는 거울이 안경으로 대체되었을 뿐 도교의 방술적 취지는 동일하다. 그러나 양자간에 차이는 있다. 중국의 정괴 변화 이야기에서는 여우·사슴·호랑이 등 야생동물이 변화의 주역이지만 나비와 같은 곤충은 발견하기 어렵다. 그리고 『햑키야교에마키』 등의 이미지 자료에서 보이듯이 일본에는 중국에 비해 사물이 요괴로 변화한 것이 많은 것도 차이라고 할 수 있다.

5. 맺는말

지금까지 일본의 문화산업과 전통문화 및 학문과의 관련성에 대해 개괄하고, 〈센과 치히로의 행방불명〉과 〈음양사〉 두 작

9) 청동거울의 주술적 기능과 문학작품에서의 수용에 대해서는 졸고, 「거울의 무속상 기능 및 그 문학적 수용」, 『중국어문학』, 제5집, 1982 참조.

품을 중심으로 중국 상상력의 시각에서 요괴 모티프를 비교, 검토해보았다.

이 두 가지 작업을 통해 얻은 결론은 다음과 같다. 먼저, 잘 보존된 전통문화, 그리고 이에 대한 진지한 학문적 정리와 평가작업, 그리고 그 결과를 기술적으로 잘 활용하여 상업적인 성공을 거둔 일본의 문화산업은 우리에게 많은 시사를 준다. 결국 전통문화와 산업화의 중간에서 중요한 매개 역할을 담당하는 것은 학술이다. 한국 학계에서 전통의 문헌자료를 장악하고 있는 것은 주로 인문학 분야인데 이 분야의 성향은 보수적이어서 이미지와 상상력에 대한 학문적 편견이 여전히 강하게 존재하고 있다. 따라서 한국의 경우 인문학 분야에서의 학문 인식이 새로워지고 이와 함께 인문 콘텐츠에 대한 인식이 제고될 때 이미지와 상상력 자료에 대한 발굴과 정리, 평가 작업이 활발해질 것이며, 이를 바탕으로 내실 있는 문화산업을 추동할 수 있을 것이다.

다음으로, 중국 상상력의 시각에서 일본의 요괴 모티프를 살펴보았을 때 몇 가지 차이점이 눈에 띈다. 우선 전반적으로 일본은 중국의 요괴 설화나 이미지를 수용함에 있어서 그대로 답습하는 것이 아니라 풍토성·민족성 등 일본적인 특색을 충분히 가미하고 있다는 점이다. 물론 개중에는 중국과 관계없이 일본의 독특한 자연환경과 문화환경에 의해 독자적으로 성립된 요괴 모티프도 있다.[10] 또 한 가지 차이로 들 수 있는 것은 일본의 요괴는 중국의 요괴에 비해 사물 요괴의 요소가 풍부하

10) 갓파河童 · 텐구天狗 · 유키온나雪女 등은 일본적인 풍토에서 생겨난 고유한 요괴들이다.

다는 점이다. 이는 본래 자연의 소산으로 인식되었던 중국의 전통적인 요괴관으로부터 벗어나 일본의 요괴에 대한 인식이 일상적이고 생활적인 방면에까지 미치고 있음을 의미한다. 다시 말해 일본의 요괴관은 보다 일반화되고 광범위하다고 할 수 있다. 이는 신·인간·요괴와의 관계가 중국보다 상대적으로 덜 엄정하고 느슨하다는 것을 의미할 수도 있다. 신화의 나라 일본이 지닌 독특한 요괴관이라고나 할까?

그러나 이 글에서의 이러한 견해들은 지극히 단편적인 사례들로 추찰해본 성급한 논단에 불과하다. 따라서 일반화를 위해서는 앞으로 보다 많은 사례들에 대한 심도 있는 연구를 통한 논증이 필요할 것이다. 이는 후일의 과제로 삼기로 한다.

대단원大團圓

6세기경 양梁 나라의 평론가 유협은 상상력을 '신령스러운 생각', 곧 '신사神思'라는 말로 표현하였다. 고대 동아시아에서는 이처럼 상상력을 신성하고 묘한 것으로 생각했던 것이다. 우리는 이 책에서 이 신령스러운 생각이 근대 이후 제대로 살아남았는지 나아가 이른바 '소생의 문학(과 문화)'를 위한 기틀이 될 수 있는지 그 가능성을 타진해보았다.

제1부 '동아시아 이미지는 어떻게 살고 있는가?'에서 우리는 『산해경』, 복희·여와 신화, 『목천자전』, 조류토템 등에서 연기緣起된 상상력이 중국·한국의 고대부터 현대에 이르는 작품들 속에서 각기 다른 이미지로 변용의 궤적을 그리며 살아 있음을 목도할 수 있었다. 이것은 다음과 같은 의미를 지닌다. 즉 동아시아 상상력이 우리 창작의 모태라는 엄연한 사실을 확인

함으로써 거꾸로 그것을 통해 누구보다도 근원적으로 우리 작품을 읽을 수 있는 자생적인 틀을 확보할 수 있게 되었다는 의미 말이다. 동아시아 상상력에 근거한 아키타입archetype과 콤플렉스를 발굴하고 그것을 통해 우리 작품을 읽고 나아가 보편적인 틀을 지향하는 것, 우리는 그 과업을 '금지된 욕망과 물의 서사'의 서머싯 몸의 「비」 읽기에서 시도하였다.

제2부 '동아시아 문학의 고위금용古爲今用을 위하여'에서 우리는 김용택의 시와 이문열의 소설, 즉 한국의 당대 작품을 각기 중국의 고전시학인 정경교융론과 전통소설론을 원용하여 분석한 결과 기존의 논의에서 미흡했거나 결락되었던 의미를 새롭게 건져올릴 수 있게 되었다. 즉 김용택 시의 경우 정경교융론을 통하여 생태문학적 의의를 더욱 효과적으로 드러낼 수 있었으며, 이문열 소설의 경우 종래 사실주의 소설론에 의해 폄하되었던 대중성의 요체를 전통소설론의 견지에서 적극 해명할 수 있게 된 것이다. 이와 같은 작업들을 통해 우리는 동아시아의 전통문학이론이 오늘의 문학에 대해 여전히 해석의 유효성을 지니고 있는, 그리하여 목전의 세계문학이론에 대해 기여할 수 있는 훌륭한 자산임을 확인할 수 있었다.

제3부 '상상력의 제국주의를 넘어서'에서 우리는 이른바 '이미지와 상상력의 시대', '디지털 시대'의 화두로 떠오르고 있는 판타지·몸·사이보그·문화콘텐츠 등 당대 문화상의 현안들을 동아시아 상상력에 의거하여 비평, 해석하였다. 이에 따라 오늘의 판타지 문화가 서구 환상문학론에 의해 일방적으로 규정

되는 것을 경계하고 몸에 대해서는 종래의 욕망론적 해석을 넘어 우주론적 의미를 부여하였으며 사이보그 현상을 통해 인간 정체성과 유토피아적 전망의 문제를 짚어보았다. 아울러 일본 문화산업의 뿌리를 중국 상상력과의 관련 하에 탐색함으로써 동아시아 상상력의 문화산업에서의 활용 기제를 고찰하였다. 이와 같은 논의들은 오늘의 첨예한 문화 현상들에 대해 동아시아 상상력을 바탕으로 나름의 비평적 안목을 갖고 진단한 실례들이다. 동아시아 상상력은 당대 문화를 장악한 제1세계 상상력의 홍수 속에서도 응당 균형추로서의 소임을 다해야 할 것이기 때문이다.

서론에서 제시하였던 원대한 이상에 비하면 이 책에서 실제로 이루어낸 성취는 선례일 뿐이고 이제 시작이라는 느낌이 든다. 그러나 뒤랑도 이야기했듯이 '의미의 물줄기'는 '스며나옴Russellement'으로부터 시작하지 않는다던가? 감히 홀로 대하大河를 이룰 생각은 생념도 안 하거니와 오히려 이 작은 책이 물꼬를 트는 봇도랑이라도 될 수 있다면 행심幸甚! 행심! 천만다행일 것이다. 이 책의 작은 성취를 발판 삼아 보다 확장된, 보다 심후한 논의가 이어지기를 고대하면서 사실상 대단원이 아닌 소단원을 맺고자 한다.

| 찾아보기 |

| ㅁ |

| ㅂ |

| ㅇ |

| ㅈ |

| ㅊ |

| ㅋ |

| ㅌ |

사라진 신들과의 교신을 위하여

1판 1쇄 | 2007년 12월 7일
1판 3쇄 | 2010년 6월 18일

지은이 정재서
펴낸이 강병선
책임편집 오동규 | 편집 장영선
디자인 송윤형 유현아 | 마케팅 방미연 우영희 정유선 | 온라인 마케팅 이상혁 한민아
제작 안정숙 서동관 김애진 | 제작처 (주)상지사 P&B

펴낸곳 (주)문학동네
출판등록 1993년 10월 22일 제406-2003-000045호
주소 413-756 경기도 파주시 교하읍 문발리 파주출판도시 513-8
전자우편 editor@munhak.com | 대표전화 031) 955-8888 | 팩스 031) 955-8855
문의전화 031) 955-8889(마케팅) 031) 955-2645(편집)
문학동네카페 http://cafe.naver.com/mhdn

ISBN 978-89-546-0440-6 03810

* 이 도서의 국립중앙도서관 출판시도서목록(CIP)은 e-CIP 홈페이지(http://www.nl.go.kr/ecip)에서
이용하실 수 있습니다.(CIP제어번호: CIP2007003580)

www.munhak.com

한시의 세계 심경호 지음

한시 구성의 기본 원리에서부터 한시 미학의 핵심적인 개념들, 한시에서 즐겨 다루는 소재, 한시 창작의 방법론 등을 다양한 한시와 더불어 정연하게 설명한다. 한시의 광활한 풍경을 조망하고 그 참맛을 느끼는 데 부족함이 없는 정갈한 한시 입문서.

2007년 대한민국 학술원 선정 우수학술도서

태초에 사랑이 있었다 –신화에 숨은 열여섯 가지 사랑의 코드 권혁웅 지음

사랑의 논리로 엮어낸 재미있고 독창적인 신화 입문서. 동양 신화와 그리스 로마 신화, 북구 신화 등 전 세계 신화와 민담, 전설 등에서 뽑아낸 신화 속의 사랑 이야기를 통해, 세계의 기원과 인간이 세계를 이해하는 방식, 그리고 인간의 삶, 곧 세계의 모든 것에 대해 이야기한다.

2006년 문화관광부 우수학술도서

왜 동양철학인가 한형조 지음

동양철학에 대한 깊이 있고 유연한 성찰. 해석과 번역의 문제부터 동양철학에 대한 글쓰기의 문제까지 제반 쟁점들을 전면적으로 재검토한다. 동양철학의 현재와 미래를 '근대에의 적응'이 아닌, '근대와의 대척(비근대성)'에 놓음으로써 동양철학의 살아 있는 역설적 전망을 제시한다.

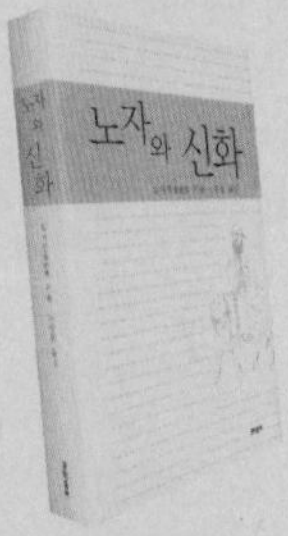

노자와 신화 섭서헌(葉舒憲) | 노승현 옮김

문화인류학의 이론과 방법으로 노자의 『도덕경』에 함축된 신화적 의미를 탐색하는 책. 원형이미지의 모델 분석법과 신화의 문화적 비교를 통해 『도덕경』에 내재된 신화적 사유, 영원회귀의 모티프, 제사왕과 대모신 숭배 및 '언어의 세계창조관'에 대한 해체적 분석을 시도한다.

장자(莊子) –김달진 전집 4 김달진 역주

김달진 전집판 장자는 원전에 대한 충실성과 빼어난 번역, 탁월한 해설과 해석 등으로 '장자 결정본'으로 평가받는다. 장자를 처음 접하는 독자들은 물론, 장자를 다시 섭렵하려는 독자들에게도 부족함이 없다. 김달진 선생이 중국 사상사를 배경으로 장자 사상의 태동과 특색, 시대 상황과 의의를 상세하게 풀어 쓴 글을 함께 실어 독자의 이해를 돕는다.

대지 그리고 휴식의 몽상 가스통 바슐라르 | 정영란 옮김

'문학 상상력 연구의 코페르니쿠스적 혁명'을 일으킨 프랑스 현대 사상사의 독보적 존재 가스통 바슐라르가 펼치는 '4원소설' 중 마지막 원소인 '흙'에 관한 아름다운 저술. 방대한 문학 작품 속에 드러난 '흙'에 관한 정신분석학적 음미를 통해 인간의 꿈과 상상력, 그 무한 깊이의 힘과 매력을 탐사한다.

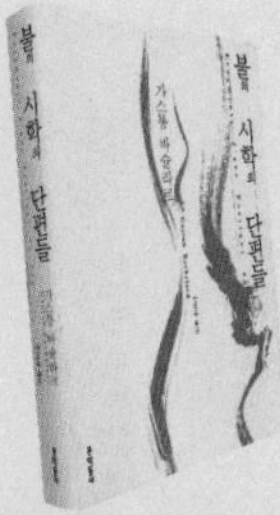

불의 시학의 단편들 가스통 바슐라르 | 안보옥 옮김

위대한 상상력의 철학자 가스통 바슐라르가 임종 직전까지 몰두했던 '불'에 관한 미완성 원고를 딸 수잔 바슐라르가 묶은 책. 피닉스, 프로메테우스, 엠페도클레스를 중심으로 불의 시적 이미지와 교류하는 바슐라르 언어미학의 세계가 찬란하게 펼쳐진다.

정신병과 심리학 미셸 푸코 | 박혜영 옮김

심리학은 정신병의 진실을 밝힐 수 있는가? 정신병리학과 조직병리학에 동일한 개념과 가정을 적용해온 기존 심리학의 문제점을 밝히면서 정신병의 진실을 심도 있게 다룬 명저. 광기와 이성의 모호한 경계를 온몸으로 겪어낸 저자의 빛나는 성찰을 만나본다.

2004년 대한민국 학술원 선정 우수학술도서

세상의 이치 프랑코 모레티 | 성은애 옮김

근대 유럽 교양소설의 계보를 통해 유럽의 문학과 역사를 새롭게 읽는 시도. 석학 프랑코 모레티가 제인 오스틴과 발자크, 디킨스, 조지 엘리엇, 괴테와 스탕달의 소설을 분석하여 부르주아 계층의 사회화 과정에서 소설이 수행한 역할을 살핀다. 이 책에는 19세기 유럽에서 가장 중요한 문화 매체로 떠올랐던 교양소설의 모든 것이 담겨 있다.

2006년 대한민국 학술원 선정 우수학술도서

프리즘 - 문화비평과 사회 테오도어 아도르노 | 홍승용 옮김

프랑크푸르트학파를 대표하는 '반성적 사유'의 대가 아도르노의 초기 문화비평 에세이 모음집. 문화비평, 유토피아에 관한 사유, 음악에 관련된 현상들, 동시대의 철학과 문학을 비판하는 그의 글은 독자들에게 한순간도 긴장을 늦추지 말 것을 요구한다. 체계를 거부하고 동시적, 불연속적, 전방위적으로 펼쳐지는 철저한 변증법적 사유의 진수.